浅見光彦と七人の探偵たち

織江耕太郎
井上　凛
山木美里
岩間光介
高橋正樹
米田　京
立木十八

内田康夫　他

論 創 社

巻頭言

濱 井 武
（元・光文社編集部）

この『浅見光彦と七人の探偵たち』は、一風変わったアンソロジー（傑作選集）といえるだろう。

ふつう私たちが手にするアンソロジーといえば、優れた眼を持った編纂者《へんさんしゃ》が、自分なりの価値基準に合わせて、すでに発表されている作品群の中から選び出した、何らかの統一感のある短編選集というのが一般である。

私も現役の編集者だったころ、けっこういろいろなアンソロジーを編む手伝いをした経験がある。

たとえば、日本における鉄道ミステリーの草分けであり、世に知られず埋もれている作品を発掘することに情熱を傾けた鮎川哲也氏による鉄道ミステリー傑作選とか、長大な小説『神聖喜劇』を脱稿した直後の大西巨人氏が、一転して掌編《しょうへん》小説秀作選というショートショート集を編んでみたり、またブラック・ユーモア小説というジャンルを世に広めた阿刀田高氏が選んだブラック・ユーモア傑作選など、いま思い出しても楽しい作業であった。

私が関わったものではないが、出久根達郎編『むかしの汽車旅』など、よくもまあここまで眼が及んだものかと、出久根氏ならではの見識と博識に酔ったものである。

また、編集部と作家集団とが組んで、それぞれ編纂委員を出し合って作ることも多い。ミステリーなら日本推理作家協会編とか、一般小説を揃えたものでは日本ペンクラブ編とか、時代小説なら新鷹会《しんようかい》（長谷川伸の会）編などというのがあった。

ところが、本書の成り立ちと性格は、いま例にあげたアンソロジーとは、全く異っている。

ここに収められた作家たちは、内田康夫氏を除く七人全員が、毎年東京都の北区が主催する「内田康夫ミステリー文学賞」の受賞者たちなのである。

内田康夫の名を冠した文学賞に応募して受賞した、いわば内田康夫という作家のＤＮＡを受け継いだともいえる七人が、自分たちで何かおもしろいことができないだろうか、と思いついたのが、このアンソロジーが作られる発端《ほったん》であった。

いわば作者自身が、共同の編纂者なのである。自分たちの作品を自分たちで選ぶのだから、仲間同士の眼が選考の基準となった。

ミステリーの短編という大ワクに収まりさえすれば、細かい制約はない。ユーモア・ミステリーあり、本格風《ふう》あり、最後の一行に賭けるどんでん返しあり、とバラエティに富んでいて楽しい。

そして もちろん、真打《しんうち》となる内田作品には、ぜひとも入ってもらわなければならない。できれば北区とも縁の深い名探偵浅見光彦が登場する短編がほしい。ところが――。内田さんは人も知る長編作家である。短編はきわめて少ない。その中でも浅見光彦ものとなると、たった五編しかない。

今回、その中から「地下鉄の鏡」を収録することができた。これは「週刊小説」（実業之日本社）に書かれた、四百字原稿用紙で百枚を超える短編小説の大作（?）である。小説誌だったら中編とか一挙掲載とか謳《うた》い文句がつくはずだ。

自分の名を冠した文学賞の受賞作家が活躍するのを見るのは嬉しいという内田さんが、自分の作品を提供するための条件は一つだけ。編集者の眼がしっかり届く活字の書籍からスタートしてほしい、ということだった。

そして、こうした経緯《いきさつ》を聞いて「おもしろい」と乗り出してくれたのが論創社であった。初めに話がもち上ったころから勘定すると、ずいぶん時間がかかってしまったが、ようやく浅見光彦以下都合八人の探偵たちを乗せたミステリアスな船が、いま出帆《しゅっぱん》することとなった。

私の限られた経験から言わせてもらえば、アンソロジーは、さまざまな可能性を秘めた書籍といえる。この一冊から思いがけない展開があったり、新しい芽が生まれることもある。本書が読書の世界に、新しい風を吹き込んでくれることを願いたい。

（はまい・たけし）

目次

星降る夜、アルル

織《お》江《りえ》耕《こう》太《た》郎《ろう》

【著者自身によるプロフィール】

一九五〇年、福岡県生まれ。早稲田大学政治経済学部卒業。マドリッドを中心に西欧各国と北アフリカに一年間滞在。帰国後、翻訳会社、外資系光学機器メーカー、市場調査会社、シンクタンクなどの会社を経て、経営コンサルタント会社設立。

小説受賞歴は、第一回北区内田康夫ミステリー文学賞、第十七回浦安文学賞。最終候補多数。著書は、『キアロスクーロ』(二〇一三年、水声社)、『エコテロリストの遺書』(二〇一七年、志木電子書籍)、同著作の英語版とスペイン語版同時刊行。英語版『Last Words of an Eco-terrorist』、スペイン語版『Ultimas Palabras de un eco-terrorista』

1

冷蔵庫の中には氷とミネラルウォーターだけが大量にあった。氷は冷凍庫でできる自家製のものではなく、酒屋で売っている形が不ぞろいなものだった。オンザロックには欠かせないものだが、女房が私の嗜好を考慮して買い置きしたものでないことは明らかだった。ビニールパックされたひと袋を手に持つと、その重量感と冷たさに歓喜の声を上げそうになった。じくじくと痛む頬骨と唇に当てれば、心の苦味は消えないにしても、わずかでも安堵のため息をつくことができる。そう思ったが、女房に見透かされたような行動をとることには抵抗があった。ほら、見たことか。いい歳したおじさんが、なにしてるのよ。声まで聞こえるような気がした。私は大きく息を吐いた。殴られたあとがきれいになったとき、一人でゆっくりオンザロックを楽しもう。やせ我慢は私の得意技の一つだ。

冷蔵庫のドアが閉まる音はとても軽やかだった。その音を聞いて喉の渇きを意識した。傷口は薬で治せるが、喉の渇きは薬では癒せない。もう一度冷蔵庫をあけ、ペットボトルを取り出した。ふたをあけるのももどかしかった。貪るように飲んだ。喉の渇きはぴたりと止まった。女房の自信満々な姿が目に浮かぶ。

私の素行に嫌気がさして実家に帰ったこと、子供二人を連れていったこと、さらには、たった一枚の置手紙ですませたこと、あらゆることが私には不満だったが、大量の水の買い置きをしてくれたことには、たとえそれがちょっとした嫌味であっても感謝しておこう。

窓の外で子供の声がした。カーテンをあけると、下の路上で隣の子供がラブラドールと遊んでいた。木蓮の花びらが赤く光ったので時計を見ると、すでに五時を回っていた。

朝帰りして、女房からの三行半の文面をわずかな悔恨を抱きながらも、事態の重みを理解できないまま読み終えてベッドに倒れこんだところまでは覚えている。そのあとの記憶は夢だろうか。ほとんど眠らなかったような感じがする。二日前新宿で文子《ふみこ》と偶然出会ったことが神経を昂ぶらせていたのかもしれない。

文子と共有した時間は七時から九時までの二時間。その短い時間にかわした会話、彼女の表情、つけていた香水のほのかな香り、やわらかそうな肌、憂いを帯びた目。すべてが私の記憶に新しい。夢だったはずはない。そう思い直して私は居間に戻り、さきほど目をとおしたばかりの夕刊をもう一度開いた。社会面に書かれたわずか三十数行の小さな記事。信じられないことだったし、信じたくなかった。

『四日午前二時ごろ、東京都中野区野方四丁目のマンション敷地内で女性の死体が発見された。マンション入り口から十メートル離れた垣根の内側に倒れているのを勤め帰りの男性居住者が発見、一一〇番通報したもの。女性は腹部三ヶ所を鋭利な刃物で刺されており、搬送先の病院で出血多量のため死亡した。女性は、免許証から、同マンションに住む無職　柳原文子《やなぎはらふみこ》さん（45）とみられている。警視庁捜査一課は殺人事件とみて中野署に捜査本部を設置した……』

間違いはなかった。同じ氏名の別人が、年齢、住所まで同じであることはありえない。柳原文子は、新宿で二十数年ぶりに再会した文子でしかありえなかった。

直線的に夕日が差し込む居間で、私はソファに腰を落とし両足を投げ出したまま、わずかしかない事実の断片を整理し始めた。

文子と出会ったのは一昨日の七時前のことだった。

ネオンがきらめき始めた歌舞伎町をあとにして駅に向かい始めたとき、雑踏の中を歩く女の姿が目に入った。

女は、体格のいい男に腕を絡ませていた。右足をわずかに引きずる女の歩き方に見覚えがあった。

二人を追い越してから不躾に振り返った。

女がめがねごしに私をちらりと見た。私は前を向いて歩き出そうとした。二十余年の歳月が思い違いさせたと思ったのだ。しかし、私の視線を受けた女はそれがいつもの癖であるかのように、前髪をほっそりとした手首で払った。

顔の輪郭が見えた。

読書で削いだようなひたいと三日月型の濃いめの眉毛。その下には近視にありがちな澄んだ瞳がある。その瞳が大きく開き、驚きの色を濃くした。女はなにやら小声でつぶやきながら近づいてきた。

「二十三年三か月ぶりってとこかしら」

「そのくらいだな」

と、私は答えた。

風俗店の呼び込みの声を避けながら細い道を入り、目についた焼き鳥屋に入った。ひとつだけ空いていたテーブルにつき、はちまきをした店員に促されるままに生ビールとつまみを五品ほど注文した。運ばれたジョッキを軽く合わせたあと、文子は連れの男を婚約者だと紹介した。

笑うと彼女の目尻に二本の皺が走ったが、文子の美貌を損なうほどではなかった。私は彼女から目を離し、婚約者がくれた名刺を一瞥した。

羽田金属株式会社　営業部長代理　山崎宗一郎《やまざきそういちろう》。厚めの名刺だった。私はビールのしずくがつかないようにそれをテーブルの右端に寄せた。

「こちらは新聞記者してる谷島さん。谷島なにさんだったたっけ?」

「……」

苦笑してみせたが、うまくいかなかった。

名前を忘れるくらいの間柄でしかないのだという婚約者へのメッセージならば、それなりの立場を演じればよいだけだ。

私は手帳から名刺を二枚取り出し、二人に渡した。

「あらあら……偉くなったじゃない」

谷島健介《やじまけんすけ》と刷られた名刺をさっと見た文子は、社会部次長の肩書きに注目した。

「その名刺しかないんだ」

「どういうこと?」

文子が訊いた。

「その部署は先日くびになった。いまは社史編纂室という、名刺を必要としないところにいる」

「ははーん」

文子がにやりと笑った。

「それで分かったわ。ときおり不満の山が噴火するってわけね。そして、火砕流を外に思いっきり撒き散らす……顔の腫れ、ちゃんと分かるわよ」

私は苦笑した。

「勝ったの?」

「よく見ないと分からないぐらいの腫れなら、勝ったんだろうな」

「でも、あしたの朝、鏡の前で負けを意識させられるかもね」

殴られたところに手を当てると熱っぽく、じくじくと痛み出していた。顔を歪ませると、文子は笑った。

「正義のけんか?」

私は首を横に振った。世の中に正義が存在することを信じていた時期は短かった。正義と不正に境界がないことに気づいたのは早かった。そして正義と不正が等式で成り立つことに気づいたのはつい最近のことだ。

「正義という死語を聞いたのは久しぶりだ」

「あいかわらずね」

文子は、はちまきの店員を呼び、私の顔を指差しながらいった。「氷をもらえますか。五、六個でいいんだけど」店員はうなずいて足早に厨房に去っていった。

似たようなことが何度かあった。殴られて文子がいた店に転がり込んだときもそうだったし、店の客と喧嘩したときもそうだった。あいかわらずね、という彼女のそのひと言を聞きたいがために強くもない喧嘩を売り買いしていたような気がする。

文子は氷を包んだハンカチを私の頬に近づけようと手を伸ばしてきた。私はそれを避けるためにわずかに顔を引いた。妙な誤解をされたくなかった。婚約者は笑って見ているが内心愉快なはずがないことは容易に察することができる。私はハンカチを受け取り顔に当てた。熱をもった頬に心地よい。

「打撲だけみたいですね」

山崎が、私の頬のあたりを見つめながらいった。

「このひと、空手やってたから、そのへんには詳しいのよ」

「……空手ですか」

あらためて山崎に視線を移すと、目を糸のようにして笑顔を見せている。頑丈な首回りとからだ全体の骨格は空手よりも柔道の経験者のように思えたが、若いころはスリムで敏捷だったのかもしれない。

「学生時代にちょっとかじっただけです。学校出てからはもうご無沙汰で……練習きついし、痛いんですよ。情けない男だってよくいわれます」

「でも、大会でいいとこまでいったらしいわよ、ねえ」文子が誇らしげな表情で山崎の顔を覗き込むようにした。「銅メダルだっけ？」

「個人戦三位。まあ昔のことですけど」

山崎が答える。二人の視線が絡み合った。

「私たちって、二人とも二回目なのよ」

「結婚がってこと？」

「そう。この人の前の奥さんは三年前に亡くなっちゃってね。はげましてやっているうちにこの人勘違いしたみたい。三周忌が終わったとき、指輪もってきてさ、結婚してくれ、だもん。まっ、いいかって感じかな」

文子は山崎を横目で盗み見るようなしぐさで、ちろりと赤い舌を出して見せた。

文子の話だと、最初は奥さんの方と親しかったのだという。以前住んでいた下落合のマンションで隣どうしだったらしい。

「先週の日曜日に彼女のお墓に報告にいったの。報告っていうより、お許しを得るためっていった方がいいかしら……この人の奥さんにはお世話になりっぱなしだった。長いつきあいだったのよ。私が前の亭主と別れるころはよく愚痴を聞いてくれたし、きちんと別れてからもなにかと相談に乗ってもらった。若いのに、なかなか歯切れのいい人でさ」

山崎とその周辺のことが話題の中心を占め始めていることに私は気づいていた。それは文子の山崎に対する思いやりなのだろうと思った。それが私には面白くなかった。左頰に手をやり、ビールを喉に流し込み、煙草を続けて二本吸った。

私は疲れていた。頰骨がうずいてきたことが苛立ちを倍化させた。すっぽりと幸せの衣服にくるまれた二人を祝福できるほど大きな心は持ち合わせていないと思っていたし、たとえ持っていたとしても、いまの私は文子たちに寛容さの大盤振る舞いができるほどの余力はなかった。

私の苛立ちに気がついたのかも知れない。文子が私の顔をみつめた。

「パーティやるんだけどさ」文子は、私のコップに冷酒を注いだ。「ごく親しい人たちだけでやろうと思ってるの。あなたも来てくれない？」

「いや、遠慮しておく」

「どうして？　木内《きうち》くんも招待しようと思ってるんだけど。あなたたちずいぶん会ってないんじゃない？」

「居所を知らないからな」

「あら、私だって知らないわ。でも、そんなの調べればすぐに分かるじゃない。大手商社なんだから」

「まだ、いるのか？　あそこに」

「だから知らないっていってるじゃない」

文子はおこったような口調でいった。

木内とは大学時代に知り合い、卒業してからも頻繁に会い、新宿界隈を飲み歩いていた。区役所通りに面した小さなバーに足を踏み入れたのは二十五年前の十二月二十四日、クリスマスイブの夜だった。そこに文子がいた。それ以来、私たちはその店に顔を出すようになった。

当時の文子は音大の二年生で、専攻はピアノらしかったが、文子の演奏を聞いたことは一度もなかった。

「才能がないから」というのが口癖だった。バーのアルバイトといえば洗いもので手先が傷つくこともある。すでに、そのときには音大を中退することを決めていたのだろう。私たちが知り合った年の翌年、文子は都内にある大学の文学部に通い始めた。

彼女はフランス文学を専攻した。口癖が「才能いらないし」に変わった以外は何の変化もなくバーのアルバイトを続けた。というよりも続けざるを得なかったというのが本当のところだった。その店にとって彼女は必要な人材という以上の存在感をもっていたから。文子が店に出るのは週に三日、月水金曜と決まっていた。その曜日は店は夕方から熱気が充満し、逆に彼女がオフの日は閑古鳥が鳴いた。

そんな文子に私と木内はプライベートな誘いをかけ、彼女がそれに応じるようになるまでにそれほど時間はかからなかった。夏は海で遊び、冬はスキーに連れ出した。一つの部屋で泊まったこともある。

そのころの三人の関係は奇妙なものだった。文子を独占したい気持ちはあったはずだが、色恋沙汰が表には出なかった。そのことが逆に三人の関係をいびつなものにしていたのかもしれない。

そんな関係にずれが生じたのは、私たちが文子と知り合ってから二年後、桜の葉が濃い緑をつけ始めたころだった。文子は木内のマンションの階段から滑り落ちて近くの病院に救急車で運ばれたのだった。

見舞いに一度だけいった。文子は「木内さんとのこと、ばれちゃったわね」といった。

私は二人の関係を全く知らなかった。裏切られたという思いだったが、仕方がないとあきらめるしかないとも思った。もちろん、二人の将来を祝福する気分にはなれなかった。それをさかいに、私と木内が飲み歩くことはなくなった。

「やっぱり、披露パーティは遠慮させてもらう」

私がいうと、文子は、そう、と小さな声でいった。

山崎が立ち上がりトイレに向かった。文子はうしろ姿を目で追いながら「お酒、あまり飲めないの。それだけが不満ね」といった。私は黙ったまま冷酒を何度も口に運んだ。文子も同じ動作を繰り返し、私たちはお互いの視線を避け合っていた。

「いま、何してる?」

沈黙に耐えられずに訊いた。会って一時間以上も経ってからする質問でないことは分かっていた。

「翻訳の下請けとスキューバの教師」

「かけもちか? それはすごい」おどけて見せた。

「あなたも、すごいわよ。記者とストリートファイターのかけもちだもの」

「好きでやってるわけじゃない」私がいうと、彼女は「でも、似合っているわよ」と笑顔を見せた。

ようやく視線が行き来するようになった。

数分経っても山崎は戻ってこなかった。文子はトイレがある奥の方を何度か振り返る。私は立ち上がった。

トイレに近づくにつれて、いびきの音が大きく聞こえてきた。山崎は、便器を抱くようにして気持ちよさそうに眠っていた。抱え起こすと、眠りからさめたようだったが言葉は出てこなかった。左腕を彼の脇に差し込んでしっかりとつかむ。九十キロをやや下回るぐらいか。死体のような重みが私の肩に加わった。

文子があっけにとられたような表情で待っていた。

「タクシーはたくさん走っているはずだ」私はいった。「送っていくだろう」

文子は私の目を見ながらうなずいた。

夜気にあたったためか、山崎は一人で歩けるようになったが、まだ足取りは覚束ない。私は肩をかし、文子はうしろからついてきた。

空車が私たちの前に滑り込んできた。

文子が「これ」といい、名刺を差し出す。山崎の名刺を店のテーブルに置いたままだったのだ。私は受け取り、ポケットに入れた。

タクシーには「初乗り六〇〇円」というステッカーが貼られてあった。

ふらつく婚約者を先に乗せ、文子は「またね」といった。

私は右手を上げてドアが閉まるのを待った。しかし文子は乗り込もうとはせず、ぎこちない表情で私を見つめた。迷いの表情が彼女の顔に宿ったがそれは一瞬のことで、すぐに笑顔に戻り、口をひらいた。

「あなたにもらった宝物、大事にしてるわよ」

私は彼女にどんな宝物をプレゼントしたのだろうか。過去の記憶を辿ろうとしたが、すぐにやめた。意味のないことはすべきではない。

二人を乗せたタクシーは、雑踏と騒音のなかを牛のような速度で新宿通りに向かって走りだした。ホステスたちの嬌声を両耳の間で素通りさせながら、私はたたずんだままタクシーの後ろ姿を目で追った。文子は長い間リアウィンド越しに私に視線合わせ、ときおり右手を振ってみせた。

何分そうやっていたのだろう。車が新宿通りに近づいたころ車内は闇につつまれた。が、タクシーがウィンカーを点滅させて右折しようとしたとき、行き交う車のヘッドライトが二人を乗せたタクシーの室内で交錯し車内を照らした。婚約者の肩に頭をあずける文子の姿がシルエットになって浮かび上がった。

2

夕刊を放り出してから着替えをするために寝室に戻った。きれいな状態のままの女房のベッドを一瞥してから箪笥を開けた。どこに何が収納されているのか分からない。もどかしさに苛立ちを覚えながらもどうにか身につけるものを探し出すことができた。

家を出る前に電話を三本かけた。

最初かけた知り合いの刑事からは新聞よりも少し詳しい状況を聞くことができた。次に山崎の会社にかけ、警備員から彼の現住所を幸運にも聞き出すことに成功した。

最後に木内に電話しようとしたとき、私は躊躇し受話器を一度置いた。しかし、文子の死を目の前にして木内との過去の軋轢など意味のないことだと思い直した。なによりも悲しみを誰かと共有したいという思いの方が強かった。その相手は木内しかいなかった。

しかし、迷った末にかけたわりには収穫が少なかった。木内がまだ在籍していることだけは分かったが、彼の現住所も電話番号も教えてもらえなかった。自分の名前だけを告げて電話を切った。

外はすでに薄暗かった。私は駅へと急いだ。

『腹部三ヶ所と脚部一ヶ所。腹部の傷は深さ二十センチ。刺したあとに刃物をひねった痕跡がある。死因は刺し傷による出血多量。目撃者は一人。タクシーから中年の男と降り立って、二人一緒にマンションのなかに入っていくのを、通りがかりの浪人生が目撃している。目撃者は夜食を買うために近くのコンビニにいく途中だった。文子は自室で殺された。そして三階の窓から落とされた。悲鳴は聞かれていない。落とされたときの音を聞いた者もいない。捜査本部では、目撃された中年の男を探している』

これが、さきほど知り合いの刑事から聞いた話のすべてだ。

西武新宿線の野方駅からしばらく歩くと環状七号線にぶつかった。陸橋を降りて一つ目の角にコンビニエンス・ストアがあった。それを右に折れ、しばらく歩いた。トラックの騒音が徐々に消えていく。静かな住宅街に入っていた。

あたりの景観とはミスマッチな三階建てマンションが見えてきた。不動産広告だと「レンガづくりの瀟洒なマンション」ということになるのだろうが、そのレンガの本来の色はくすみ、そのいくつかは欠け落ちていることが暗いなかでも分かった。

現場に刑事はすでにいなかった。エントランスの横にはロープが張ってあり、立ち入り禁止の看板が見えた。私は歩く速度を落とさずにそこを通り過ぎた。

こじんまりとした住宅が多い中で、ひときわ目立つ豪邸の前にさしかかった。自動開閉の車庫の間口からすると、三台は駐車可能だろう。甘い香りが鼻先をかすめた。ブロック塀のすきまから木蓮がはみ出していた。

その前で買い物帰りらしき主婦二人が立ち話をしていた。

近づいて社名を告げると、一人は、またかというしぐさを見せ、もう一人は逆の反応を示した。私はその女に話しかけた。

「前理事長さんに訊いてみたらいかがかしら」

女は、口の中になにか含んだようないい方をした。唇の右側が上がっていた。

もう一人の主婦は「あなた、そんなこと……」と、女のブラウスの袖を引っ張った。

「前理事長って、あのマンションの？」

「三〇一号室の大林《おおばやし》さん」

「どういう関係なんですか？」

質問には答えてくれなかったが、下卑た笑い方で答えは分かった。

二人に丁寧に礼を言い、いま来た道を引き返した。

コンビニのドアを押したのは、店員に話しを聞くためではなかった。あることを思い出し、それを確認するためにスマホを取り出すと電池が切れていたからだ。コンビニには簡易充電器を置いているはずだ。

「間違いねーよ」

コンビニに入るなり若い男の声が聞こえてきた。

カウンターをはさんでコンビニの店員と向かい合う若者は、金色に染められた髪を無造作に輪ゴムで束ね、耳にはシルバーのピアスを光らせている。

「間違いねーよ。あの人に間違いねえ。何度もいってるのに、警察ってしつこいんだぜ。暗いのにどうして分かったんだ？　見間違いじゃないのか？　後ろ姿だけじゃないのか？　ってな。おれ、あたまきちゃってさ。でも反抗的な態度とったら、犯人にされちゃったりするかもってな。心配したわけよ。で、ちゃんと説明してやったってわけ。あの日すごい雨ふってたじゃん。雨水を落とすのに、何度も何度も傘を開いたり閉じたりしてたから、真正面から顔を見たってな」

「犯人はどんな顔してたんだ？　もち、訊かれたんだろう？」

「ああ。でもな、そいつの顔見てねえんだよ。あの人置いてなかにずんずん入っていっちゃったからな」

「ほんとかよ！　復讐されるのこわいから、見なかったことにしてんじゃないの？」

「ばーか。そんなんでびびると思ってんの？　おれがでけえ男を何人病院送りにしたと思ってんだよ」

「ゼロ人だろ？」

「違いねえ」

二人はそこで、お互いに笑いあった。

充電器は文具コーナーの棚にぶら下げてあった。それを一つとり、二人に近づき声をかけた。

「あんた、だれ？」

男の目に不安の色が混じった。驚かせて申し訳ない。そういって用件を告げた。

「おう、すごいじゃん。大日新聞の取材だぜ」

店員が叫ぶような声をあげた。


コンビニの隣に喫茶店があった。好きなものをたのんでいいよというと、サンドイッチもいいですか、と肩をすくめる。最近の若者を外見で判断してはいけないようだ。

ウェートレスが立ち去るのを待ってから私は口を開いた。

「雨は何時に降り始めたの？」

あの日私は雨に会わなかった。文字をタクシーに乗せたときはもちろんのこと、始発電車に乗るために新宿通りを駅に向かうときも、道路は乾いていた。局地的な雨だったのだろう。わずかしか離れていないところでも天気は大いに違うことがある。文子は折りたたみの傘をバッグのなかに常備していたのかもしれない。

「十時ぐらいからかなあ。過去問が終わりかけたころだったっすから。バチバチと音がしたんです。ヒョウでも降ってきたかと思っちゃったですよ。窓から覗いてみると大粒の雨じゃないっすか」

「そんな雨の中を、コンビニまで歩いていった?」

「いやだな、なんか疑われてるみたいだなあ。新聞記者って警察と似てるっすね。質問の仕方が……」

私は黙っていた。浪人生は、いや冗談っすよといったあと、

「出るときは、もう小雨になってました。だから、傘も持たずに走っていったんです」

「で、柳原さんを見かけたってわけだね」

「はい。二人でタクシーから降りました」

「そして傘についた雨を落とした……」

「ええ、そうっす」

「どのくらいの間、その動作をしていたの?」

「ほんの少しですよ。ぱっぱって感じ」

「きみは小雨になっていたといったよね」

「ええ」

「とすると、柳原さんはタクシーに乗る前に雨の中を歩いていたということになるね」

「それは、本人に聞いてみないと分からないっす」

浪人生はそういったあと、あっと声を出して目を落とした。彼女がこの世にいないことを初めて知ったような表情だった。

うつむいたままの彼に尋ねた。

「傘は、折りたたみだったんだね？」

「いえ、違います。長い傘。傘の先っぽが長いやつ。折りたたみの先の方って小さいじゃないですか。あれは尖っていたし……」

文子はあの日、傘など持っていなかった。

「連れはどんな感じの男だった？」

「えーっと、それって警察でもしつこく訊かれたんですけど、はっきりいって分んないんですよ。暗かったし、先にマンションに入っていっちゃたし。もちろん、おれも興味ありましたよ。どんな男とつきあってるのかな、なんてね。あの時間でしょう。あれから、何するのかな、なんてね」

「きみは、山崎のことは知らないのかい？」

「山崎って婚約者がいることは警察で知らされたんですよ。おれ、あの人とけっこう仲よかったんですけど、結婚するなんておれには教えてくれなかったんです。子供扱いされてたんでしょう。たぶん」

「きみが目撃したのは大きい男だといってたようだけど」

「ええ、肩幅ががっしりしてましたよ。あの体型だと武道っすよ。迫力ありましたから」

婚約者である山崎のからだつきを思い出した。

もう一つ訊いておくことがあった。それは、現場近くで二人連れの主婦から聞いた大林という男についてのことだった。私がその名前を出すと、浪人生は笑いながら大げさに手を左右に振ってみせた。

「だれがいったか知らないけど、大林さんとあの人は関係ないっす。単なる飲み友達。ってゆうか同志ってゆうんですか？　つまりですね、あのマンションは外壁工事のことでもめてたんですよ。いまの理事長が業者からの甘い汁を吸ってんじゃないかってね。それを大林さんが暴こうとしていたんです。もちろん彼女も大林さんの味方だったんです。会えば分かります。今度紹介しましょうか？」

浪人生の申し出を断り、礼をいってレジに向かった。

浪人生と別れ、角を左に折れてからスマホを取り出した。

経済部の記者に頼みごとがあった。文子が乗ったタクシーを特定したかったのだ。

初乗りいくらでした？　と後輩記者は訊いた。記憶を辿って六百円と答えた。タクシーの色合いと車種を告げた。

環七に出たところでタクシーをつかまえ、運転手に若林までと告げた。警備員から聞いた山崎の住まいは、環七沿いのマンション「クレベール若林」。その八〇三号室だ。

大型トラックが吐き出す排気ガスが車内に流れ込んでくる。夕闇のなかで車がゆっくりと列をなしている。私はウィンドを閉め、目を閉じた。渋滞に焦ってもしかたがない。運転手の世間話が長引きそうなので、黙っていてくれないかと頼んだ。かすかに外の騒音が聞こえるだけになった。

運転手の舌打ちが耳に響いたのはどれほど経ったあとだったろう。その音に思考を中断されて目をあけた。車は数珠繋ぎでいっこうに進む気配はなかった。私は気持ちを静め、手帳を取り出した。そこにはさんだ名刺を裏がえしにして、メモ書きされた数字を見つめた。ロットリングで書かれたような細く横にすっと伸びた筆跡。

あの日、山崎に手渡されたときからあったものだ。といっても、それに気がついたのは山崎のすまいを尋ねるために彼の会社に電話をかけたときだったのだが。

店のテーブルに置いたままにしていたためかメモされた数字は一部がにじんでいたが、数字が読み取れないほどではなかった。

数字は七桁だった。

受注個数、アイテムナンバー、見積もり金額、発送先の電話番号、まあ、そんなところだろう。山崎が勤める会社は小さな会社らしいので、部長といえども営業の第一線にいるのかもしれない。おそらく山崎は間違って、仕事のメモをした名刺を渡したのだ。山崎に対してあまり好印象を抱けなかった私は、ありうることだと納得した。

窓の外を見ると、まだ高円寺陸橋を降りきったところだ。私は時計を確認し、後輩記者に電話をいれた。

「運がいいですよ」彼はいった。「青木《あおき》という運転手が乗せたそうです。いまから読み上げる電話番号にかければつながります」

その番号をメモしたとき目的地に着いた。

料金を払ってタクシーを降り、雑踏を避けて静かな路地に入ってから青木という運転手に電話をかけた。

文子と山崎宗一郎を乗せたタクシーの運転手は二人のことをよく覚えていた。

彼は区役所通りで二人を乗せ、若林三丁目の白い十階建てほどのマンションの前で二人を降ろしたという。料金は女が払った。男は相当酔っていた。車の中では大きないびきをかいていたし、女に肩をかりてマンションの方に歩いていった。

山崎宗一郎はかなり酔っていた。歩けないほどに。

しかし、これだけでは彼が犯人ではないということにはならない。部屋でしばらく休み、酔いを覚ましてから、また出かけたのかもしれないからだ。

「変わったことは、とくになかったですよ」私の問いに運転手はそういった。「ずっと背中をさすってやってましたよ。うらやましいぐらい仲のいい二人でした。いい女だし、やさしいし。うちのカカアと大違いだってね。そう思った記憶があります」

「若林に着くまで、二人に会話はなかったのですか？」

その問いには、ええ、とあいまいな返事をしてから、思い出したようにいった。

「電話がかかっていました」

「女に？」

「ええ、そうです。でも、ただあいづちを打つだけって感じでしたけどね」

「女の方はまったく話さなかったのですか」

数秒の間を置いて、

「なんだか嫌がってましたね」

と運転手はいった。

「無理よ、だったかな、だめよだったかな。とにかく、そんな感じです。感じのいい女だから、い
い寄る男もたくさんいるでしょう」
「そのとき、酔った男のほうはどうしてました？」
「いびきをかいていました」
私は礼をいって電話を切った。
文子にかかってきた電話のことを考えた。無理よ、だめよ……。拒絶の言葉ではあるが、ニュア
ンス次第では、反対の意味になることはよくあることだ。いや、それよりも重要なことは、その拒
絶の言葉には文子と男との関係とその密度の濃さが示されていることだった。

「クレベール若林」はすぐに見つかった。エントランスを入ったところに管理人室があった。窓口
業務はすでに終わっている。私は管理人の住まいと思われるドアをノックした。なかから太った女
性が出てきた。
「運が悪いですよね。ようやく最愛の人が見つかったっていうのに、また亡くしてしまったんだも
のね。前の奥さんもそうだったけど、殺された柳原さんって人も、それは感じのいい人でしたよね。
ついてないのよ……」
管理人の女房だというその女性は、山崎宗一郎の婚約者である文子とも懇意にしていたという。
「とっても仲がおよろしくてね。柳原さんがいらっしゃるのは日曜日が多かったんですけど、とい
っても車で出かけられることが多かったですけどね」
「山崎さんは車をもっていた？」

いまどき車をもっていない方がおかしい。しかし車があればタクシーを使う必要はない。しかもどしゃぶりの雨の中だ。

「結婚のために買い替えるっておっしゃってましたよ」

「では、いまは車がないということですか?」

「どうでしょう。駐車場見てみますか?」

私がうなずくと、管理人の女房は厚みのある腰をさすりながら奥の部屋から鍵の束をもってきた。

「山崎さんが犯人だと決まったわけではないんでしょう。私、絶対に違うと思う。そんなことできる人じゃないもの」

女はそういったが、逆のことを考えていることが表情で読みとれた。

裏手にある駐車場は立駐形式で、いまの時間には珍しく数台が駐車されているにすぎなかった。管理人の女房は何度か立ち止まって番号を確認していたが、やっぱりこれね、と上層に白のクラウンが駐車されている場所を指差した。

「ないわね」

クラウンの下には車はなかった。

やはり、タクシーでいくしかなかったのだ。

3

翌日出社したのは午後一時を回った時刻だった。室内に入ると、パソコンゲームに没頭していたアルバイトの女子大生があわてて居住まいを正した。私はなにもいわずその横を通りすぎて窓の方に歩いていき、風を入れた。春の匂いが鼻先をかすめて去っていく。柔らかな日差しに目を細め、澄み切った青空に浮かぶアドバルーンを見つめた。

「電話ありましたよ」女子大生がいった。「メモ置いときました」

窓から離れ、電話だけしか置かれていないデスクに近づいた。

「また、電話するっていってました」

彼女は、目を合わせるのを避けるようなしぐさをした。

突然の辞令で社会部デスクの任を解かれてから半年が過ぎていた。上層部とのいざこざを起こした人間は、それがどんな理由であれ下の方が裁かれる。そして、明らかに左遷と分かる扱いを受けた人間は、組織の中で居場所をなくしていく。社内の風は急速に冷たくなっていき、息苦しさだけが苦味をもって残る。社史編纂室といっても名ばかりの部署である。うるさい人間を閉じ込めるにはうってつけの独房だった。

私の生活は荒れた。酒を欠かすことがなかったし、その量は増えつづけた。出社すると、みんなが避けて通った。当然のことだった。無精ひげに覆われた顔は土気色で、鏡に映る自分の顔を他人のそれと見まがうほどだったし、なによりもしみついた酒臭さが人を遠のけた。

メモには「木内さまからＴＥＬ」とある。

電話番号は書かれていない。私はそのメモ用紙を丸めてごみ箱に放り込み、煙草に火をつけた。煙がゆっくりと女子大生の顔に向かって流れていった。彼女がモニターを見つめたまま眉をひそめるのが見えた。私は一度だけ深く吸い込み、ブリキの灰皿でもみ消した。

このままの生活を続けることはとうていできない。かといって、転職しても昔のような情熱を取り戻すことができるかと自問すれば、答えはいつもノーだった。週刊誌やライバルの新聞社からの誘いはある。しかし、それは記者としての腕を評価しての上のことだ。前提となる意欲が喪失したいま、かえって足手まといになるだけだ。

みずからのことを決断できない自分に苛立った。その苛立ちは、文子の死という事実によって増幅されたように感じられた。

木内に会ってみよう。過去のわだかまりなど、文子の死の前では空気ほどの重さもない。


翌日、待ち合わせた喫茶店に、木内靖夫《きうちやすお》はライトブルーのジャケットと濃紺のチノパン姿で現われた。体型は以前と変わっていなかった。背中に板を張りつけたように背筋を伸ばし、ラグビーで鍛えた鋼のようなからだつき。太い眉毛の上はさすがに薄くはなっていたが、四角いひたいと全体に輝きをもつ肌のつやは変わっていなかった。そして、あの深みのある声も、二十数年の隔たりを感じさせないものだった。

日本を代表する総合商社である國広物産。名刺には「部長付き」という肩書が小さく刷り込んである。「役員コースからは見事にはずれた」木内はそういい、豪快に笑いとばした。頻繁に会っていたときのことを思い出した。経済が世の中を動かしているんだと何度も熱く語った。その中心で回転する商社マンという仕事に対する誇りがみなぎっていた。

「少し痩せたか？」

木内の視線が私のからだ全体をゆっくりと這った。

「痩せた」のひと言で私の変貌を表現してくれたことに感謝しなければならないのかもしれない。無精ひげ、しわだらけの上着に品のないネクタイ。誰が見ても眉をひそめる私の外見に、木内は表情ひとつ変えなかった。私は、そんな木内の態度に違和感を感じはしたが、考えてみれば私と木内との関係はそれほどの密度でしかなかったのかもしれないと思い直した。だから私の外見の変化やその源にある仕事や生き方でのダメージにも表情を変える必要もないのだろう。私も似たようなものだ。木内が昔のままの好青年であることに何の感慨を覚えることなく、もちろん以前は無意識に抱いていたかもしれない木内に対する嫉妬心も、いまはない。

「仕事がつまらないからな」私がいうと、木内はふっと息を吐き、視線を窓の外に一瞬移した。

「文子と会ったのは偶然だったのか」

視線を戻した木内は、それまでの話題をはさみで切り離すかのような表情をつくった。

「電話で話した通りだ。区役所通りを歩いていたら前方に文子がいた」

「どうして文子だと分かった？　二十年以上も経っているのに」

「あまり触れられたくないだろうけど……」私は少し間を置いてからいった。「足を引き摺りながら歩いている女がいた。そんな女たくさんいるのだろうけど、おれにはすぐに分かったよ」

「そうか」木内は私の目を真正面でとらえた。「文子は前とは違っていたか？」

「同じだ。容色は衰えていなかったし、健啖家でおしゃべりだった。きゃしゃな体つきも同じだった。ただ、昔よりしあわせそうだった。変わっていたのはそんなところだ」

「すべて過去形なんだな」木内は目を落とした。「からっとした博多っ子だった。気性の激しさと優しさが同居していた。ドレスよりもGパンが好きだった。男みたいなショートヘアで、性格も男まさりだった……すべて過去形ってわけか」

木内の声はかすかに震えていた。私は話題を変えた。

「結婚するといっていた」

「誰と?」

「一緒にいた男だ。山崎というサラリーマンだ。結婚することになっていた」

「そうか」

木内はため息をついた。

「おまえに連絡は?」私は木内に訊いた。「披露パーティに誘われたんだが断った。おまえも呼ぶつもりだといっていたんだが」

「いや、連絡はなかった」

「そうだろうな。そのとき思いついたような話しぶりだったから。でも、誘われたら、おまえは出席していたか?」

意地悪な質問だということは分かっていた。が、私が彼を避けるようになった理由などすでに風化したようなものだ。昔話でかたがつく。

「いや、断っていただろう」

木内の歯切れよくいった言葉に私はうなずいた。

「おれは、あのころ文子を好きだったからな。いくら過去のことだといっても、つきあった女が幸せそうに別の男とくっついていてはしゃいでいるのを見る勇気はない」

「勇気?」

「ああ、そうだ。それだけ、おれは文子を愛していた」

「じゃあ、どうして一緒にならなかった?」

「海外勤務が長引いた」

「いつのことだ?」

「文子にけがをさせたすぐあとだ。メキシコに長期でいった」

「喜んでついていったんじゃないのか。文子はどちらかというとそういうところが好きだったはずだが」

「確かにな。でも、そのころはすでに関係がぎくしゃくしていた」

「それ以来会わなかったのか。二十年以上にもなるが……」

「光るような笑顔だけしか思いつかない」

木内は冷めたコーヒーに口をつけたあと、マルボロを口にくわえた。

「ところで、犯人のめどは?」

「ついていない。重要容疑者が婚約者であることには間違いないが」

「そいつの印象はどうだった。人殺しするようなやつだったか?」

「そうは見えなかった。でも、らしくない人間が人を殺すなんてことは珍しいことではない」

私は、婚約者の名刺をテーブルの上に置いた。木内は、黙ってそれを眺めながら、煙草に火をつけた。灰皿はすでに吸い殻で山盛りになっている。

「警視庁につてがあるだろう?」

木内は私を直視した。

「聞いてみたよ」

「婚約者のアリバイは？」

「ない」

「解決したようなものだ、ということか……」

私は、それにうなずいた。

木内とは駅前で別れた。別れ際、木内はまた会おうといったが、その意思が本当にあるようには思えなかった。私も同じだった。

木内の姿が雑踏に吸い込まれたあと、時計を見るとすでに五時半を回っていた。社に戻る気持ちはなかったし、その必要もなかった。電話だけはかけておこうとスマホを取り出したが、仕事をもたない私に重要な連絡があるはずもないと思い直した。スマホをポケットにしまって歩き出した。そのとき着信音が鳴った。

「いいっすか、電話なんかしちゃって。迷惑だったたっすか」

唯一の目撃者である浪人生からだった。

「かまわんよ。いまどこから？」

「この前の喫茶店からっす。大林さんと一緒なんですけど、谷島さんと話したいそうなんです」

私は「すぐにいく」と答えた。


浪人生と大林は向かい合って座っていた。コーヒーカップにはすでに中身がなく、ガラス製の安直な灰皿には煙草の吸い殻が数本あった。

「お呼びだてして申し訳ないです」

大林が立ち上がって深々と頭を下げた。

大林の顔と首回りは日焼けしていた。ポロマークが入った濃緑色のシャツから突き出た両腕は太くたくましかった。葉山の海に浮かぶ帆船のデッキにでも立たせると似合いそうな男だった。

「いえ、私も教えていただきたいことがありますので、タイミング合いましたね」

私はそういって大林に名刺を渡した。

「私の方はたいしたことじゃないので、谷島さんのお話からお先に」

大林がいってくれたので、タクシーの中で文子にかかってきた電話のことを話して聞かせた。親しいつきあいのあった大林なら何か気がついていたかもしれない。

しかし、大林は「男ですか……？　ありえません」と言下に否定した。

「派手な顔立ちですが、男性にはかなり慎重ですよ。その電話も仕事先からじゃないですか。翻訳の仕事は締め切り仕事らしいですから、納期を早めてくれという電話だったかもしれませんよ。それに第一、携帯電話の受信記録は警察で調べ終わっているでしょう」

確かに大林のいう通りだった。

「ところで」私はいった。「大林さんのお話というのは？」

「ああ、そうでしたね」

大林はそう答えたが、すぐには話を切り出す様子を見せなかった。なにかを思い出そうとしているような、そんな表情で視線を遠くにやっている。私は待った。

「一度だけありました」

「……？」

「フミちゃんの部屋から男の声が聞こえてきたことがありましたよ。興奮してたようでしたね。確か……」

「ああ、それだったらおれも聞いことあるっすよ」横から浪人生がいった。「おまえはいつもあいつのことばかり考えているって、そんなことを何度か叫んでたっす」

「きみがどうしてそんなこと知ってるの？」

「あの人んちに遊びにいくつもりだったんですよ。でも、なかで人の話し声が聞こえたので、やめたんです。そのときに立ち聞きしたっす」

「三角関係のもつれですかね」

ありえないのにという表情で大林がいった。

「その男がだれだかは分からないわけですね？」

「山崎くんではなかったな。声が違ったし、そうそう、その男には関西なまりがありました。いや、なまりというより、イントネーションですね」

私は煙草に火をつけた。

「場所をかえませんか」大林がいった。「谷島さん、お酒は？」

「まあまあです」

「フミちゃんといったことのある店はどうですか？　無理にとはいいませんが」

「じゃあ、お話はそこで聞くことにしましょう」

「いえ、たいした話ではないですよ」

喫茶店を出て少し歩いた。大林は外見の印象と違って話し好きだった。店まで歩くあいだ、大林は文子が山崎と婚約してからの変化について語ってくれた。

意外だったのは、婚約以来文子が山崎の好みに合わせるようになったということだった。服装をからだにぴったりするものに変えたり、自慢の黒髪をばっさりと切ったという。


店に着いて水割りを頼み、軽くグラスを合わせてひと口飲んだあと、大林は話し始めた。

「彼女と最後に会ったのは、事件の前日なんですよ。あの日も理事会のことで彼女の部屋で打ち合わせをしていましてね。いつもだったら、ここで飲むんですが、翌朝早くから人に会う用事があるらしくて、彼女との打ち合せも三十分ぐらいで切り上げたんですよ。気になるというのはですね……」大林はそこで間を置いた。せりあがった額を手の甲で一つ叩いた。

「ドアに傘がたてかけてあったんです。濃紺のま新しい傘でした」

「それが……？」

「半年ほど前からフミちゃんはがらりと変わったという話をさっきしましたよね。髪のこととか、おしゃれのこととかいいましたけど、実はそのとき聞いたことがあるんです」

「何をですか？」

「全部処分したっていったんです。いままでもっていた赤い傘を。赤い傘ばっかりだなって彼氏がいうのよ、だから全部捨てちゃったといってました。だから、事件の前日に見た濃紺の傘を見て、赤い傘の方がフミちゃんには似合いそうだなと思った記憶があります」

「……」

「すみません。まどろっこしい話し方で。きみ、続きを話してくれないかい」

大林は横の浪人生にいった。浪人生は手にもったグラスをテーブルに置いた。

「事件があった日におれが見たのは赤い傘だったんですよ」

「不思議でもなんでもないでしょう。山崎のマンションに置いていたその赤い傘をさして二人で文子のマンションに戻ってきたのではないですか」

反論すると、大林が、それはおかしいといった。

「だって、山崎くん自身が赤い傘を濃紺に変えさせたんですよ。だから山崎くんのところにあずけておくなんて考えられないですね」

「山崎の考えが変わって、また赤い傘を買ってあげたんじゃないですか。傘なんていまや使い捨ての時代ですし、どこでも売ってますよ。ほんの数分あればすぐに手に入る」

いったあと、尖ったいい方だと後悔した。私は疲れてきているようだった。

「すみません。くだらないことで……」

大林がそういったので、私は、いえ、といって水割りに口をつけた。そのとき、

「おれ、頭わるいんで整理がつかないっすけど……」

浪人生がぶっきらぼうにいった。

「少なくとも、大事にしてきた傘がどこかにあったということですよね。谷島さんが事件の日に会ったときは傘はもっていなかった。そしておれはびしょぬれになった傘を彼女が持っていたのを見た。とするとどこかにあの傘を置いていたということですよね。その傘をあずかっていたのが犯人ということになりませんか？」

「だから、どこかで買ったんだよ」

そういうと、浪人生は首を大きく左右に振った。

「ちがうっす。新しい傘じゃなかった。彼女が持っていたのは例の傘だったっす」

「例の傘？」

「ええ、あの人が大事にしていた古い傘があるんですよ。もうぼろぼろで、色も変わってきてるんですけどね。おれ、訊いたことがあるんですよ。なんでそんなボロ傘捨てないんだって。そしたら、大事な宝物だから、ていってました。その傘に違いないっす。色合いってゆうんすか、それが同じでしたから」

そのあと続いた大林と浪人生のやりとりは私の耳を素通りしていった。私は煙草を指にはさんだまま、赤い傘にまつわる記憶の糸を手繰っていった。

二十数年前、私は特派員としてヨーロッパ主要国を取材して回った。EU発足に伴う特集のための取材だった。仕事が終了したあと休暇をとってスペインのマドリッドに飛んだのだった。観光資源としてのスペインの諸々の娯楽をひと通り楽しんだのだが、最も気に入ったのは、空の青さだった。日本ではまず見られない澄み切った原色の青が果てしなく広がっている。シエスタで街がひっそりとしているときにも街中を歩き回った。王宮にさしかかったとき、スペインの国旗が目に入った。なにげなく見つめていると、一陣の風が吹き、垂れ下がっていた国旗がはためいて形をなし、赤と黄の二色が現れた。見慣れたはずの国旗だったが、それを目にして一瞬めまいがした。

上下に彩られた赤い色が空の青さと混じり合い、ふりそそぐ太陽の光の粒と溶け合いながらぎらぎらと燃えていた。思考が止まり、胸のうちに甘美な陶酔が漂った。

その陶酔感はスペインでのあらゆる出来事を思い出させた。フランコ、市民戦争、バスク、ネオナチ、革命、経済危機。頭に浮かび、次には現実感が消え、無意味な事象となり、そして、再び陶酔がやってきた。疲れていたのかもしれない。灼熱がわたしの精気を奪いとりつつあったのかもしれない。

翌日、私は文子のために赤い傘を買った。

「落ちたっすよ」

気がつくと、煙草の灰がスラックスを汚していた。

山崎宗一郎は、すでに勾留手続きがとられている。警視庁づめの記者は電話口で説明してくれた。

「勾留最終日まで、確か、あと三日です。おそらく起訴されるでしょう。タクシー運転手の証言が一つ。容疑者が住んでいる若林の環七沿いでタクシーに乗り、ガイシャのマンションの前で降りています。一つの傘に二人入ってタクシーを待っていたので、ずぶぬれ状態だったということです。もう一つは出刃包丁。物証ですね。容疑者のマンションの裏手に小さな池があります。堀といったほうがいいでしょうか。そこから発見されています。酷暑のせいで、そこの水が干上がり、近所の子供がみつけて遊んでいたそうです。わずかに血液反応がありましてね、血液型が一致しています。スマートフォンが見つかっていませんが、おそらく容疑者がどこかに隠しているんでしょう」

「山崎は相当酔っていたそうだが、よくガイシャを送っていけたな」

「酔いが覚めたんですよ。新宿から山崎のマンションまで乗せたタクシー運転手の乗務記録には、九時半に二人を降ろしたとなっています。そして山崎の自宅近くで別のタクシーが二人を乗せたのが十時半です。一時間あれば酔いも覚めます。当局も時間的には辻褄が合うと判断しています」

「山崎は自供したのか?」

「まだです。酔ってて全く覚えていない、といっているそうです。曖昧な供述に終始しています。容疑者は、被害者に相当惚れていたらしくて、殺すはずがないと怒鳴ったかと思うと、突然泣き出したり、かなり動揺しているらしいですよ。典型的な最後のあがきってわけですね。体力勝負にも限界があります。物証も上がったし、もちこたえられないでしょう」

記者は哀れむような口調でいったあと、

「ところで、どうしてこんな事件に興味をもつんです? 身内? それともひょっとして昔の恋人ですか?」

記者は笑った。

受話器を置いてから窓の外に目をやった。木々の緑は日を追うごとに深くなっていた。

文子のことを考えた。身内ではない。恋人でもない。恋人であったこともない。しかし、それ以上のような気がする。ずっと長い間、私の心の奥底に文子の存在が隠れていたのだ。犯人が特定されたいまになって、そのことに気がついたことに胸が痛んだ。その痛みを忘れないために、彼女の葬儀に参列することにした。

4

早朝の飛行機で羽田を立ったので、福岡空港についたのはまだ十時前だった。空港を出て空を見上げると、鮮やかな青空が広がっていた。風がさわやかに頬をなでた。

文子の通夜に出席する前に博多の町を歩いてみたかった。感傷に浸るような歳ではないが、浸りきれないほど心の荒みはない。知り合ったころ、彼女は博多弁がぬけきれていなかった。文子が使う博多弁はやさしさと艶があった。

博多の町は以前とは大きく変わっていた。

昔はおもむきのある路面電車が走っていたのだと文子に聞いたことがある。いまは地下鉄がそれにとって代わっている。速くて便利だが味気ないと文子は嘆いていた。私が博多を訪れたときはすでに路面電車は廃止されていた。文子の話を聞いて残念な思いをした記憶がある。

そして、いま。

町の景観も私の記憶にあるものとは大きく違っている。全国展開の店ばかりが目立つ。以前は博多を感じさせる路面店があった。時代の流れは速い。

地下鉄はラッシュを過ぎているためか、ひっそりとしていた。

予定していた駅で降り、地図を片手に昔私たちが遊んだ海にいってみようと思ったのだが、着いてみると、そこには松林も海も、そして潮の香りさえもなかった。あるのは林立する背の高いマンション群で、それらが人工的な街並みを形成していた。

タクシーで中州に戻った。那珂川の橋のたもとでどろりとした川を覗き込み、ひと息ついた。それだけは変わっていなかった。私は煙草を口にくわえた。

川向こうに目をやると、中州の歓楽街が見えた。文子を連れ立って夜どおし飲み歩いたその一角は、夜の顔を覆い隠すようにひっそりと息づいている。私は煙草を深く吸い込んだ。

渡辺通りを歩き、日赤通りに入った。

文子の実家はすぐに見つかった。受け付けで記帳し香典を置いた。案内されるまま進むと、大林の姿が見えた。目であいさつをしてから焼香をすませた。遺影に写った文子の服装に見覚えがあった。海で泳いで中州で飲み歩いたときに身につけていたものだ。写真もそのときのものかもしれない。文子をあいだにはさんで右側に私、左側に木内。なぜか歩くときの位置は決まっていた。まん中に位置する文子は私と木内に均等に顔を向け、均等に話題を提供した。まるで私たち三人がきれいな正三角形であり続けることを願うように。

「来ないのかと思った」

ささやくような声がした。深みのある声で誰だかすぐに分かった。

私は振り返り、木内に笑みをつくった。もう会うことはないと思っていたが、会うのが嫌だというわけでもなかった。

寿司とビールがテーブルに並ぶ二十畳ほどの部屋に案内され、私たちは腰を落とした。大林に木内を紹介したあと、ビールのグラスを黙って合わせた。なにを話してよいのか分からなかった。木内も大林も同じように黙ってグラスを口に運ぶ。周りには焼香をすませた人たちが集まってきた。にぎやかな雰囲気ができたので私は安堵した。

「ご両親はすでに亡くなっているそうですね」大林がいった。「ほら、あそこで酌をしている男性がいますでしょう」

私と木内は大林の目線を追った。二十代と思われる色白の男が見えた。

「彼が喪主だということです」

ビールをついで回る若い男は若木のような細いからだつきだが、頰からあごにかけての線に意志の強さが見てとれた。両目はナイフで切ったように細かったが、よく見ると涼しげな目をしていた。血の気を失ったような白い頰にはえくぼが刻まれていた。

「さっき紹介を受けました。フミちゃんの息子さんは九州大学の工学部の二年生だそうです」

私は不意をつかれたように大林を見た。

「前のご亭主の……?」

「ええそうです。うちのマンションに引っ越してこられたときは前のご亭主と正式には別れていませんでしたが、子供が一人いて、実家にあずけているといってました」

「……」

歳から考えて子供がいてもおかしくはない。冷静に考えればその通りなのだが、私は明らかに動揺していた。

それは子供がいるという事実にではなく、文子の過去を何一つ知らないということによるものだった。そして、会わなくなってからの彼女の暮らしぶりを想像すらしなかった自分の冷たさに気づいた。

「まあ、東京で母一人で育てるのは難しいものがありますからね」

「そうですか」

私はビールを一気に飲み干した。グラスを置いたとき、その若者がこちらにやって来た。

私たちは居住まいを正し頭を下げた。

「柳原智彦《やなぎはらともひこ》と申します。本日はお忙しいなかを、おいでいただきましてありがとうございます」

智彦と名乗った若者の口調はさっぱりとしていた。

「大林さんはさきほどご紹介いただきましたが、お二人は母とはいつごろの……」

木内が名刺を渡し「もう二十年以上も前になります」といった。

智彦が木内のグラスにビールを注ぐ。木内とひとことふたこと話をしたあと、智彦はわたしの方に顔を向け、同じようにビールを注いでくれた。わたしは出すべき名刺がないので、名前だけをいった。

智彦はビール瓶を持ったまま、

「谷島さん……」

と、つぶやき、私の顔をじっと見つめる。

「何か?」と問うと、

「いえ、何でもありません、本日はありがとうございます」と挨拶して、次の弔問客のところに移っていった。

物腰の落ち着いた、かといって嫌味なところが微塵もない青年だった。そんな一人息子を残して死んでいった文子の無念を考えると、新たな感情が胸の内に広がった。

「東京からいらっしゃったんですよね」

テーブルをはさんで向かいに座っている子供づれの女が私たちに声をかけてきたのは、文子の息子が離れた直後だった。それ以前から私たちの方に視線を投げかけていたことに私は気がついていた。女の頭髪にはところどころ白いものが混じり、目じりと口元のしわは、化粧でどうにか隠れてはいたが、疲れたような顔つきはこの場の雰囲気にふさわしいともいえた。

「フミの高校からの友達なんです」

古賀祥子《こがしょうこ》と名乗るその女性は、横に座る子供を指して「結婚が遅かったものですから」と十歳ほどの男の子の頭をなでた。折れそうなからだつきの男の子だと思ったが、脂肪が乗った母親の横にいるのでそう見えるだけかもしれなかった。外見だけだと、古賀祥子と文子とが同じ歳だとは到底信じられなかった。

「まさか、フミがこんなことになるなんて思いもしませんでした。なにか姉をなくしたような気持ちがして……私もフミも一人娘なものですから、姉妹みたいにおつきあいさせていただいてたんです。それなのに……」

古賀祥子は、ときおりハンカチで目頭をおさながら話し始めた。淡々とした口調で続けたかと思うと、しばし仏壇の方に目をやって絶句するといったことを繰り返した。彼女の語り口は、悲しさが津波のように押し寄せるのを食い止めるために必死にしゃべり続けているようだった。だから、話に脈絡はなく、文子の思い出を誰かに聞いて欲しいということだけのようだった。その気持ちは手にとるように分かった。

彼女のおかげで、私が知らなかった文子の暮らし振りの一端を垣間見ることができた。

文子は地元で高校の教師をしている男と見合い結婚をした。時期的に木内と分かれてからすぐのころだから、見合いの話はすでに進んでいたのかもしれない。翌年には息子が生まれている。専業主婦だった期間は短く、息子が小学校に上がる少し前に翻訳の仕事を始めた。技術系の専門書の翻訳なので、仕事は多くあった。

亭主と別居してから離婚が成立するまで八年かかった。亭主が離婚を拒んだからだ。別居してからしばらくは息子と一緒に東京で暮らしたが、息子が長崎の私立中学に合格したときを境に息子とも別れて暮らすようになった。そして息子が大学に入った年に前の亭主が離婚を承諾した。

前の亭主が離婚を渋ったのは、世間体や面子だと古賀祥子はいったが、文子がその男との離婚を望んだ理由についてはいわなかった。特別な理由があるわけではないのだろう。人が人を嫌う理由を言葉に出すのは難しい。ただ、八年もの間、文子が宙ぶらりんの状態でいたことを私は不思議に思った。文子の性格からして早く白黒つけたいと考えたのではないだろうか。しかも、亭主が離婚を拒否する理由が世間体や面子であるのなら尚更だ。

でも文子はそうしなかった。

もしかしたら、文子は亭主の希望を受け入れていたのではないだろうか。

亭主の希望……それは、時間と距離を置いて復縁の可能性にかけるというものではなかっただろうか。つまり、亭主が離婚を拒否したのは、世間体や面子といった理由ではなく、単に文子と別れたくなかったからなのではないだろうか。そして、文子はそのことを思いやったのでは……。そう考えると、八年間という奇妙な年月に納得できた。

「……山崎さん……、いや、さんづけする必要はないですね……あいつで十分だわ……フミにあいつを紹介されたときは、とっても驚きました。もったいないと思いました。フミにはふさわしくないと思いました。でも、話しているうちにようやくフミがどうして山崎との結婚に踏み切ろうとしているのかが分かりました。言葉ではいえませんが、なんていうんでしょうか、暖かいんです。人の悪口はいわない、攻撃もしない、皮肉もなし。そんな男だったんです。

でも……いまは、それが仮面だったということが分かりました。そんな仮面に騙されたことが悔しくて。いえそれ以上に、フミがそんな男の正体も見抜けなかったのかと思うと悲しくて」

古賀祥子はハンカチを目頭にあてた。

「これ、見てください」ハンカチをひざに置いた古賀祥子はハンドバッグから一本のカセットテープを取り出した。「主人が交通事故で亡くなったときフミが送ってくれたものなんです」

カセットテープの表面は、何度も聞き、何度も触ったのだろう、傷つき汚れていた。

「昨夜も、これを聞いて……泣いてしまいました……フミの肉声、とっても元気があって、人にも元気を与えてくれる言葉ばかりなんです」

周りがしんと静まり返り、弔問客の視線が古賀祥子に集まっていた。大半の人たちが目を真っ赤にしていた。


私たちは、それから十分ほどして辞去することにした。霊前にもう一度すわって手を合わせた。私たちに気づいた文子の息子が玄関の外まで見送りにきた。私たちは深く頭を下げてから文子の実家を離れた。

渡辺通りに出てタクシーを待った。車の通りは多いのだが、タクシーはなかなかやって来なかった。三人は無言で立ち尽くした。三本目の煙草を吸い終えたとき木内がいった。

「あしたは忙しいのか?」

木内が望んでいることは分かった。

瞬間、申し出を断る口実を探している自分に気づいた。木内と飲み明かしても悪酔いするだけだ。思い出をたぐりよせ、過去の音色に耳を傾けながら酒を飲む習慣は私にはない。

「社史編纂室の状況は知っている。それにおまえの立場もな。電話に出た女子事務員の対応を聞けばすぐに分かる」

「だから、なんだというんだ?」

「いまの状況をきれいさっぱり忘れるには、おれと飲むことが一番だと思う。あのころのようにな」

私はすでに新聞社に辞表を出すことを決めていた。事件が解決したことで踏ん切りがついたのかもしれない。そしてもうひとつのわだかまりであった木内との関係も記憶の箱にしまうことができるような気がした。

木内と飲み明かすことも悪くない。そう思った。二十数年前を追想するということではなく、これからの一歩を踏み出すために、この男と痛飲してみよう。

「そうするか」私が笑うと、木内は、

「もうすべて解決したんや。とことん飲もやないか」

と、ほっとしたような表情を浮かべ、大林にも、一緒にどうかと誘った。

大林は、突然の誘いに驚いたのか、木内の顔を食い入るように見つめていたが、すぐに目じりを下げ、申し訳なさそうにいった。

「いえ、僕はこの足で空港ですよ。ちょっと仕事がたてこんでましてね。あ、そうそう、谷島さん、私のスマホの番号教えておきますから、たまには電話してください」といった。

妙なことをいう男だ。あるいは記憶力が悪いのか。私はそう思った。大林の連絡先についてはすでに聞いている。

なにかがひっかかったが、いわれるままに彼が教えてくれた番号をメモした。

先に大林をタクシーに乗せた。それからタクシーがいっこうにやって来ない。

「中州まですぐだな。歩くか」

私たちは天神方向に歩き始めた。行き交う人が多く、肩がぶつかりそうになることもあった。歩いていると、木内がいった。

「博多には、葬儀に参列したあと女を買うという風習があるのを知ってるか？」

木内の問いに私は知らないと答えた。

「昔ここに来たとき飲み屋のおやじに聞いたことがある。そのおやじがいうには、博多っ子にとっては人間の死も一つのお祭りなんだそうだ。楽しまなくっちゃ、ということらしい。もちろんその解釈は間違っているのだろうけど、博多の人間が悲しみを毛嫌いするってところは当たっている」

「今夜は楽しく飲みたいということか？」

私が尋ねるとそれには答えず、

「海が見えるホテルの最上階を予約している。もちろんシングルを二つだから心配するな。おれには変な趣味はない」

「ああ」

「そこからは海が見える。おまえと文子とおれ。ボートに乗って、釣りをして、泳いで遊んだ海だ」

「用意のいい男だな、あいかわらず」

「商社マンは段取りが命なんだ」

「きょうは何のための段取りだ？　昔話で盛り上がってもなくなったものは元に戻りはしない」

自分でも分かるほど皮肉な笑いを浮かべてみせると、

「それは分かっている。ただ、おれの中にいる文子の残像を消しておかないとやっていけないんだ」

「そのために、昔のことを聞いてくれというわけか？」

「無残な殺され方をしたというだけで、おれは気が狂いそうだった。おまえに話を聞いてもらっても、完全に心が晴れるわけではないが、犯人も特定されたことだし、ここで一件落着させておきたい。心の整理というやつだ……」

ほどなく中州のネオンが見えてきた。

昼間見た素人娘のような中州は、夜の衣服をまとって厚化粧をほどこした街娼のような光景に変わっていた。

居並ぶ屋台の群れを歩き、とりわけ貧相な構えをしたところに入った。のれんのなかは、外見にふさわしく客は一人もいなかった。

裸になると肋骨が浮いて見えそうなほど痩せた屋台のおやじは、貧相な顔に不似合いな口ひげに手をやったあと、奥のテーブルに置いてあるコップを口に運ぶ。水なのか酒なのかは分からない。目の前にある朽ちかけそうな木箱から、おでんの匂いが漂い食欲をそそった。氷をばら撒いたケースの中には新鮮な魚がところ狭しと置いてある。迷った末に、私はおでんのいくつかを注文した。

「あのときも、屋台で飲んだんだったな。釣りと海水浴でほてったからだに冷えたビールがうまかった。おれは、あんなにうまいビールを飲んだことはあれからない。おれとおまえの間に文子が座って、両方を平等に見ながら話をする。彼女の髪に潮の香りが混じっていたのをいまでも覚えている。考えてみると、あのころが一番よかったのかもしれない」

木内はコップの酒を一気に半分ほど飲んでから、受け皿にたまった酒をコップに注いだ。

「うまくいっていた三人の仲をおれが破壊したんだ。でも、おまえを裏切ることが分かっていても自分を抑えることができなかった」

「気にするな。おまえが手を出さなかったら、おれが出していた。同じことさ」

私は表情を変えずにそういったものの、唇がゆがみ胸が一瞬高鳴った。

脳裏に浮かんだのは文子の裸身だった。私はそれを消し去るように頭を軽く振った。

入院先に文子を見舞って二か月ほど経ったころ彼女は突然私のアパートにやってきた。文子は木内とのことには何も触れず私に抱いてくれといったのだった。

そのときの記憶が私を動揺させた。

しかし、そんなことを知る由もない木内は話し続けた。

「文子はおれたちのことをおまえにきっちりと話をしてくれといった。このまま黙っているのは卑怯だともいった。しかし、おれはいい出せなかった。結局は文子の事故のときにばれてしまったけどな」

木内のコップはすでに空になっていた。私は、半分ほど残った酒を飲み干し、同じ銘柄を二つ注文した。

「どうして別れることになったのか、いまでも分からないんだ。それはけんかもした。ののしったこともあった。一方的にな。でも、おれはそんなことで文子の愛情が遠のいていくなんて思ってもいなかった。だから、突然別れたいといわれたときはショックだった。でもおれは修復はできると思っていた。メキシコ駐在の辞令がおりたので、いい機会だと思った。一緒に来てくれるものと思っていた」

木内は前を向いたまま言葉を続ける。

「メキシコには五年いた。三十二のときに帰国した。文子はすでに二十九だ。一人のはずはないとは思ってはいたが、結婚したことを知ったときはさすがにめまいがした。その半年後におれは社内の女と結婚した」

「子供はいくつだ?」

「いない。ワイフとは八年前に別れた。いまは独身貴族だ。いや貴族とはいえないな。それが影響して、役員コースからはずれてしまったんだからな」

「……」

「文子は不運な女だ。結婚に失敗する人間は多くいるが、ようやく見つけた新しい亭主に殺される……そんなのはあまりいない。佳人薄倖《かじんはっこう》というが、当たってるよ。こんなことだったら、強引にメキシコに連れていくんだった……結局おれが文子の一生をぶち壊したようなもんだ」

木内は牛すじを頼んでからコップを手にもった。

「仕事に燃えていたからな、あのころは。いい女はごまんといると思っていた。でもいま考えると、それは自分をなぐさめていただけだったようだ。文子が殺された記事を見つけたとき、息がつまりそうになった。昔のことが次々に浮かんできて、泣けた」

「それは、おれも同じだ。いや、おまえと同じといったら失礼かもしれないが」

「いいんだ。おまえもおれと同じぐらいに文子と関わってきたのだから。ただ、おれがおまえを裏切って一歩先に出た。おれは卑怯なやつだからな」

木内がいった卑怯という言葉を耳にしたとき、再び文子とのことが脳裏にきらめき始めた。

あのとき、文子は私にからだをぶつけてきた。抱いて欲しいとはっきりと言葉に出した。私は彼女のやわらかいからだを押し戻した。文子はからだをよじり、けがれているからかと訊いた。友人と関係した女はけがれているのか。文子はそうもいった。文子の目は光っていた。初めて見せた涙だった。とりわけ大粒の涙が音を立てるように床に落ちたとき、木内とは別れたと彼女はいった。それでもだめかと訊いた。そんなことが理由ではない。そう考えたが理由があるとはとても思えなかった。強くこの場で文子を抱きしめたい衝動を抑えている自分が他人のからだのように感じられた。私は、なにもいわずに文子をアパートから追い出した。

文子は翌日からも私のアパートのドアをたたいた。三日目に文子をなかに入れた。これ以上、ありもしない理由を探し続けることは私にはできなかった。その夜、私は文子を抱き、彼女の裸身を記憶の箱にしまい、彼女の言葉をこころの奥底に沈ませた。その夜の記憶の箱には、盗まれないようにしっかりと鍵をかけた。鍵はいまも私のなかにある。

私はコップに入った辛い酒を一気にのどの奥に流し込んだ。

「おまえは卑怯ではない」

私は木内の横顔を見たが、木内は黙ったままだった。

ホテルの部屋で一人になると、虚脱感が襲ってきた。私は煙草に火をつけて窓のカーテンを開いた。涼風が火照った頰に心地よい。遠くでショッピングセンターのネオンサインが愛嬌をふりまくように光っている。目をわずかにずらすと黒い海が広がり、暗黒を切り取るかのように淡い灯りを明滅させる「海の中道」がカーブを描いていた。私は海外取材の折に立ち寄ったオルセー美術館で目にしたゴッホの「星降る夜、アルル」を思い出した。闇の中でコバルトブルーの空と星のまたたきが溶け合い、力強い星群とそれを反射して水面で淡い光を放つ黄色。夜と幻想をたたきつけるようなタッチで表現した絵画。

文子と一夜をともにした夜、私のこころにはそんな光景がひろがっていた。私のこころを支配したのがコバルトブルーや鮮やかな黄色だったのか、あるいは単なる闇のイメージだったのか、いまでは分からない。

それ以来、文子と会うことはなかった。

木内が私を裏切ったのではない。その逆だったのだ。

私はカーテンを閉め、ベッドにもぐりこんだ。知り合いから誘われている仕事のことを考えた。やるべきことが終わったら私はまた記者の第一線に戻る……ついいましがた決めたことだ。記者としての意欲が甦る気配はなかったが、私には緊張のなかに身を置く必要があった。からだを酷使し、ペンを握って事件を追っていないと必ずや溺れてしまうだろう。仕事の海のなかで泳いでいれば、苦味も忘れられる。

私は時計を見てからベッドサイドの電話に手を伸ばした。大林は、待っていたかのようにすぐに出た。

5

店のつくりは、二十年の年月を感じさせなかった。ロフト風の店構え、むき出しの天井からは、セーブされたスポットライトが四方の壁を照らし、そこに掛けられているゴヤの銅版とアンダルシア風のいく枚かの皿をくっきりと浮かび上がらせている。文子は二十年前、いつもそれらを磨き込んでいたものだ。こうやって愛してあげるんだよ。女はこうやって愛されると、本能的に愛着を感じるものさ、と語りかけるように。私は文子をそうやって愛したことがなかったのだ。それが、いま私の横でターキーの入ったグラスを傾けている木内靖夫に対する遠慮だったのか、単に意気地がなかっただけなのか。いまも分からない。

きょう木内靖夫を誘ったのは私だった。文子と出会った店にいってみないか。彼の会社に電話を入れると、「そんな誘いが必ずあると思っていた」木内の意味ありげな笑いが受話器を通して聞こえてきた。

木内は左隅のカウンターに背中を向けて座っていた。私は隣に座った。しばらく二人とも黙ったままだった。

「おまえ、いつから大阪弁を使わないようになった?」沈黙を破ったのは私だった。「おれたち飲み歩いていたころは大阪弁丸だしだったはずだ。まあ、語学に堪能なおまえのことだから、大阪弁と標準語の使い分けなんて簡単なんだろう。でも、ふとしたきっかけで慣れ親しんでいたイントネーションが現れるものだ……」

あの日、大林はそのことを告げたいがためにスマホの番号を私に伝えたのだった。

木内はグラスを右手に持ったまま私に視線を這わせた。熱い視線を受けるにつれて、私の心は冷たくなっていった。

「文子が肩まであった髪を切ったのは半年前のことだ」

木内が私を見たまま、マルボロに火をつけた。私は紫煙が立ち昇るのを見てから続けた。

「文子は若林にある婚約者のマンションには五分ほどしかいなかった。翌朝早くに用事が入っていたから。でも、彼のところを早く出たのは、それだけが理由じゃなかった。その日のうちに会わなければならない人間がいた。その男は文子のスマホに電話を入れた。山崎宗一郎との結婚を決めて再出発を誓った文子がその男に会った理由はわからない。腐れ縁を断ち切りたかったのかもしれないし、二十数年ぶりに会った旧友のことを伝えたかっただけなのかもしれない。あるいは、あずけたものを返してもらうためだったのかもしれない。文子は歩いていけるその場所にいった」

私の右頬に張りついた視線が鋭利に研ぎ澄まされいくのが分かった。私は続けた。

「雨がぱらついてきた。でも問題はなかった。彼女が訪ねていったところには、傘が置いてあったからだ。どうしても処分できなかった赤い傘が……」

木内は煙草を灰皿に押しつけて消した。まだ一センチほどしか吸っていなかった。

「タクシーが運よくやってきた。山の手自動車のグリーンのタクシー。運転手は〈わけあり〉と思って客には声をかけなかった。文子と男はタクシーのなかではひと言も会話を交わさなかった。理由は分からない。男はただ下を向いたままだった」

店内では、左端に座った若い男が店の女の子に冗談をいって笑わせている。がちょうのような笑い声がデキシーの軽快な曲と混じり合った。カウンター越しに女の子の足元が見えた。厚底サンダルから上に伸びた両足は針金のように細い。

「男は文子の顔面を一撃した。鼻骨が折れ、昏倒して失神した。男は頭に血が上っていた。憎悪と冷血が交じり合った。包丁をとりに台所に向かった。が、持ち前の冷静さはすぐに取り戻せた。婚約者の山崎が料理が得意だということは文子から聞いていた。文子のマンションの包丁には山崎の指紋が当然ついている。そのことに男は気づいた」

私はここで口を閉ざした。心身ともに限界だった。

木内の息遣いがかすかに聞こえた。それを聞いて、私は最後の言葉を出した。

「おまえに、頼みがある」

私がいうと、木内は無言のまま身をよじって私の方を見た。目が合った。暗い洞窟のような目がそこにあった。私は最後の気力を振り絞った。

「犯人はおれじゃない……そういってくれないか」

木内の目は暗いままだった。

がっしりとした両肩がわずかに震え始めたのは、どのくらい経ってからだっただろうか。

店内に流れる軽快なデキシーのリズムにふさわしくない沈んだ声が木内の口から洩れ始めた。

「文子のことを忘れることはできなかった。ブランクは何度もあったが、ずっとおれは文子を愛していた。でも、彼女のなかでおれの存在は中心ではなかった。いつも別の男のことが頭から離れないようだった。言葉の端々、ふとした表情で、そのことがおれにはよく分かった。それだけではない。彼女は無意識にその男の名前を叫ぶことがあった。その男の名前を叫び、そして果てる……。

あの日、おれは彼女のスマホに電話を入れた。会いたいといった。彼女は無理だといった。しかし、しばらくして今度は彼女の方が電話をしてきた。彼女は、あなたにあげた傘を返してくれないかといった」

「あなたにあげた……?」

「そうだ。あの傘は文子がおれにくれたのだ。半年前のことだ。谷島くんからもらった傘よといっただけで、なぜおれにくれるのか、理由はいわなかった。でも、おれには分かった。三人を頂点とした三角形に生じたゆがみを一番気にしていたのは文子だったからな。どうにかしてもとの正三角形に戻したいと思っていたんだろう」

「……」

「おれは、その傘を持って外に出た。彼女は傘を受け取って帰ろうとした。おれは、送らせてくれと頼んだ。その日、おれは彼女を抱きたいと思っていた。非常識だと笑ってくれてもいい。しかし、彼女のことを記憶にとどめておきたかったんだ。おまえがいった通り、文子が髪を切ってから以降、文子はおれを拒み続けていた。当然のことだとおれも納得はしていた。しかし、あの日だけは違っていた。彼女の部屋に着いてから、おれは彼女に泣きついた。もう二度と彼女とは会うまいと決心していたし、文子にもそういった。文子には幸せな家庭をつくって欲しかった。本当に最後のつもりだった。

しかし……しかし、文子は強硬に私を拒否した。その態度に違和感があった。拒否の仕方が違っていた。

彼女は、その日あったことを話し始めた。二十年ぶりに会った男のことを。男は昔と同じように殴られていた、と彼女はいった。氷で患部を冷やしてやろうとしたら拒否されたといった。ちょっぴり大人になっていたといった。相変わらず減らず口をたたいていたといった。そんなことをしゃべり続けるときの彼女の表情は二十年前の文子のものに変わっていた。

おれは、彼女を押し倒した。欲しかった。彼女がむしょうに欲しかった。しかし、彼女はおれのからだを細い腕で押しながら、あの人にしかられる、と叫んだ。

あの人……もちろん、おまえのことだ。

あの人にしかられる……そのひと言を聞いたところまで覚えている。記憶の欠落なんて初めてのことだった。気づいたとき、おれは深くて早い息を吐きながらベランダによりかかって下を見ていた。ことりとも動かない血だらけの文子がそこにいた」

店内の音楽がデキシーからコルトレーンに変わっているのに気がついたのは、木内がひと息ついたときだった。沈うつだがエネルギーを底に秘めたサックスの音色が店内に響きわたる。

「おれはずっと悔しかった。文子の目を最後まで自分に向けることができなかった自分自身が情けなかった」

木内の肩の震えはなくなっていた。

夏が来た。私は家の前に立ちどまって、垣根からのぞく夾竹桃の淡い黄色をみつめたあと、朝刊をとりドアを静かにあけた。

台所からまな板をたたく包丁の小刻みな音とともに、卵焼きの香りが私を出迎えた。

きょうも朝帰りだ。といってもベトナム取材からいま帰ったばかりだから、もちろん顔に殴られたあとはない。

玄関でしばらく音と匂いを楽しんでいると、スリッパの音が聞こえてきた。

「あら、早かったわね。朝ごはん、もうすぐできるから」

ミネラルウォーターの最後の一本がなくなった日に女房は子供と一緒に戻ってきた。彼女はまっすぐに台所にいき冷蔵庫をあけた。やせ我慢をしていてよかったと私は思った。氷はごっそりと残っているのだから。しかし、女房は氷には目もくれず、最後の一本となったミネラルウォーターを手にとり、私の方を向いて茶目っ気たっぷりにガッツポーズをしたのだった。

靴を脱いで居間に入った。

私は、声をかけてくれた会社のなかから、一番人使いが荒く、仕事が危険で過酷で、しかも世間からまったく無視された会社を選んだ。新しい職場に移って初めての海外取材だった。仕事に没頭した。心に刻まれた生傷を癒すためにからだを酷使した。

木内は消息を絶った。遺書めいたものが送られてきた。事件の真相がつづられてあった。偽装工作についても書かれてあった。山崎の住まいが近いのは偶然のことだった。文子に山崎を紹介されそうになったことがあり、そのとき二人の住まいが近くであることを知ったらしい。木内は山崎と会うことを拒んだということだが、文子を愛していた木内としては当然のことだった。ただ、文子は木内にも自分の結婚を祝福してもらいたかったのだろう。そのあたりのずれはどうしようもない。

正三角形はもとに戻らないまま、二つの頂点を失った。

女房がお茶をテーブルに置き、また台所に向かった。濃い煎茶が疲れたからだにしみ込んでいった。

文子の息子が電話をかけてきたのは海外取材に出かける前日のことだった。彼は複雑な思いを吐露した。木内について、そんな人には見えなかったといった。私はなんでも相談にのると告げた。文子の息子は礼をいい、「博多に来られたときは必ず声をかけてください」と自宅の電話番号を教えてくれた。

彼の電話番号を私は暗唱できる。

事件が起きたときから頭に入っていた番号だからだ。

私は手帳から山崎宗一郎の名刺を出し、それを裏返した。七桁の数字に〇九二をつければその番号になる。そっと名刺を指の腹でなでた。ロットリングで書いたような直線的な数字。達筆でもあった。山崎が書いたものではない。この名刺はあのとき、焼き鳥屋のテーブルの上に置いたまま忘れていたものだ。文子が気づいて渡してくれた。そして、私にそれを渡す前に、文子は息子の電話番号を書いたのだ。

なんのために？

私は博多で会った文子の息子の姿を思い描いてみた。

長身。白い頬。強靭なあご。そしてナイフで切ったような細い目。

それは、若かりしころの私にひどく似ていた。

私は文子の言葉を頭の中で反芻した。

『あなたにもらった宝物、大事にしてるわよ』

満ち足りた終焉

井《いの》上《うえ》凛《りん》

【著者自身によるプロフィール】
三重県出身　中央大学経済学部卒
東海ラジオのパーソナリティーとして情報番組や深夜放送などを担当。
二〇〇六年、第四回『北区内田康夫ミステリー文学賞』にて
特別賞として史上初の「浅見光彦賞」を受賞。
二〇〇七年、短編集『オルゴールメリーの残像』
二〇〇八年、俳優 柳楽優弥の小説『止まない雨』執筆協力
WEB掲載『メルシー・ボク』(STARDUST press web SD Novel)
コミュニティFMで書籍紹介コーナーなど。

「シューカツ……、コンシェルジュ？」

私は聞こえたままの言葉をおうむ返しした。

「そうです。仕事内容はシューカツのサポートです」

黒ぶちメガネの中年女性はカラー刷りのリーフレットをテーブルの上に広げた。紙面をのぞき込むと、白髪の老人男女が穏やかな表情で澄んだ空を見上げている。たなびく白い雲に重なって『天空社』という毛筆文字。

「あの、シューカツって就職活動のことでは……」

たしかに派遣会社のオペレーターは電話口で「シューカツのサポート業務」と言っていた。破格の時給に目がくらみ、詳細まで訊かず「私にやらせてください！」と飛びついた。てっきり就職活動のサポート業務だと思ったからだ。

「いいえ、人生の終焉のための活動、終活です」

まさか、葬儀会社の終活アシスタントだなんて。

訪れた事務所はオフィス街のど真ん中にあるテナントビルの一画で、同じフロアにはエステサロンや審美歯科、法律事務所や貸しスタジオもあった。立地といい、おしゃれな建物の雰囲気といい、ここに来て説明を受けるまで求人情報誌の事務所だと思い込んでいた。

求人関係のアルバイトなら次の就職先を探すにも最適の業種だ。活気あるオフィスを想像しながら意気揚々とドアを開けたのだが、そこはパソコンデスクとホワイトボードの他、簡素な応接セットだけの事務所。しかも中年女性がたったひとり。

「あの、私は、えっと……」

「生方萌《うぶかたもえ》さん、二十五歳。大学卒業後、広告代理店に就職。一年半後、一身上の理由で退職。今回、人材派遣会社の斡旋でこの天空社にやって来た、ということですね」

中年女性はメガネのフレームを鼻先にずり下げ、私の履歴をざっくり読み上げた。

「あ、はい、その通りなんですが……」

「はじめはアルバイト待遇だけど、やる気さえあれば割と早く正社員にもなれるわ。私がいろいろ教えるから大丈夫よ。さっそく明日から来てちょうだい」

どうやって断ろうかと悩んでいるうちに彼女はどんどん話を進めてゆく。私のほうも「正社員」という言葉を聞いて、思わず背筋を伸ばしていた。フリーター生活の今、喉から手が出るくらい正社員待遇がほしい。

前の職場では激務に加え、上司のパワハラと陰湿な嫌がらせで、肉体的にも精神的にも疲弊して退社してしまった。

男手ひとつで育ててくれた父は私の就職を機に熟年再婚したばかり。しかも四十過ぎの再婚相手がどうやら妊娠したらしい。私の部屋だった六畳間はベビーベッドや赤ちゃん用品に占領され、残されていた私の荷物は一切合切アパートに送られてきた。そんな実家になんて今さら戻れるものか。

自立のためには働かねばならない。ここ一年ほどは、お金、お金、お金、と念じながらアルバイト生活を送ってきた。

「私は遠藤真知子《えんどうまちこ》。真知子さんでいいわ。よろしく」

彼女は片手でフレームを持ち上げ、メガネをかけ直した。テーブルの上には「終活コンシェルジュ見習い生方萌」という名札が置かれていた。

翌朝、私が始業十分前に出勤すると真知子はすでに接客中だった。

「生方さん、お茶、お願いね」

「は、は、はい。すぐにお持ちします」

慌てて奥の給湯室に入る。勝手がわからず手間取るだろうと思ったが、もう湯飲みと茶托二組がお盆に乗せられていて、急須にはお茶の葉まで入っていた。中温に設定された電気ケトルのお湯がタイミングよく沸き、もたつくことなくお茶を淹れられた。

「失礼します」

来客と真知子の脇にお茶を置いた。客人は白髪混じりの初老女性で、上品な小花柄のワンピースを着ている。テーブルの中央には一枚の写真が置かれていた。白衣の男性をはさんでナース服の若い女性がふたり、色あせた写真の中で微笑んでいる。一礼し、給湯室に戻ったが、狭いオフィスだから会話は筒抜けだった。

「つまり加野さんは、かつて友人だったこの女性と連絡が取りたい、ということですね」

「ええ、元気にしているなら会いたいんです」

真知子の問いかけに、客人が答えている。

「三十五年前、加野登紀江《かのときえ》さんと同じS病院で働いていた田中優子《たなかゆうこ》さん。その他に情報は？」

「同じ職場で働いていた人たちも彼女の行方はまったく知らないそうです。逃げるように辞めてしまいましたので。その後、私も結婚を機に退職しましたし」

来客は加野登紀江さんという名前で、どうやら古い友人、田中優子さんを探し出してほしいという依頼らしい。

「登紀江さんはそのS病院のお医者さまとご結婚されたわけですね」

「はい、加野は仕事熱心で本当に優しい夫でした。子宝には恵まれませんでしたけど、老後はクリニックをたたんで夫婦でのんびり暮らそう、といつも話していたんです。それなのに去年、夫が大動脈解離であっけなく……」

しばらくは抜け殻のような毎日だったが、なんとか一周忌を済ませた。ところが今度は登紀江自身が病に倒れ、遺品整理もままならない、とこぼす。

「ご主人の死後、加野クリニックはどうされたんですか？」

「幸いすぐに借り手が見つかりまして、今も存続しています。ただ、私もいつ、どうなるかわかりません。頼れる親族もおりませんし、それならいっそプロにお任せしようと思いましてね。あとのことはもちろんですけど、まだ生きているうちに胸のつかえもすっきりさせておきたいんです。そうして人生の清算をしてから最期のときを迎えたいんですよ」

おそらく、テーブルの上にあった写真の真ん中が亡くなった加野医師、その両側が若き日の加野登紀江と田中優子で、二人とも看護師だったようだ。

「その方と会えたら加野さんはどうされたいのですか」

「とにかく優子ちゃんに謝りたいんです。そして、できれば友人関係に戻りたいと思っています。実は私、あれ以来、人間関係をうまく築けなくなってしまって……。最低限のご近所付き合いはしてきましたが、お友だちと呼べる人がいないんですよ。田舎の両親も亡くなり、親族とはずっと疎遠のまま。私の人生を振り返ってみたら、本当になんでも話し合えた友だちは優子ちゃんだけでした。今も彼女が元気に暮らしているなら、過去のことは水に流して、また若いときみたいに二人で笑い合いたいんです。どうか、よろしくお願いします」

懇願する声が狭いオフィスに響き渡った。夫婦仲睦まじく暮らしてきたが、夫を看取ったあと、はたと気づけば周囲には気安くできる友人が誰もいなかった、と言う。老いてからの孤独感が垣間見えたような気がした。

「わかりました。最善を尽くします」

少しの間をおいてから真知子の力強い声がした。


「真知子さん、今の方、お仕事の話ですか」

加野登紀江が帰り、お茶を片づけながら尋ねた。

「そう、不動産および遺品整理と遺言書の作成。小規模とはいえ、病院をたたむとか譲渡するという作業は法的にも煩雑だし、あれやこれや大変なの。もうひとつは、長い間ずっと音信不通になっている人を探してほしいそうよ」

真知子はもうパソコンに向かっていた。ものすごい速さでキーボードをたたいている。

「この会社って、そんなことまで請け負うんですか」

「終活コンシェルジュの仕事は相続や遺言に関する相談だけでなく、人それぞれの希望に応じた人生の終焉を演出するサポート業務です。いわばオーダーメイドのエンディング。同じような会社が数ある中で、うちが目指しているのはパーフェクトというよりは、サティスファクトリーだと思ってちょうだい。つまり、人生最後の願いをかなえてさしあげることによって、人生の終焉を満ち足りた気持ちで迎えていただくことが目的なの。終活って事務的なことばかりじゃないのよ。むしろ、死が間近に迫っている人間の感情の整理がメインかもしれないわ。ここを訪ねて来る人たちにどんな苦しみや悲しみ、後悔や懺悔したいことがあるのか、じっくり話を聞いてみないとわからない。限られた時間の中で無理難題に挑まなければならないこともある。それでも最期は笑顔で旅立っていただけるよう懸命に努力する。それが終活コンシェルジュの責務なのよ。だからお客様のリクエストには誠心誠意、可能な限り対応する。それがうちのモットーです」

「……はぁ」

猛スピードでキーをたたきながら私の質問にもきちんと答えてくれる。すでに何枚かの書類を仕上げたようで、真知子の指がエンターキーを押すと、間もなくかたわらのプリンターが動き始めた。そのあざやかな仕事ぶりに感心するあまり、つい気の抜けた返事をしてしまった。

するとパソコンに向かっていた真知子がぴたりと手を止めた。椅子を反転させて私を見据える。

「生方さん、そんな返事は失礼ですよ。私にではなく、お客様に対して。みなさん、どれほど思い悩んでここを訪ねて来るのか、想像してごらんなさい。そして私たちのほうも、誰かのために頑張れるというのはすごく幸せなことなんです。結果的にはビジネスの対価として金銭が支払われるのかもしれないけど、根底で私たちとお客様をつないでいるのは信頼と感謝の気持ちなんですからね。わかりますか？　お客様は人生の終《しま》い方を真剣に考えて相談にいらっしゃるの。それを面倒だとか煩わしいとか思うようなら、この仕事は向きません。今すぐに辞めてしまいなさい」

厳しい口調でそう言われた。

「は、はい、失礼しました」

私は姿勢を正し、頭を下げた。メガネのレンズ越しに真知子の鋭い視線が突き刺さる。たしかに真知子の言う通りだ。前の会社に勤務していたときは、目の前の仕事に追われるあまり、クライアントのことまで考えるゆとりがなかった。もう少し頑張って続けていれば仕事との向き合い方や物の見方が違っていたかもしれない。

逃げるように退職し、その後のアルバイト生活では時給と待遇のよさばかり求めてきた。そもそも、仕事というのは雇用する側と雇用される側だけで成り立っている、と思い込んでいた。私はお客様より上司の顔色のほうを窺っていたし、内心、私の能力を正当に評価してくれないのは雇う側に問題がある、などといつも不満に思っていた。

これまでずっと、誰かのためにではなく、自分のためだけに必死で働いてきた。自活することが目標で、金銭という報酬が目的だった。だから、誰かを意識することもなかったし、仕事への意欲も感じなかったのかもしれない。私の中にある思い上がりや自惚《うぬぼ》れの箱を、見事にひっくり返されたような気がした。

「じゃ、さっきのお客様の話を整理するわね」

顔をあげると、表情を和らげた真知子が応接セットで手招きしている。私は久しぶりに身の引き締まる思いがした。

真知子が作成したばかりの資料によると、加野登紀江は現在六十歳。三十五年前、個人経営のS病院で看護師として勤務。同僚の田中優子とは気が合い、なんでも話せる親友という間柄だった。看護師の中で二人だけが地方出身者ということもあり、非番にはよく互いのアパートを行き来していた。二十代半ばの女子ならもちろん、恋の話に花が咲く。

登紀江も優子も独身勤務医の加野医師にあこがれていた。真面目で腕も人柄もよく、院長からの信頼も厚かったそうだ。登紀江と優子は休憩時間や夜勤当番のときなどに、よく彼の話で盛り上がっていた。

加野医師は幼い頃に母親を病気で亡くし、その悲しい思い出から医者を目指したらしい。やがて多感な思春期に父親が再婚。義母となった女性は少々我の強い性格だったため、加野と義母との関係はぎくしゃくしていた。ところが、ある日、父親が交通事故で急死し、義理の母息子だけが残されてしまった。血のつながりのない親子だったが、なんだかんだ言いつつも義母は家事をこなし、気が向けば学校行事にも参加した。生《な》さぬ仲ではあったが医者になるまで加野の身の回りの世話をしてくれたわけだ。以来、加野は欠かさず義母に生活費を送っていたという。

ある日、加野の義母が体調不良を訴えてS病院に緊急入院。検査の結果、軽い脳梗塞が発見された。しばらく点滴と投薬による血栓溶解療法で経過観察することになる。看護師はみんな、いつも以上に気を遣って対応した。誰もが、あこがれの加野医師の母親と親しくなりたい、と思ったのかもしれない。

ところが、彼女のわがままぶりに看護師たちは振り回される。四六時中ナースコールで呼びつけては、痛いだの苦しいだのと訴えるのだ。血圧や脈拍数に異常はなく、看護師はしばらく様子を見てから引き返すのだが、またすぐに呼び戻される。すると今度は、患者の扱い方が悪い、とヒステリックな声で文句を言い続けた。ときには物を投げつけ、暴れまわることもあった。最後は加野医師が駆けつけて来て落ち着かせるか、ときには鎮静剤の投与でようやく治まるという状況だった。

そんな中、珍しく静かな夜が訪れた。夜勤担当は先輩看護師と登紀江と優子の三人だった。

「加野先生のお母様も毎日ヒステリー起こして、さすがに疲れたのかもね。今夜はぐっすりだったわ」

深夜の巡回を終えた登紀江は先輩看護師と優子に冗談を言った。

だが早朝になって先輩看護師が患者の異変に気づいた。すぐに医師を呼ぶ。当直医は加野だった。懸命の処置が施される。が、患者の命は救えなかった。

加野医師が死亡確認時刻を宣告、先輩看護師がカルテに記録した。死因は「脳血管疾患」。先輩看護師と優子は静かに医療器具を片づけ始めた。そのかたわらで登紀江は点滴のしずくが落ちるさまを凝視していた。実は自分の当直時に患者の死に立ち会ったのは初めてだったのだ。先輩看護師と優子はテキパキと看護師としての仕事をこなしていたが、登紀江は足が震え、ただ突っ立っていたという。

しかしそのとき、登紀江は見つけてしまった。点滴パックの上部の小さな穴を。何者かが注射針で刺したような痕跡。前夜、最後に点滴パックを交換したのは……、たしか優子だった。

当時、医療の現場では点滴容器がガラス製からパック製へと切り替わりつつあった。古い病院などではまだガラス製が主流だったが、S病院では開院当初からパック製を使用していた。なにかできることはないかとあたりを見回したとき、登紀江の目に飛び込んできた小さな違和感だった。だが、あまりにも頭が混乱していて、点滴パックに開いた穴の重要性にまで思い至らなかったらしい。やがて患者の腕から注射針が抜かれ、点滴パックは優子の手で素早く片づけられてしまった。

「えぇ！　それって、大事件じゃないですか？」

真知子の説明の途中で、私は大きな声をあげてしまった。近年でも入院患者の点滴パックに界面活性剤が混入され、不審死が相次いだという事件が明るみになった。

「そうね、表沙汰になっていたら大変な騒ぎだったでしょうね」

真知子はあくまでも冷静な表情のままだ。

「登紀江さん、うやむやにしちゃったんですか?」

「怖くて誰にも言えなかったんですって」

親友を疑うことになる。それに最後の巡回は自分だった。責任を問われる可能性がある。加野医師の精神的ダメージを案じた。先輩看護師の不注意さが咎められるかもしれない。病院の評判も考慮した。だから登紀江は口を閉ざしていた。

けれども数週間後、加野医師と優子が親密な交際をしているらしい、という噂を耳にする。

登紀江はショックを受けた。あこがれの男性への秘めた恋心。加野医師との交際を優子からなにも聞かされていなかったこと。親友の抜け駆けに対する不快感、嫉妬心。もしかしたら優子が患者の点滴になんらかの細工をしたかもしれないという疑惑の念。いろんな感情が混ざり合って突き動かされた。

登紀江はナースステーションで独り言のようにつぶやいた。

「あのとき、点滴パックに小さな穴が開いていたんだけど……」

その一言は瞬く間に病院スタッフ全員へと広まった。噂には尾ひれ背びれが付き、面白おかしく脚色されてゆく。が、すぐに院長から箝口令《かんこうれい》が敷かれ、外部に漏れることはなかった。すでに患者の遺体は荼毘《だび》に付され、最後の点滴パックもとっくに処分されていた。確かな証拠はなにもない。

開業後数年という個人病院にとって患者の不審死がマスコミに取りざたされたら致命的である。

院長に呼び出され、登紀江も自分の軽はずみな発言を反省した。あれは自分の勘違いだった、と必死に詫びて回った。特に先輩看護師には平身低頭で謝罪し、ようやく騒ぎが鎮まった。

でも、すでに職員たちの優子を見る目は変わっていた。加野医師との交際を義母が反対したからではないか、と陰でささやく者がいた。彼が非常識な義母に振り回され続けるのを阻止したかったからではないか、と推測する声もあった。いずれにしても、優子がなんらかの異物を点滴パックに注入して患者を死に至らしめた、という前提だった。

みんなには不用意な発言を撤回した登紀江だが、結局、優子本人には気まずくて謝れなかった。ほとぼりが冷めたらちゃんと謝ろう、と思っていた。親友なのだからわかってくれる。許してくれる。落ち着いて話し合える機会をさぐっていた。が、結果的には言葉を交わすことなく、優子は姿を消してしまった。その後の行方は誰も知らない。

やがて登紀江は、傷心の加野医師を慰めるうち交際に発展し、翌年に結婚。加野医師は別の病院に移り、五年後に自身のクリニックを開院した。以降、登紀江は院長夫人として夫を支え続けた。ただ、ずっと優子のことが気がかりだったという。自分のせいで職場を去り、加野医師との恋もあきらめたのではないか、と。

「登紀江さんはそのときのことをよほど後悔しているんですね」

真知子の説明を聴くうち、いつの間にか前のめりになっていた。

「こんな気持ちのままでは死んでも死にきれない、とおっしゃっていたわ」

「やりましょうよ！　真知子さん！」

私はこぶしを握り、ソファから勢いよく立ち上がった。

さっそくパソコンを開き、三十五年前に登紀江と優子、そして加野医師が勤務していたS病院を検索してみた。病床数五十ほどの病院で専門は内科、消化器科、神経内科。院長は息子さんへと代替わりしていたがネットでの評判は上々、現在も地域医療に貢献しているようだ。

「生方さん、なにかSNSやってる？」

「はい、たまに近況をアップしていますよ」

フェイスブックもインスタグラムもツィッターも利用している。友だちと遊びに行ったときや食事したときに写真をアップする程度だが。みんなで変顔をするのにも飽き、最近は特殊加工や顔交換アプリで楽しんでいる。

「じゃあ、SNSでも田中優子さんを探してみてくれる？」

「やってみますけど、その方は六十歳ですよね。それに、田中優子って名前はありふれていますから。しかも結婚して苗字が変わっているかもしれませんよ」

バッグからスマホを取り出し、すぐに検索をしてみた。もちろん六十代でも七十代でもスマホを難なく扱い、SNSのヘビーユーザーもいる。でも若い世代に比べたらやはり少数派だ。SNSで登紀江の会いたがっている人物を探し出せる可能性は低いと思った。

案の定、フェイスブックではたくさんの田中優子が出てきた。はたしてこの中に該当者がいるものかどうか。条件を絞り込み、一人ずつ基本データをチェックしてゆく作業を想像し、気が遠くなった。

「あなた、この理論、知ってる？」

ホワイトボードを滑るサインペンの音がした。スマホから顔をあげると、真知子が『六次の隔たり』と書き終えたところだった。

「六次の隔たり?」

「そう、知り合いの知り合いをたどっていくと六人目には必ずつながる、という理論よ。SNSに代表されるいくつかのネットワークサービスはこの説が下地になっていて、アメリカの心理学者や日本の社会学者が検証実験をしたらしいわ。広い世界でも比較的少ない人数を介してつながってしまう、いわゆるスモールワールド現象の一例なの。たとえば、人は平均して四十四人の知り合いがいるといわれている。知り合いの知り合いを六回たどっていくと……ほぼ世界の総人口に匹敵する数字となるわけよ」

真知子はかけ算の数式を書いた。

「そういえばそんな話、聞いたことがあります」

テレビのバラエティー番組で、人づてに知り合いをたどり、局側が指定した未知の人物を探し出そうという企画コーナーをやっていた。路上で声をかけられた酔っ払いのおじさんから始まって、田舎の同級生、奥さんの実家、姪っ子が留学先で知り合ったカナダ人、というふうに次々と身内や友人知人をたどってゆくのだ。そうして最終的にその検証実験が成功したのを観たことがあった。

「ネット上でのつながりが増えている昨今、もっと確率が上がって、五次の隔たり、と唱える学者も出てきているそうよ。つまり……」

「友だちの友だちを五、六回たどれば、田中優子さんを探し出すことができる、ということですね」

私は真知子の言葉を引き継いだ。あくまでも数字上での理論だ。友だちとの間で知り合いの重複がないという前提でもある。でも実際に、学者たちやテレビ番組での実験結果で裏付けられている。なんだか可能な気がしてきた。

友人知人たちの顔を思い浮かべてみる。ふと高校時代の同級生で看護大学に進学した友人を思い出した。すでに看護師として病院勤務しているはずだ。親密な友だちというわけではなかったが、とりあえず彼女へのメッセージを作成する。近況報告に付け加えて「知り合いにS病院の関係者がいたら教えてほしい」という内容で送信しておいた。

「さ、出かけるわよ」

「はい、S病院ですね」

上着とバッグを引っ摑み、真知子について行った。


都心部から電車を乗り継いで小一時間、S病院は小高い丘の上にあった。正面玄関を入るとブロンズ製の母子像が飾られたエントランスホールで、右手が外来診療の待合フロア、左手が入院病棟という案内表示がされている。真知子と私は外来受付に向かった。

間もなく正午という時間帯である。広い待合フロアの一画には大型テレビが設置され、十数人が診察の順番を待っていた。真知子と私は観葉植物の脇に座った。待合室全体が見渡せる位置で、受付からは死角になっている。待合室にいるのは中高年の患者ばかりで、適度な距離感で散らばり、テレビをぼんやり眺めていたり、雑誌をめくったり、携帯電話を操作したりと、自分の診察までそれぞれの時間を過ごしていた。

「生方さん、いっしょに来て」

小声で言われ、窓際の長椅子に移った。向かい側には杖を手にした老女が座っている。そこに腰かけたとたん、真知子が私に話しかけてきた。

「よかった。萌のおかげで命拾いしたわ。連れて来てくれてありがとう」

「……え？」

突然、名前で呼ばれて戸惑っていると、真知子が耳打ちしてきた。

「患者のふりをするのよ。私が病人、あなたは付き添いの娘っていう設定ね」

わけがわからないが上司の指示には従うしかない。

「ほ、ほ、ほんと、発見が早くてよかったわね。お母さん」

「評判のいい病院だし、あとは先生にお任せするわ。でも萌にはすごく迷惑かけるね」

「あ、えっと、私なら、大丈夫よ。全然、心配しないで」

しどろもどろで会話をつなげた。すると、向かい側に座っている老女が声をかけてきた。

「娘さんですか」

「はい。普段は親子喧嘩もするんですけど、今回は娘がいてくれて本当に助かりました」

真知子の口ぶりは、いかにも検査を終えたばかりの患者です、という感じだ。

「羨ましいですわ。私なんか息子しかいないから。おまけにお嫁さんは気が強くてね、今は子供のお受験で必死になっていますよ。そんなふうだから近頃は孫とも会えなくなりました」

老女は前かがみになって話し始めた。

「あら、それはちょっと淋しいですわね。通院はいつもおひとりなんですか？」

「そうですよ。ま、私は昔からここに通っているので付き添いなんて要らないんですけどね」

「昔からって、いつ頃からですか」

「ここができたばかりの頃からだから、かれこれ四十年以上になるかしらねぇ。持病があって、若い頃からずっとお世話になっているんですよ。おまけに最近は血圧が高くて……」

よほど話し相手に飢えていたのか、老女はいろんな話を続ける。真知子は適度に相槌を打ちながら、ごく自然に話題を切り替えてゆく。

「私も昔のS病院を知っていますよ。まだ中学生の頃、祖母がこのS病院に長いこと入院していて、それで何度かお見舞いに来たことがあるんです。来るたびに祖母は、主治医の先生のことを本当にいいお医者さんよ、って褒めていました。たしか名前は、加野……、加野先生だったかしら」

「あぁ、加野先生ね。そりゃあ腕もいいし男前だし、患者さんからも大人気だったわよ。優しくて親切でね、次期院長候補とも噂されていたんですよ。それなのに突然この病院を辞められてしまって、本当に残念だったわよ」

おしゃべり好きの老女は喜々として昔話を始めた。しかも運のいいことに加野医師のこともよく知っていた。

「聞いた話では、この病院でお身内の方を亡くされたとか。もしかしたら、そんなことも関係あるんでしょうかね」

真知子は老女の横に移動し、少し声をひそめる。まるでご近所の奥さん同士が井戸端会議をしているようだ。私は口を半開きにしたまま、ひたすら感心して聞き入っていた。

「そうなのよ。義理の関係とはいえ、お母さんが亡くなられてね、先生はものすごく落ち込んでいらしたみたい。看護師さんたちもみんな心配していたわ」

「看護師さんたちが？」

「そうなのよ、私は長いこと通院しているからほとんど顔なじみなの。いろんな話が耳に入ってきたわ。とにかく加野先生は人気でね、患者にも看護師さんにもモテモテだったわよ」

「でも、職場恋愛であっさりご結婚されたとか」

「そうそう、若い看護師さんたちはみんなガッカリしちゃってね。病院は女の園だから大変なんですよ」

老女は芸能リポーターのような口調になった。

「その頃の看護師さんで、今も勤務してらっしゃる方っているんですかね」

「誰もいないわよ。院長先生が高齢になって息子さんがあとを継がれたんだけど、それを機に病院を増改築して、看護師や職員もほとんど顔ぶれが変わっちゃったんだもの」

「あらま、それは残念だわ。もし私の祖母のことを覚えている人がいたら、お会いしたかったのに。長いことお世話になったお礼も言いたいし、この子にもひいおばあちゃんの話を聞かせてあげたいと思ったんですよ」

真知子は腕を伸ばし、私の手を引っ張った。隣に座らされた私は慌てて姿勢を正し、ぎこちない笑顔を作る。

「それは残念だったわね。何年か前までは、当時の看護師長さんと年賀状のやりとりはしていたんだけどねぇ」

「あら、元看護師長さんの連絡先をご存じなんですか？」

老女の言葉に真知子がふたたび食いつく。

「私が入退院を繰り返していたときに、看護師長さんと同い年で郷里が近いことがわかったのよ。何人か共通の知人もいて、それから個人的に親しく話すようになったの。彼女がこの病院を辞めてしまってからも年賀状のやりとりだけは続けていたのよ」

「せっかくだから、その方とお会いしたいわ。ね、萌」

真知子の台詞に合わせ、何度もうなずいて見せた。

「会えるかもしれないけど、ちゃんと話ができるかしら。今は専門の施設にいるみたいなのよ」

数年前に自宅で倒れ、介護なしでは日常生活ができなくなった。右半身の麻痺と言語機能に障害があるらしい。元看護師長さんの名前と入所している施設名を教えてもらったところで、ちょうど老女の診察番号が呼ばれた。真知子と私は会釈で見送り、S病院を出た。

「真知子さん、すごい演技力ですね。まるで、本物の女優さんみたいでした」

駅に戻る道すがら、即興芝居を思い出して笑いをこらえきれなかった。

「私、ニューヨークの演劇アカデミーを卒業しているのよ」

「ほんとですか！」

「冗談よ」

笑ったり驚いたりする私を尻目に、真知子は顔色ひとつ変えず歩いて行った。


駅前のカフェで軽く昼食を済ませた。下り電車に乗り、私鉄の終点駅からバスに乗り換える。バスを待っている間にスマホをいじっていると、メッセージを送った高校の同級生から返信があった。

「S病院の関係者、私は知らないけど調べてみるわね。しばらく待ってて」とのことだ。「よろしく。そのうちみんなで集まりたいね」と、短いコメントを送信した。

田畑や民家が点在する山道を上り、夕方近くにたどり着いたのはかなり大きなリハビリ専門施設だった。だが、中に入ってみると受付の来訪者名簿に氏名を記入するだけで、案外たやすく出入りできる。面会時間も比較的自由なところだった。

元看護師長は四人部屋の窓際にいた。少し角度を上げたベッドに背中をあずけ、ぼんやり窓の外を見ていた。

「こんにちは」

すぐそばまで行き、真知子が声をかけた。しかし、返事はない。振り向いた元看護師長はきょとんとした表情だ。彼女にしてみれば見知らぬ訪問者なのだから当たり前かもしれない。

「こんにちは。S病院で働いていた方ですか？」

私が話しかけてみた。すると彼女は二度三度まばたきをし、大きくうなずいた。

「加野先生というお医者さんはご存知ですか？」

真知子は顔を近づけ、ゆっくりはっきりした口調で訊いた。彼女は唇の左側だけを少し上げ、頭を上下させた。

「……あい」

たぶん、「はい」と言ったのだろう。私は無意識のうちにこぶしを強く握っていた。

「すごくいいお医者さんだったそうですね」

「あい、あい」

顔の左側だけをゆがめ、何度もうなずいた。

「では、田中優子さんという看護師さんも覚えていますか」

とたんに元看護師長の表情が変わった。顔を背け、あとは首を横に振るばかり。院長や登紀江のことを訊いても、なにも答えてくれなくなった。

「どちらさまですか？」

声をかけられ、振り向くと小太りのおばさんが立っていた。元看護師長のご家族だろうか。訝し気な視線を真知子と私に向けている。

真知子が一歩前に出て自己紹介を始めた。

「失礼しました。私たちは加野さんという方の依頼でこちらにうかがいました。以前、S病院でごいっしょだったと聞いております」

「まぁ、加野先生のお知り合いでしたか」

ぽっちゃりおばさんは表情を和らげた。

「はい、正確には加野先生の奥様からのご依頼なんです」

「奥様というと、登紀江ちゃんですか？」

ぽっちゃりおばさんは依頼者のことを「登紀江ちゃん」と呼び、小さな目を見開いた。

「はい。実は昨年、加野先生がお亡くなりになりました。登紀江さんは、生前お世話になった方々にきちんとごあいさつできなかった、と悔やまれて……」

真知子は、体調を崩した登紀江の代理で元看護師長のお見舞いに訪れた、と伝えた。

「そうでしたか。登紀江ちゃんは私の後輩だったんですよ」

ぽっちゃりおばさんもかつてS病院にいた看護師だったという。S病院からこのリハビリ専門施設に移り、定年まで看護師として働いていた。丸顔でふくよかな体型のせいか実年齢より若々しく見えるが、もう六十代の後半らしい。まだここに勤務しているとき、S病院時代の元看護師長が入所してきて、その奇遇な巡り合わせに驚いたそうだ。若い時分には、ときに厳しく、ときに優しく、いろんなことを指導してもらった。そんな昔の恩義もあり、退職してからもこうしてときどき様子を見に通っている、と話してくれた。

「では、加野先生のお義母《かあ》様が入院されたときもS病院で働いていたわけですね」

「はい。亡くなられた日、私も当直勤務でした」

真知子と私は顔を見合わせた。目の前の女性は、あの夜の当直看護師でもあったのだ。

「登紀江さんは優子さんと会いたがっています。会って、じっくり話がしたいと、心から望んでいます。なにか情報はありませんでしょうか」

私は身を乗り出し、単刀直入に切り込んだ。出しゃばってしまって、あとで真知子に叱られるかもしれない。ただ、その時の私は、脳裏に登紀江の姿が思い浮かんできて、つい気持ちが先行してしまった。訴えかけずにはいられなかったのだ。

「いいえ。たぶん誰も知らないと思います……けど」

ぽっちゃりおばさんは困ったような表情になり、横目でベッドのほうを見た。元看護師長は、私たちの会話を聞いているのかいないのか、遠いまなざしで座っている。

しばしの間、全員が押し黙っていた。手繰り寄せた糸の先が切れてしまった気がして、私は肩を落とした。

すると、真知子がゆっくりと大きな声で話し始めた。

「実は先日、登紀江さんは余命宣告を受けられました。その瞬間、ひどく動揺したそうです。当たり前です。誰もが混乱し、嘆き、悲しむことでしょう。ただ、そこからは人それぞれかもしれません。登紀江さんは死を間近に感じながら自分と向き合ったとき、なにを考えたか。それは、感謝と懺悔だったそうです」

「感謝と懺悔……」

ぽっちゃりおばさんが真知子の言葉を復唱した。真知子は軽くうなずき、話を続ける。

「自らの死を受け入れることは容易なことではありません。財産や遺品の片づけより、気持ちの整理や心の準備のほうがずっと大変なんです。登紀江さんもしばらく苦悩しました。が、そのうち、残された時間になにをしておくべきか、と考えるようになりました。すると、限られた命が急に輝いて明るく感じられたそうです。そして今、登紀江さんは穏やかな気持ちで死を受け入れようとしています。真実が知りたいとか、過去の人間関係を暴きたいというわけではありません。ただひとつ、自分の愚かな言動を優子さんに謝罪していないことが心残りだと言うのです」

真知子は来訪の経緯を正直に話した。

「わかりました。私もできるだけ協力します。当時のS病院のことは、やはりこの人が一番よく知っているはずなんです。もしかしたら優子ちゃんのことも……。だけど、ちょっと時間がかかるかもしれません」

ぽっちゃりおばさんはそう言って元看護師長の背中をさすった。

後遺症で言語機能に障害があるため、じっくりと時間をかけて意思の疎通を図らねばならない。

体調や疲労度なども考慮しなければならない。だけど昔話は脳のリハビリにもなるので心がけてみる、と約束してくれた。

「ありがとうございます」

私はぽっちゃりおばさんにお辞儀した。が、ふと横を見ると真知子は元看護師長に向かって頭を下げていた。

「あのぽっちゃりおばさん、うまく手がかりを引き出してくれるといいですね」

帰りのバスを待つ間、真知子に話しかけた。すでに陽は傾き、遠くに見える山々の稜線が茜色に染まっている。

「元看護師長さんしだいよ」

短い面会時間の中、真知子はずっと元看護師長の表情の変化や目の動きなどを観察していた。そこには心の揺らぎが見えたと言う。私はスムーズに会話が成り立つぽっちゃりおばさんとだけ向き合っていた。だから、元看護師長がどんな顔で話を聴いていたのかなど、ほとんど覚えていない。

「真知子さんって心理学者みたいですね」

叱られなかったことにホッとして、私は軽い口調で言った。

駅方面行きのバスがやって来た。

「博士号を持っているのよ」

目の前でバスが停まり、真知子が先に乗り込む。

「すごい!」

私の声に真知子は振り向きもせず言った。

「冗談よ」

登紀江の依頼を受けた当日から非常にアクティブで、それなりの手ごたえもあったため、あとはとんとん拍子に行くような気がしていた。しかし、その後の進展はさっぱりだった。

真知子と私は毎日S病院に通い、待合フロアで通院患者たちと世間話をした。曜日や時間帯が違うと患者たちの顔ぶれも違う。会話さえ辛い病人もいるし、話しかけられるのを極端に嫌がる人もいるので、足繁く通ってもさほどの情報は得られなかった。

長期通院者でも前院長時代のS病院を知っている人は少なかった。初日に出会った老女がやはり一番古株の通院患者かもしれない。老女とはその後も会うたび、診察の呼び出しまで他愛のないおしゃべりをした。

優子に関する情報はなにもない。だが、S病院の内情が少しずつわかってきた。

前院長は医師というより経営手腕に長けていた。診察は腕のいい勤務医に任せ、自らは病院を大きくすることに力を注いできたらしい。陰では、特定の医療器具メーカーや製薬会社との癒着話、ときおり女性関係の噂もささやかれ、いささかダーティーな側面を持つ人物だったそうだ。

ワンマンな前院長には病院内部でも反発する動きがあった。次の院長に加野医師を推す声も高かった。だが前院長には跡継ぎの息子がいた。それが今の院長先生だ。職員内部のもめ事はいつも元看護師長がとりなし、従わない者は辞めざるを得なかったらしい。

「いやぁ、ドラマみたいなことが現実にあるんですね」

命を守る職場でのドロドロした裏話に、思わず私はつぶやいていた。

昼下がりはいつも院内の喫茶室で、真知子とコーヒーを飲みながら小休止した。私はたいていテレビをぼんやり眺めたりスマホをいじったりしているのだが、真知子はタブレットを開いているときも手帳に書き込みをしているときも、いつも周囲に聞き耳を立てていた。

ある日、喫茶室でなんの前振りもなく真知子が言った。

「萌、私、明日から一週間ほど出張なの。留守中、よろしく頼むわね」

親子という設定でS病院に通い続けているので、名前で呼ばれることには慣れたが、真知子の言動にはしばしば面食らう。

「出張って、どこに行かれるんですか？　よろしくって、どうすればいいんですか？」

「好きにしてていいわよ。業務連絡も一切不要」

不安がる私を見て、真知子はニヤニヤしていた。

翌日から勤務時間を事務所で過ごした。一人でオフィスの掃除をし、お茶を淹《い》れ、パソコンの前に座り、メールチェックをする。真知子から指示された最低限の事務作業などすぐに終わってしまう。出張先は聞かされていない。事務所あての電話はすべて真知子へ転送されるように設定してあり、来客予定もなかった。

初日はS病院のホームページを隅々まで調べ、二日目は本を読んで過ごした。三日目にはパソコンで動画を観ることにも飽きた。スマホを取り出し、高校時代の友人に再度メッセージを送ってみる。あれ以来、友人からの連絡はなかった。私も毎日のS病院通いで忙しかった。

——久しぶりに会わない？

すると、予想外に早く返事が来た。

――こちらも連絡しなきゃと思っていたところよ。

もしかしたら田中優子につながるかもしれない人物を見つけた、とのことだった。看護師仲間の彼氏の親友の上司が、かつて製薬会社の営業担当としてS病院に出入りしていたらしい。私の胸が急に高鳴った。指を折って数えてみると、なるほど、その人から優子につながればたしかに『六次の隔たり』だ。さっそく今夜、友人と会う約束をした。

夕方までは本もパソコンも開かず、一人でじっくり考えてみた。真知子が出張から戻るまでに、自分なりに情報を整理しておきたかった。

まず、なぜ優子はS病院から逃げるように姿を消したのか。登紀江の流した噂を気にしたのは、自分にやましい気持ちがあったからではないか。では、なんのために優子は点滴パックに異物を混入させたのか。

やはり、加野医師との交際に義母の存在が邪魔だったのかもしれない。もしも加野医師と結婚することになったら自分の姑になる人物だ。傍若無人な姑などはなから要らない、と考えたか。

だが、それなら姿を消さず、加野医師と交際を続ければいい。噂は外部に漏れることなく、沈静化したのだから。すでに点滴パックは処分され、葬儀も終わっていた。あとから調べようもない。

ただし、加野医師から問い詰められたとしたら、どうだろう。恋人が自分の義母を殺したとすれば、交際を続けることは難しいはずだ。加野医師から別れを告げられ、優子はS病院を去った。

いや、そもそも優子が犯人という前提が間違いかもしれない。当直には先輩看護師もいた。登紀江や優子より医療の現場経験があり、知識も豊富だったはずだ。今は温和なぽっちゃりおばさんになっているが、S病院で仕事のストレスを感じていたとしたらわからない。加野医師の義母のふるまいに腹を立てていたのはすべての看護師だというではないか。

でも、まさか、あの人の好さそうなぽっちゃりおばさんが？

けれど、人の心はわからない。推理小説ではいかにも善良そうな人物が犯人だったりするではないか。と、そんなことを考えているうち、実際に会ったぽっちゃりおばさんの顔が浮かんできて、私は頭を激しく振った。

あの人は親切にいろんな話をしてくれて、元看護師長からも話を訊き出してくれると約束してくれた。私の直感でしかないのだが、彼女のまなざしに嘘はなかったと思いたい。

もう一度、思考をリセットしてから推論を立ててみる。

たとえば、加野医師が点滴パックに薬剤を混入させたという可能性はないだろうか。腕がいいと評判の医師が不審な点に気づかなかったこと自体、考えたらおかしいではないか。元々、義理の親子関係だ。自分の職場で義母に迷惑をかけられて困り果てた。思いつめた挙句の犯行ならあり得る。ひょっとして、義母の保険金狙い？

私はホワイトボードに刑事ドラマのごとく相関関係図を描き、あらゆる可能性と動機を並べてみた。けれど、すべてが想像でしかない。終活コンシェルジュ見習いという立場の私にはしょせん探偵ごっこなのだ。データ不足だし、当時のカルテを調べる権限もない。

応接セットのソファに倒れ込み、時計を見ると退社時刻になっていた。パソコンの電源を落とし、オフィスを出た。

「萌、こっち、こっち」

待ち合わせのお店に入ったとたん、声をかけられた。友人とは高校卒業以来の再会だ。大人びた服装と化粧ではじめは誰だかわからなかった。おまけにもう一人の女性と二人の男性も同席し、すでに盛り上がっている。

「おじゃましてすみません。生方萌です」

気後れしながら自己紹介した。聞けば、集まっていたのは友人の看護師仲間とその彼氏、その彼氏の親友だった。つまり、この場に四次の隔たりまでが勢揃いしたわけだ。田中優子という人物をたどるうちに新しいコミュニティーができたようで、今日は急きょ気楽な飲み会をしようと集まったらしい。

「で、以前S病院に出入りしていたという上司の方は？」

製薬会社勤務という男性に尋ねた。

「実は新人研修でお世話になったきり会っていないんですよ。あちこちまわって今は名古屋支店の支店長だそうです。なんせ、ぼくらMRは転勤族ですからね」

MRというのは製薬会社の医薬情報担当者のことで、病院など医療従事者相手の営業職である。かつてはプロパーと呼ばれていた。名古屋支店長とは直属の関係ではないし、また業務以外のことなので電話もはばかられる。そのうち名古屋への出張の機会があれば酒の席でいろいろ訊いてきますよ、と言う。

製薬会社の名刺をもらい、あとはMR業務の苦労話を延々と聞かされた。会社への不平不満を愚痴りたい気持ちはわかるが、ネガティブな男の話は少々煩わしかった。二次会にも誘われたが適当な理由で断り、私だけ先に帰った。

早々に製薬会社の名古屋支店を調べてみた。すぐにでも、直接、支店長あてに電話をかけたかったが、やはり真知子の留守中に勝手なことはできない。前の会社のとき上司の承諾なしに行動してさんざん怒鳴られた。それが今もトラウマになっているのだ。

翌週、ようやく真知子が戻ってきた。

「おかえりなさい。出張、お疲れさまでした」

十日ぶりに会う真知子は出張疲れか、寝不足気味のように見えた。

「おかえりなさい……か。誰かが待っていてくれるって、そう悪いものじゃないわね」

真知子はひとつため息をつき、小さな声で言った。

「実はですね、真知子さんの留守中に……」

高校時代の友人と会ったこと、かつてS病院へ熱心に出入りしていた製薬会社のMRが今は名古屋支店長になっていること、ついでにホワイトボードに描いた相関図を示しながら自分なりに考えた推理あれこれも話した。

「どうでしょう。私の推理」

私は胸を張った。が、真知子は首を振る。

「まだまだってとこね。それに私たちの仕事は優子さんを探し出すこと。刑事じゃないのよ」

「……はい」

その通りだ。登紀江さんの依頼は優子さんとの再会だった。事件の捜査なら警察に任せればいい。私の欠点は、のめり込み過ぎると本来の目的を見失いがちになるところである。

私は肩を落とし、ホワイトボードの図を消した。なぜこんなに意気消沈するのか、自分でも不思議だった。もしかしたら、心のどこかで真知子に褒められたかったのかもしれない。よくやったわね、と少しでも認めてもらいたい気持ちがあったのだ。

これまでの私は上司に不満を感じることはあったが、信頼関係を期待したことはない。でも真知子には、自分をもっと評価してほしいという願望がいつのまにか芽生えていた。それは新しい自分の発見でもあった。

ちょっとすねたような気持でボードを部屋の隅へと片づけた。その間、真知子はどこかに電話をかけていた。

「萌、出かけるわよ」

振り返ると、真知子はもうドアノブに手をかけていた。

「え、またどこかに出張ですか？」

「今度はあなたもいっしょ。行先は、もちろん、名古屋よ」

「はい！」

私はガッツポーズをし、慌てて真知子を追いかけた。

新幹線で名古屋へ向かう。名古屋駅からほど近い場所に製薬会社の名古屋支店があった。真知子がどう言ってアポをとったのかわからないがすんなりと支店長室に通された。

「S病院には甘酸っぱい思い出がいっぱいありましてね」

支店長は若い頃、S病院に足繁く通っていた。密かにS病院の事務職の女性と交際していたようで、古いアルバムをめくるような表情で当時の話をしてくれた。MRがプロパーと呼ばれていた時代は、医療関係者への過剰な接待攻勢が横行しており、製薬会社はS病院の前院長も頻繁に接待していたらしい。支店長は昔のことも細かく記憶しているし、S病院の内情にはかなり詳しそうだった。

「病院内の人間関係もいろいろ複雑だったんでしょうね」

「それはもう、看護師長は大変だったと思いますよ」

真知子の問いかけに支店長が答えた。きびきびと采配を振るい、もめ事をまとめてきた看護師長だが、今は自身がリハビリ施設で療養中だと言うと、支店長は感慨深げな顔をした。

「それで、私たちが今日おじゃましましたのは……」

しばらく当時のS病院の様子を聞かせてもらってから、支店長に来訪の目的を伝えた。すると、拍子抜けするほど簡単に糸口がつかめた。

「実は、本当に偶然が重なって、その田中優子さんをお見かけしたんですよ。今は岩内《いわない》さんという苗字になっています」

彼は製薬会社のMRとして全国を転々とし、三年前に名古屋支店に赴任した。着任後、伊勢営業所へのあいさつ回りに出かけたとき、ついでに伊勢神宮へも立ち寄った。ところが参道で転倒して捻挫、近くの整形外科病院で診察を受けた。その整形外科でかつてS病院にいた優子さんを見かけたと言う。二言三言の立ち話しかできなかったが胸の名札には「岩内」と書いてあったらしい。小さな整形外科病院で今も現役の看護師として働いているようだ。すでに退職していたとしても、小さな町だから探せるのではないか、と。

「ありがとうございます」

私と真知子はその足で伊勢へと向かった。

伊勢市宇治山田駅からタクシーで十分ほど、目指す病院は市街地から少し離れたのどかな風景の中にあった。夕方からの診察が始まったばかりで、待合室には数人の患者が腰かけていた。受付の脇に今日の勤務職員のネームプレートが掲げられている。医師、看護師、薬剤師、理学療法士など。

「真知子さん。いましたよ、岩内優子《いわないゆうこ》さん！」

看護師の中に名前を見つけた。いよいよ尋ね人に出会えるのだ。私は感激のあまり声がうわずった。真知子は数歩離れた位置でリハビリルームを覗き込んでいた。

「あの、私になにかご用ですか？」

突然、背後から声がした。飛び上がって振り向くと、淡いピンク色のナース服を着た年配の女性が立っている。胸元の名札には「岩内」と書かれていた。

「えっと、あのですね、なんというか……」

私は予想外の状況に気が動転し、言葉にならなかった。

「すみません。私たちは岩内さんにとある方からの伝言を預かってまいりました。よろしければお仕事のあと、それとも明日以降にでも、少しお時間をいただけませんでしょうか」

すかさず真知子が名刺を差し出した。

「終活コンシェルジュ？」

優子は束の間目を伏せたが、すぐに顔をあげた。そして、一呼吸してから大きくうなずいた。

「わかりました。のちほどお話をうかがいます」

その後、私たちは整形外科病院の向かいにあるファミリーレストランに入り、優子の勤務が終わるのを待った。緊張のあまり食べ物が喉を通らないかと思ったが、ハンバーグ定食を完食し、真知子が手も付けずに残したデザートまで平らげた。

「意外とタフね」

あきれ顔で言われたが、私は初めて褒められたような気がして妙に嬉しかった。

「お待たせしました」

コーヒーを五回おかわりしたところで優子が現れた。地味な私服姿で、あらためて向き合うと実年齢より老けて見えた。これまでの人生で苦労があったのかもしれない。食事を勧めたが、息子が家で待っているから、と飲み物だけをオーダーした。

「優子さんをお探しのとある方というのは……」

「登紀江ちゃんですね」

真知子が言うより先に、優子が答えた。いつか自分を訪ねて来るのではないか、と思っていたらしい。だが優子自身は、絶対に会いたくない、と強い口調で言う。

「登紀江さんは謝罪したいと言っています。人生最後の願いが優子さんとの再会と心からの謝罪だそうです」

「それは自己満足ですよ。相手の気持ちを考えられない自分勝手な言い草です」

根も葉もないデマで中傷され、交際相手から疑われ、逃げるしかなかった。のちに風の便りで加野医師と登紀江が結婚したと知った。記憶が風化するまで、優子は胸が張り裂けるような思いで暮らしていたようだ。伊勢で知り合った男性と結婚し、岩内姓になったが夫は不慮の事故で亡くなり、女手ひとつ必死で息子を育てあげた。今さら登紀江と会ったところで、三十五年の歳月は取り戻せない、と言う。

それから一時間以上、押し問答を続けた。が、優子は登紀江との再会をかたくなに拒んだ。

「登紀江ちゃんの気持ちはわかりました。でも死ぬまで会うつもりはありません」

さすがの真知子も引き下がった。席を立ち、優子を見送る。と、真知子が思いついたように声をかけた。

「優子さん、理学療法士の息子さんはまだ独身なんですか？　たしか三十代半ば……とか」

「はい、でもやっと結婚が決まりました。お嫁さんも看護師なんですよ」

「それはよかった。おめでとうございます。次はお孫さんが楽しみですね」

「ありがとうございます」

ずっと暗い表情でいた優子がはじめて笑顔を見せた。目を細め、軽い会釈をして帰って行った。

しかし私は落胆のあまり全身から力が抜け、座り込んでしまった。せっかく探し当てたというのに、相手からは激しく拒絶されたのだ。

私はパフェを追加注文し、ぼやきながら食べた。真知子は黙ったまま窓の外を見ていた。


さらに悲しい報せが届いたのは十日後のことだった。

私が帰り支度をしているとオフィスの電話が鳴った。電話の近くにいた真知子が受話器を取り、はい、はい、とメモしながら答えていた。

「萌。明日、登紀江さんのお通夜ですって」

真知子の言葉に頭から冷水を浴びせられた気がした。

最後の願いをかなえてあげられなかった。悔しくて、悲しくて、無力感に捕らわれる。私が茫然としているのをよそに真知子は電話をかけ直し、天空社直営のセレモニーホールに花や供え物などの手配をしていた。

翌日は一人でオフィスの留守番をし、夕方、早めにセレモニーホールへと向かった。真知子は通夜の準備のため、朝から会場につめているはずだ。

セレモニーホールに到着すると奇妙な雰囲気を感じた。たしかに立て看板には「加野登紀江さん通夜式会場」と書かれている。玄関の両側には生花が飾られ、会場となる部屋へと優しい照明が灯されている。ただあまりにも人の気配がなく、やけに静かだったのだ。

「萌、こっちよ」

真知子が扉から顔だけをのぞかせた。小走りで室内に入ると、祭壇の準備はすっかり整っていた。正面に大きな登紀江の写真、白い菊やユリを中心に清楚な花々が周囲に飾られている。心地よい旋律のBGM、そして中央には、美しい銀糸の装飾が施された布張りの棺。歩み寄り、棺の小窓をそっと開ける。穏やかな笑みをたたえ、眠るような登紀江の顔が見えた。

「登紀江さん……」

あとは言葉にならなかった。涙があふれ、嗚咽が込み上げた。最後の願いをかなえてあげられなかった自分の不甲斐なさ。悔しくて、申し訳なくて、情けなかった。

「通夜式はごく内輪だけで、というご希望だったのよ」

隣に立った真知子がハンカチを差し出した。なるほど、だから会場にひと気がなかったのか、と合点がいった。私はハンカチを借り、涙と鼻水を拭いた。

「でも、登紀江さんはご主人に先立たれ、お子さんもいらっしゃらないし、誰が……」

言いかけたとき、通夜式開始を告げるアナウンスが聞こえてきた。

「本日は加野登紀江さんの通夜式にお越しくださいまして、誠にありがとうございます」

しめやかな響きの声は祭壇下手《しもて》の陰に立つ女性司会者のものだった。ほのかな照明が会場出入り口に向けられ、視線を移すと、そこには黒いワンピース姿の優子が立っていた。

「優子さん！」

思わず大きな声が出てしまい、慌てて口元を押えた。そうだ、あのとき彼女はたしかに言った。死ぬまで会う気はありません、と。真知子が呼んだに違いない。

優子はゆっくりと祭壇前に進み、棺の小窓を覗き込んだ。しばしの沈黙。やがて肩が小刻みに震えだした。倒れそうになるが、素早く駆け寄った男女に支えられ、どうにか椅子に腰かけた。おそらく優子の息子とその婚約者だろう。両側から優子の手を握り、背中をそっと撫でていた。

「実はもう一組、お招きしているのよ」

真知子が私に耳打ちした。振り向くと、扉の前にはぽっちゃりおばさんと車椅子に乗った元看護師長がいるではないか。優子も二人に気づいたが、口を半開きにしたまま声にならない。ぽっちゃりおばさんは元看護師長の車椅子を押しながら祭壇前まで行った。

「登紀江ちゃん、優子ちゃん、ごめんなさい。元看護師長さんが二人に謝りたいって」

「え？」

私だけではない。優子も困惑した顔をしている。

「あの夜のこと、すべて私に話してくれたの」

ぽっちゃりおばさんが元看護師長から聞いた内容を語り出した。はじめは話すのを強固に拒んでいたらしい。それを、見舞うたびに少しずつ元看護師長の心を解きほぐし、あの夜の真相を引き出したのだそうだ。

「事の始まりは……」

開口一番、驚かされた。ずっと独身を貫いてきた元看護師長だが、裏では前院長と長く愛人関係にあったのだと言う。前院長の女好きは陰でささやかれていた。しかしあまりに噂が多すぎて、元看護師長との仲など誰も疑わなかった。一度だけ想定外の妊娠をしたが前院長の命令で中絶させられた。その後、元看護師長は婦人科系疾患で子供を産めない体になった。

一方で前院長は息子を溺愛していた。息子のための地盤固めに心血を注ぎ、S病院を大きくしようと賄賂や裏金作りなどは日常茶飯事。そんな様子を知れば知るほど、元看護師長はこの世に生を受けることができなかった我が子を不憫に思った。前院長への復讐心が芽生え始めた。

そんなとき加野医師の義母が入院してきたのだ。傍若無人な態度に腹が立っただけではない。義理の関係とはいえ心優しい息子がいるのに、その息子を困らせてばかりの母親が憎らしくなった。元看護師長にしてみれば、母という立場がどれほど羨ましかったであろうか。羨望の気持ちと怒りや憤りの感情がない交《ま》ぜになった。やがて、どうにかして傲慢な義母から加野医師を解き放ってあげたいと考えた。

その瞬間、彼女の心の隙間に悪魔が舞い降りたに違いない。

深夜、病院に忍び込み、点滴パックに異物を混入した。患者の不審死が発覚すれば病院の評判はガタ落ちになる。前院長の失脚を画策した。加野医師も義母がいなくなって清々するはずだ。

しかし、事件は表沙汰にならなかった。結果的には優子が疑われてS病院を去っただけ。

義母の死を看取った加野医師は心から嘆き悲しんでいた。医師として、息子として、自分は最善を尽くせなかったのではないか、と苦悩もしていた。元看護師長はそんな姿を見て、ようやく目が覚めた。医療従事者として患者の命を守るべき立場なのに、浅はかな考えで一人の人間を殺《あや》めてしまった。加野医師を傷つけ、有能な看護師である優子の人生をめちゃくちゃにしてしまった。すべて自分のせいで……。

以来、仕事に没頭しながらも、ずっと自責の念に駆られていた。今もあの夜のことを思い出すと体が震え、しょっちゅう悪夢にうなされているらしい。

殺人罪に時効はない。この秘密は墓場まで持って行くつもりだった。自分さえ黙っていれば誰にもわからない。なのに、なぜ罪に問われることを覚悟で真相を明かしたか。

それは、登紀江にも優子にも、人生を悔いたまま死んでほしくないからだ。元看護師長自身が死を間近に感じている今だからこそ、他者にも、自らにも強く願うようになった。

代弁するぽっちゃりおばさんのかたわらで、元看護師長はうなだれ、不自由な手で合掌していた。

「そんなこと言ったって、間に合いませんでしたよ。登紀江さんはもう……」

私は一歩前に出た。が、次の瞬間、息を飲み、体を硬直させた。安置されていた棺の蓋がゆっくり持ち上がったのだ。鳥肌が立ち、足が震える。

「キャー！」

思わず真知子にしがみついた。しかし、恐る恐る目を開けると、

「みなさん、ありがとうございます。これで私、安心して逝《ゆ》けます」

棺の中で登紀江が上半身を起こし、穏やかな笑みを浮かべていた。

「言い忘れていたかしら。登紀江さん、生前葬をご希望だったのよ。しかも友引の日に」

私の肩に手を回した真知子が、至極ご満悦の表情で言い放ったのである。


翌日の生前葬はにぎやかなパーティーとなった。

S病院時代の看護師たちが勢揃いし、登紀江を囲んでいた。はじめは尻込みしていた優子も登紀江に促され、みんなの輪の中で笑顔を見せている。ぽっちゃりおばさんと元看護師長も昔の職場仲間たちと思い出話に花を咲かせていた。前夜の真相の告白は通夜式参加者だけの胸の内に納められている。

「真知子さん、どうやって集めたんですか？」

知らないうちに看護師仲間たちを全員探し出していたのだ。

「私、人探しは得意分野なのよ」

真知子は片手でメガネのフレームを持ち上げる。

「はい、はい、そうですか。どうせ、元は探偵だったのよ、とか言うんでしょ」

私なりの冗談のつもりだった。

「あら、よくわかったわね」

珍しく真知子が褒めてくれた。

その日を境に登紀江と優子は互いの気持ちを完全に清算し、友人関係を修復した。メールや電話を重ね、登紀江の体調のいいときにお伊勢さん参りにも出かけた。もちろん案内役は優子とその息子夫婦だった。

あとになって真知子から、優子の息子は加野医師との間にできた子だ、と聞かされた。もしかしたら登紀江も、優子の息子の年齢や加野医師そっくりの面差しを見た瞬間にすべて察していたのかもしれない。けれども、そこは互いに黙して語らずの姿勢を貫いたようである。

「人間ってね、命のカウントダウンを感じ始めると、むやみに真実をほじくり返されるより、苦労して築き上げた今の関係を大切にしたいって願うものなのよ」

真知子の言葉に私は深くうなずいた。

半年後、登紀江の本当の訃報が届けられた。真知子と私は登紀江の遺言通りに処理を行った。生前葬に集まってくれた人たちそれぞれに手紙が残されていた。優子への手紙には「おかげさまで満ち足りた終焉を迎えられました。ありがとう。あなたのお孫さんの成長を天国で見守っています」という一文があった。

私は淡々と職務をこなしたが、すべてを成し遂げると急に悲しみが押し寄せてきた。人の生きてきた証が薄らいでゆく。そんな寂しさに堪えきれなくなり、オフィスで泣き崩れてしまったのだ。そばにいた真知子の胸に飛び込んだ。思いっきり声をあげて泣いた。真知子はなにも言わずそっと抱きしめてくれた。

それから何人の依頼者がオフィスに訪れただろうか。私たちはそれぞれの人の満ち足りた終焉のために奔走し続けた。元看護師長の終活業務も請け負った。

真知子は相変わらずクールで常に沈着冷静だった。私はといえば相変わらずおっちょこちょいで、時々へまをやらかしては真知子に叱られた。でも、決して頭ごなしに怒ったりしない。論理的で客観的で非常にわかりやすいのだ。仕事のことはもちろん、時にはプライベートなことまで相談に乗ってくれた。

おかげで、気まずい関係だった父親の再婚相手とも打ち解け、自然と仲良くできるようになった。今では女同士、ファッションや人気のアイドルグループの話題で盛り上がっている。なにより歳の離れた弟があまりに可愛くて、会いたくて、近頃は実家に帰る頻度も増えてきた。

毎日が楽しく、充実していると感じるようになった。仕事の合間にはカフェで、家族っていいものですね、などと言って真知子とくつろいでいる。

そうしていつしか、私が終活コンシェルジュ見習いとして働き始めてから、丸一年が経とうとしていた。

ある日、出勤すると、事務所に真知子の姿がなかった。三カ月に一度くらい、行き先不明の出張に行ってしまうので、またか、と思った。ふとデスクを見ると「生方萌様」と書かれたＡ４サイズの封筒が置いてある。

首を傾げながら開封すると、正社員採用の辞令と「終活コンシェルジュ生方萌」という名札が入っていた。始業時間ぴったりに電話が鳴り、急いで受話器をとった。

「今日からオフィスは生方さんに任せるって……」

セレモニーホール専属の女性司会者からだった。真知子が急きょ退職したのだと言う。

「もう、真知子さんたら、こういう大事なこと、なんにも言わないんだもの。ニューヨークの演劇アカデミーを出ただの、心理学の博士号をもっているだの、元は探偵だっただのって、まじめな顔で冗談ばっか言ってるくせに。ほんと、マジで訳がわかんないんだから」

「あら、それ、全部、本当のことよ。他にもいっぱい資格を取得しているし、いろんな世界に通じているからものすごい人脈も持っているらしいわ。まさに彼女はスーパーウーマンなのよ。だけど、どんな万能人間でも病気には勝てないからね」

「え、真知子さん、どこか悪いんですか?」

「あなた、知らなかったの? 三カ月に一度、抗がん剤治療を受けていたのよ。登紀江さんとも病院で知り合ったらしいわ。おかげで自分も最後の願いをかなえられた、満ち足りた終焉を迎えられるって言ってたけど。それにしても、いったいどこに行ってしまったのやら、まるで見当がつかないのよ」

たしかに登紀江の願いは真知子と私でかなえた。でも、真知子の最後の願い……? そんな話、私はひと言も聞かされていない。

「あの、真知子さんの最後の願いって……?」

思えば初対面のときから真知子自身がミステリアスで、私生活は謎に包まれていた。行動を共にするうち、仕事への向き合い方や物事の捉え方、考え方など、いろんなことを教えてもらった。だが私は未だ彼女の経歴やプライベートな部分をまったく知らない。

「あんまり詳しいことは聞かなかったけど、真知子さん、人生の最後には長いこと離れて暮らしていた子供と思いっきり遊びたかったんだって。なにかの事情で家庭や子供を捨てた過去があったのかもしれないわ。それにしても、できれば謎解きごっこがいいだなんて、さすが元探偵らしいわね」

呆然として言葉を失った。私の手から受話器が滑り落ちる。

視界の端にホワイトボードが見えた。やわらかな書体で「あなたはもう一人前の終活コンシェルジュ」と書かれていた。鼻の奥がツンとする。目頭が熱くなり、文字がぼやけ始めた。

してやられた。お見事だ。飄々とした顔で、最後までなにも言わず、いかにも真知子らしい。あの日、どんな思いで私の面接をしていたのだろう。あの時、どんな心情で私を叱咤激励してくれたのだろう。私が胸に飛び込んだあの瞬間、どんな感情を抱いていたのだろう。父親の再婚相手との確執、和解、歳の離れた弟の出産祝いの品のことなど、真知子はいったいどんな気持ちで相談に乗ってくれていたのだろうか。

考えていたら可笑しくなってきて噴き出してしまった。応接セットのソファにひっくり返り、一人で腹を抱えて笑い転げた。

愉快だ。最高だ。面白すぎる。

それなのになぜだか涙が止まらない。

「……お母さん」

私は真知子と過ごした短いけれど濃厚な日々を思い返していた。

ホタル探偵の京都はみだし事件簿

～境界鳥～

山木《やまき》美里《みさと》

【著者自身によるプロフィール】


同志社大学神学部卒の八百万神信仰者。

京都府下の田舎、山城地方五里五里の里でターシャ・テューダに憧れつつ細々と暮らす愛犬家。手紙が好きで電信・電話が苦手なアナログ人間です。

二〇〇八年、京都府下の田舎町、綴喜郡宇治田原町を舞台に、その地に残る伝説を絡めて書いた「金鶏郷に死出虫は嗤う」で、第六回北区内田康夫ミステリー文学賞大賞を受賞しました。（受賞作は「はじめてのミステリー２」に収録）

二〇〇九年「おじゃみ」で第四回「幽」怪談文学賞短編部門大賞を受賞。神狛しず名義の著書に「京都怪談　おじゃみ」「京は成仏びより」などがあります。

山木美里名義の既刊「ホタル探偵の京都はみだし事件簿」（実業之日本社文庫）には、京都府相楽郡南山城村在住の推理作家・夜光蛍一郎と東京都北区に勤める新米編集者・黒木真央の出会い編となる本作をはじめとして、ほかに四つの事件の謎解きが収録されていますので、これを機に既刊も手に取ってくださり、暴走迷探偵×探偵助手の更なる凸凹奔走ぶりを楽しんでいただけましたら幸甚でございます。

この世界ははかなく無常な浮き世。そして苦労の絶えない試練の憂き世だ。

わたしは錘《おもり》ロープ入りのごみ収集用ネットを手繰《たぐ》り寄《よ》せながら、期待に胸膨らませて新幹線に乗り込んだ先月末の自分をあわれんだ。

大手出版社の採用試験にことごとく敗れ就職浪人決定かという瀬戸際に、東京北区の片隅に建つ王子書房になんとか拾われてほぼふた月が経った頃、右も左もわからぬぺーぺー編集者のわたしに課せられたのは、驚くべき重大任務だった。

「あの夜光蛍一郎《やこうけいいちろう》先生が月刊『ポアロ』に短編ミステリを？」

端川《はしかわ》出版から出ているシリーズは累計三百万部を突破、大宝《たいほう》社の長編は映画化、帝國文芸の雑誌連載に日東新聞の連載と、各大手から引っ張りダコの大ブレイク作家が、マイナー出版社の廃刊寸前雑誌に書いてくれるという。デビュー前は投稿コーナーの常連だったよしみがあるとかで。

「親しくさせていただいていたのは随分昔の話だが、駄目もとで頼んでみたら快く引き受けてくださった。とはいえ、あちらは各社の原稿で眠る間もない状態でいらっしゃる。そこで黒木《くろき》くんにお願いしたいのは、ご両親亡きあと京都のご実家に戻ってひとり住まいをされている夜光先生の生活を一か月間サポートし、わが社の短編を執筆していただく時間を捻出することだ。なかなか難しい人だが、任せられるかね？」

夜光蛍一郎の作品を掲載できれば『ポアロ』の認知度が増し、起死回生を望めること間違いなし。

「もちろんやります！　この出版業界を支えている神は、一握りの人気作家様。月刊雑誌が出せるのも、海のものとも山のものともわからぬ新人作家に出版のチャンスを与えられるのも、夜光先生のようなミリオンセラー作家がいてこそと心得ております。たとえ著者近影とは別人の偏屈じじぃが現れて無理難題を押し付けようとも、編集者たるもの、笑顔でドォンとすべてを受け入れてみせましょう！」

「いや、たしかに著者近影はデビュー当時から同じだが、先生はまだ四十になるかならないかの男前で気のいい方だよ。ただちょっと、ケチャップとオムライスが好き過ぎて、嫌いな食べ物が多過ぎるだけで……」

「安心してください。わたし、オムライスは得意料理ですよ」

「おお、そうかね。それは実に心強いねぇ。では、六月いっぱい寝泊りするところも手配しておいたから、張りきって行ってきてくれたまえ。わが社の未来はきみの双肩にかかっているぞ」

「はいっ！　全力でお務めします」

人気作家の担当編集者として、町家建ち並び舞妓往き交う雅《みやび》な京の都へひと月の出張。図書館に通って資料を集めたり、時には夜光先生から作品に対する意見を求められたりもするのだろうか。

夢のような仕事を任されたと、使命感に燃えて編集長に敬礼したあの日の記憶が涙でかすむ。

ここはどこ……わたしはナニモノ？

辿り着いた地に都はなかった。舞妓はおろか、通行人の姿すら見当たらない。わたしが思い描いていた京都のイメージからは大きくはみだした府下《ふか》山間部。

そして。

「マオくん、一大事です！　そろそろ初モノをいただこうと楽しみにしていた僕のアイコちゃんが、暴漢に襲われて傷モノになってしまいました。このところの奴らの所業は目に余ります。不埒な輩を追い払う対策についても、今日の議題にあげてください」

植木鉢を抱えて公園にやってきた夜光先生を目にしたわたしは、畳んだごみネットを収納カゴに投げ込み、頭を抱えた。

「……悪夢だ」

作風と若かりし頃の著者近影写真から、きっとクールでクレバーな二枚目紳士だろうと憧れを抱いていた夜光蛍一郎……本名・鈴木《すずき》一郎太《いちろうた》は、実に面倒くさい男だったのである。

1

「ああいうのはどうですか？」

わたしは公園横に建つ長引《ながひき》家の物干し竿を指し示した。カラスの屍骸らしきものが二羽吊るされている。左側のものは内臓が腐り果てて萎んだのか、黒いぼろきれの如く無惨だ。

一瞥した先生は植木鉢を抱えたまま身震いした。

「うちにあんなものを吊るしたら、ますます食欲が減退して気力が低下し、一枚も原稿が書けなくなること請け合いです」

それは困る。

昼食のサラダには必ずや甘くてフルーティーな品種のプチトマト『アイコ』を買っておくからと

宥め、偏食作家を自宅に追い帰す。

わたしが寝泊りしているのは、児童公園の片隅に建つ集会所だ。

そろそろ午前十時。皆が集まる十時半までに、やかんに茶を沸かし、戸棚から出した湯呑みと茶托を拭いて盆に準備しておかねば。

屋内へ戻ろうとドアに手をかけたとき、拡声器のハウリング音とともに気味の悪い歌声が近づいてきた。

キイィィィィンッ……
京都ノ山々ニ、神オハス
心ナキ者ニ神罰ヲ下セリ
目ヲ覚マセヨ、心改メヨ
アイヤーセイヤーコラヤ
ナムマンマンチャンアン

公園前に軽トラが停まり、幌つきの荷台から降りた宗教団体『京都神山《しんざん》敬愛教会』を名のる男たちが各々の手に意見書を掲げて長引家前で激しく踊りはじめる。創作ダンス有り、ブレイクダンス有り、只々走り回っている者有りと様々だが、皆一様に無言のままおよそ三分間のパフォーマンス。その後「ご検討ください！」と呼びかけ、意見書を門扉のなかに投げ込んで撤収。また荷台に乗り込み、歌声とともに一本道を遠ざかっていく。これを朝八時から夜八時まで一時間毎に繰り返し、一日十三回のおつとめ。よほど暇な人たちの集まりらしい。

公園の入口には『山林売却断固反対！』の立て看板。

宗教団体は不気味で傍迷惑だが、長引家所有の山林を京城《きょうじょう》グループに売却することを阻もうとする根っこの主張は、ご近所住民と同じだ。

田舎には自治会という掟《おきて》がある。この自治区に建つ家はわずか六軒。各家が一年ずつ順番に自治会長を務め、ごみ当番はひと月ずつまわす。

現在土地売却に絡んだご近所トラブル発生中のこの自治会において、今年度会長と六月のごみ当番を務めるべきは夜光先生の鈴木家。

要するに、生活サポートとはそういうことだったのだ。

「鈴木一郎太さんから委任状を預かり、しばらく自治会長代理を務めさせていただきます。黒木真《ま》央《お》と申します」

集会室に並べた座布団の上に会議出席者の四人が揃ったところで、頭を下げて挨拶する。

「うん、話は聞いとるよ。東京からきなさった、一郎太くんの顧問弁護士さんやとか」

一番の長老・田山《たやま》さんが頷いた。

「べ、弁護士？　奴は集会所を借りるためにそんなホラを？　いえ、違いますよ。わたしは傾きかけた出版社の鬼畜編集長に騙された、いたいけな新卒採用編集者に過ぎません」

「新人さんでもなんでもかまへん。相手は先祖代々の大地主で、こっちのことなんか、はなから見下しとりますさかい、余所《よそ》さんに間に入ってもらうほうがよろしい。わしら年寄りはただ、住み慣れた土地で昔のまま変わらず静かに暮らしたいだけですのや。裏山にごみ処理場やら発電所やら建てられたら、たまったもんやない」

京城グループが山を買い取った暁には、環境整備部門が資源化工場やリサイクル工房を建設。エナジー部門が山頂にメガソーラーを設置し、太陽光発電事業に参入。『パルケ・エコトピア京城』として運営していく予定らしい。

地域財政も潤うし、雇用も増えて人口増加も見込める。資料を見る限りそう悪い話でもないように思えるのだが……と、首を傾げるわたしの心を読んだかのように、風呂を貸してくれている原口のおばちゃんが座布団ごとにじり寄ってきた。

「人口三千人程度のド田舎と侮るなかれ。ここはねぇ、下手に開発されていないからこそ値打ちのある、京都府唯一の村なんよ。まわりの町や市は人口流出に焦って、やれゆるキャラだ、名産スイーツだと町おこしに血道をあげてはるけど、この村は別。イタリアンのシェフが農具小屋を改造してはじめた店は連日満員。若夫婦が親の遺した古民家でやっている一日一組限定の民宿は、三年先まで予約でいっぱい。自家製つぶ餡を詰めた一日三百個限定の天然酵母餡パンを焼く店は、遠方から買いにくる客で朝も早うから大盛況。田舎暮らし定住促進奨励金制度もあるし、月ヶ瀬ニュータウンのほうでは、里山での暮らしを求める自然志向の若者が都会を捨ててどんどん移り住んできている。ポートピアかユートピアか知らんけど、冗談はよし子さん。そんなモンに出張《でば》ってこられたら台なしやっちゅうねん。長引さんにガツン、と言うてきてや」

「はあ……一応、自治会長代理として会議内容を長引美鳥《みどり》さんにお伝えしてきます」

「ついでにこの書状を渡してきてくれますかのう」

田山さんが着物の袂《たもと》を探って取り出したのは、毛筆用の料紙を巻いて麻紐で蝶結びに留めたものだ。

「あ、はい。長引美鳥さんへのお手紙ですね？　お預かりします」

わたしは震える手からその古風な巻手紙を受け取り、鞄に挿し入れた。

「ええと……それから次にやることは、集まった署名を村役場に提出……と、外灯増設の要請書？」

確認した自治会専用ファイルの中に、役場への提出書類は二つあった。

「そうよ。いくらのどかな田舎風景がウリといっても、ほかの自治区からぽっかり離れたこの辺りは、日が暮れたら真っ暗だもの。特に子どもを持つ親は心配よ。ついこの前、聖《きよら》ちゃんがピアノ教室からの帰り道で暴漢に襲われる事件があったの。ねぇ？　柄本《えもと》さん」

「ええ。携帯電話とおけいこ鞄を奪われただけで怪我はなかったですけど、犯人もまだ捕まっていませんし、怖ろしいです」

松井さんと柄本さんのふた家族は数年前に都会から越してきた里山移住組で、小四の聖ちゃんは柄本家の長女だ。

「なあなあ！　その事件やけど、もしかしたら、犯人は京城グループの差し金で聖ちゃんの携帯電話を奪ったんと違う？　ほら、この前、裏山でホタルの写真を撮ったんやろう？」

原口のおばちゃんが興奮気味に握りこぶしを振る。

「へえ。ホタルを見たの？　柄本さん」

「さあ。昼間に撮った写真でしたし、画面を見せられてもわたしにはさっぱり。あの子、携帯電話を奪われる以前にプリントアウトして『ホタルがいるから山を売らないでください』って、長引さんに手紙を出したみたいですけど……返事がこないって気にしています」

「ほらほら！　ホタルの里を破壊してごみ処理場を建てようとしていることが全国的に知れたら、企業イメージは地に落ちる。そこで隠蔽工作に暗躍する土地開発会社の黒い影……まるで一郎太くんの小説みたい！」

「まさかぁ。いくら何でも原口さんの考え過ぎですよ。きっと聖ちゃんが歩きながら操作していた最新機種の携帯電話が目的だろうって、警察にも言われたんでしょう?」

「ええ。中古ショップで高く買い取るから、最近そういう事件が多いそうです」

「まあ、真相なんてそんなもんか。せやねぇ……昼間のホタル写真一枚では、開発をとめる武器として弱いしなぁ」

松井さんに突っ込まれ、原口のおばちゃんは口をすぼめてつまらなそうにトーンダウンした。

「外灯増設要請は住民生活課……と」

役場へ行ったら向かいのＪＡ二階にある図書室へ寄って「プロットのプの字も思い浮かばない」と宣《のたま》う先生に役立ちそうな資料を借りてくるつもりなので、忘れないように『郷土資料・伝説』とメモする。

先生はちゃんと机に向かっているだろうか。

スケジュール帳のやることリストをチェックしながら王子書房を救う神に思いを馳せたわたしは、別の暴漢対策について議題にあげろとお達しされていたことを思い出した。

「ところで、カラスの害についてお話が」

「そう、そのカラスや！」

突然勢いを取り戻した原口のおばちゃんに人差し指を突きつけられ、面食らう。

「えっ？　どのカラスです？」

「せやから、長引さんの家の物干し竿にぶらさがっているカラスの屍骸のことやろう？　いっぺん文句を言うたらなアカンと思うていたのよ。カラスを殺して吊るすやなんて、不衛生やし、何より見た目がえげつないわ。その件についても、ようよう苦情を言うてきてちょうだいね」

しまった。余計な仕事が増えた。余所者《よそもの》が自治会長代理なんて、ただでさえ厄介なのに、このうえ初対面の相手に苦情まで訴えねばならんとは……気が重い。

こういう役割は自治会長でなくとも、ご近所づき合いが長く相手と歳が近く口も達者な原口のおばちゃんが適任ではないかと頼んでみたが、笑顔の決まり文句で一蹴されてしまった。

「冗談はよし子さん」

ならば長老が……と、たすけを求めて目をやると、田山さんは腕を組んで首を左右に振りながら、

「長引の鳥殺しはわしも腹に据えかねとりますが、面と向こうて言い合うたかて、おなごに口で勝てるわけもなし。ここは女弁護士さんにおまかせしますわ」

と、やっぱり誤解したままなのだった。


「東京からきた自治会長代理？」

長引美鳥さんはドアチェーンの隙間から、受け取った名刺とわたしを交互に見て「ふうん」と鼻を鳴らした。

「てっきり、原口さんあたりが代表になって押しかけてくると思うていましたわ」

五十代のごうつくな独身大地主で、ふるさとの山を金に換算しようとする、地域住民の敵……と、昔話に出てくる山姥《やまんば》のような風貌を想像して身構えていたが、出てきたのが小柄で上品なおばさまだったのでちょっと安心する。

「自治会議に欠席されたのでご報告を……」

「平日の午前中から集まって、皆さんお暇なことやね。報告なんかいりません。どうせ山を売るなという話でしょう？　なんでそんな会議にわざわざ出席して吊るしあげられんとアカンの。アホらしいこと」

「……ですよね。あのう、吊るしあげといえば、表の物干し竿に吊るされたカラスのことでもお話が」

「ああ、あれ？　見せてあげますよ」

美鳥さんはわたしを屋内に招き入れ、居間のローテーブル前に座らせた。そして自分は閉ざされたカーテンをくぐって硝子戸の外へ出て、物干し竿から外した屍骸を抱いて戻ってきた。

「これは……」

怖々、手をのばす。

目の前に置かれたカラスに一瞬怯んだが、よく見れば屍骸ではない。

「ニセモノですよ。通販商品の害鳥撃退グッズ。よって、病害虫が涌く心配もなし、鳥獣保護法違反でもなし、苦情を受ける謂れはありません。大体、生きたカラスを捕まえて殺すやなんて、魔女でもあるまいし、できるわけあらへんわ。皆さんはわたしを何やと思うているのやら」

「……ですよね。それにしても、よくできていますね。特にこっちの子……まあなんて黒々とした円《つぶ》らなおメメ」

内臓が萎んでいると思っていたほうは黒いナイロン羽根をそれっぽく束ねただけだが、もうひとつは本物そっくりだ。

お気に入りのグッズを褒められて気をよくしたのか、美鳥さんは棚から側面にアルファベットの記された同じ大きさの木箱をふたつ下ろし、中綿下に敷いてある説明書を取り出してわたしに見せてくれながら、得々と語った。

「新商品のカタログで見つけて即買いしたその子の目玉は硝子、ボディと嘴と足はプラスチック製。羽根はアヒルのものに彩色して貼りつけてあるそうよ」

「へええ。細部にまでこだわって本物に近づけてあるんですね。だからこの子は『そのまま吊るせばカラスを怖がるハトなどの鳥避《よ》けになり、逆さに吊るせばみせしめとしてカラス避けになる』わけですか。働き者ですねぇ」

感心するわたしに、もうひとつの木箱から取り出した説明書が差し出される。

「せやけど、一見雑に作ったようで、こっちの子もなかなか役に立つのよ。ほら、羽根の芯に小さい磁石がいくつかついているでしょう？」

「ほほう……『千ガウスの磁力で害鳥を撃退』ですか。つまり、タイプの異なる二羽が各々の仕事をすることで、W効果が見込めるわけですね。なるほど」

「毎日、日の出とともにこの子たちを物干し竿に吊って、日没後、それぞれ専用の木箱ベッドに帰して大事に寝かせてやる。ただそれだけで、大きな音も悪臭も出さずに鳥害を防げる優れモノや。何か文句ある？」

「ありません。カラスのことは、本物ではなく便利グッズだと皆さんにお伝えします」

「まあ、それでも難癖をつけてグダグダ言わはるでしょうけれどね」

美鳥さんは説明書をそれぞれの中綿下に戻して木箱をもとの棚に収め、カラスを再び物干し竿の同じ位置に吊った。

形だけでも会議報告にきたし、これでカラスの件も片付いた。いとまを告げて次の予定に移ろうと鞄を引き寄せたところで、わたしは預かり物の存在を思い出した。

「そうだ、田山さんから手紙をお渡しするよう託ってきたんです」

「あの耄碌《もうろく》じいさんから？」

露骨に厭な顔をして受け取った美鳥さんが麻紐をほどいて料紙を広げると、そこには震える毛筆でこうしたためられていた。


『茶太郎の　怨み晴らさでおくものか　境界鳥の鍋ぞ哀しき』


「な、何事ですか？　この和歌……」

「茶太郎というのは田山さんの家で飼うていた雄鶏の名前。ちょっと前から行方不明になっているらしいわ。鳥害避けのカラスを吊っていても怖れもせんと生垣の境界をくぐってうちの庭に侵入してきては、大事に育てている花芽を荒らすもんやさかい、あんまり腹が立って『ええ加減にしてくれはらへんと、縊《くび》り殺してサムゲタンにしますよ』と、苦情を言うたことがあるのよ」

「そ、それでサムゲタンに？」

「アホ言わんといて頂戴。脱走癖のある傍若無人なニワトリのことやから、どこぞでたくましく野生化しているのと違うかしら。まあ、怒りに任せてえげつないことを言うたわたしも悪かったけど、真に受けてこんな怨み言を遺してくるとは……」

「田山さんに誤解だとお伝えして和解を図りましょう。茶太郎も探してみます」

わたしは鞄からスケジュール帳を出し、メモ欄に『田山・長引・ニワトリ』と書き加えた。

「ムダ、無駄。山林売却を取りやめへん限り、なんでもかんでも言いがかりをつけてわたしを悪者にするつもりなんよ。放っておいたらよろしいわ」

美鳥さんは大きくため息を吐き、長い料紙を元どおりに丸めるのも億劫とばかりに鷲掴みにして、部屋の隅に置かれた段ボール箱に投げた。

「大体、ここのお人らは勝手な文句ばっかり。カラスを吊るなというなら、ごみ置き場を自分の家の側に移してくれるのかしら？　うちの山林を京城グループに売るなというなら、代わりに自治会が買い取ってこの先ずっと維持管理してくれるのかしら？」

「……ですよね」

「それでも、強引にことを進めて地主の横暴やなんて怨まれたくないさかい、譲歩案や妥協案を話し合って双方が折り合える境界線を探ろうと、開発説明会の場を何度も設けて京城グループには待ってもろうているのに、全部ボイコット。こっちの話は一切聞かんとイヤヤーイヤヤー、ふるさとの山は皆のものやと、まるで駄々っ子ですよ。そんなお人らとは、こっちかて無理に仲良うしてもらわんで結構。鳥殺しの罪を着せられようが陰口を叩かれようが痛くも痒くもないわ。どうぞご勝手に。せやけど、万が一危害を加えられたときは訴え出る証拠になるように、宗教団体が撒き散らした意見書はもちろん、ばかばかしいたわ言を書いた手紙の数々も全部残していますよってにそのおつもりで……と、田山さんをはじめ自治会の皆さんにお伝えください」

田山さんのたわ言が引っかかった段ボール箱の中には、差出人名『えもときよら』の封筒も見える。聖ちゃんのお願いもばかばかしいたわ言に分類され、どうやら返事は期待できそうにない。

「そんなこんなで、歩み寄ろうという気力はとうに尽きましたし、毎日嫌がらせに遭うて、ほとほと疲れ果ててました。今日の午後、月ヶ瀬に住んでいる末の弟がきてくれるから、委任状を書いてすべて任せるつもりです。所有権移転登記が済んだら自治会長代理のあなたにお知らせしますね。いま、鈴木さんの家で一緒に暮らしてはるの？」

「まさか。隣の集会所で寝泊りしています」

「あんなところで？　たいへんやねぇ……」

そのとき、拡声器からの歌声が長引家に近づいてきた。

アイヤーセイヤーコラヤ
ナムマンマンチャンアン

こちらのほうがいろいろよほどたいへんだ。

「毎日これじゃあ、気持ちが悪くてたまりませんね。警察には相談されましたか？」

「ええ。巡回のおまわりさんが何遍か注意してくれはったんやけど、埒が明きませんわ。なんでも、あの集団は本拠地を持たんとネット上で同志を募《つの》って駅前に集まり、お互いの顔も知らんメンバーで軽トラに乗り合うてくるそうです。自然破壊を反対すると主張したら、ええことをしている気分になれるのかしらね。まあ、無意味にクネクネ踊って意見書を散らかしていく程度で、恫喝されたわけでも物を壊されたわけでもあらへんので、いまのところは放っておくしかないようです」

「いまはおとなしくても突然なにをしでかすかわからなくて怖いですよ。しばらくの間ここを離れて、ご自身の身柄も弟さんに預けられたほうがよくないですか?」

提案してみたが、美鳥さんは諦めたように首を横に振った。

「心配してくれておおきに。弟も、毎日毎時間こんな歌や踊りに煩わされていたら、しまいには心の病気になるさかい、黙って辛抱してないでさっさと山を売って自分の家にこいと言うてくれていますのやけど……年頃の子どもが四人もいる家に居候やなんていややわ。厄介者になるのはごめんです」

「でも……」

「ねぇ、あなたはうちの山林ひとつがいくらすると思います?」

唐突に聞かれ、目をしばたたく。

「え? それは、なにしろ広大な土地ですから、何億……いや、何十億円?」

「土地評価額は二百五十万円」

「ええっ?」

「エコトピアの建設地を探していた京城グループは、一千万円を提示してくれています。先祖代々受け継ぐ山林をいくつも持つ大地主と聞けば、どんな大金持ちかと思うでしょう? せやけど、高速道路やリニアが通る予定もなく、資材となる杉や檜が植わっているでもなく、松茸狩りができるでもない。奈良との府県境の道路に面した藪から少し分け入れば不法投棄された冷蔵庫やブラウン管テレビが転がっているような荒れた山に、資産価値は皆無……ううん、ゼロどころか負の財産ですよ。ほんまはね、お金なんかいらんから、わたしも故郷の景色を変えずに残したいの。そう思うて何年か前、村に無償で寄付したいと申し出たけど、山林の固定資産税は微々たるものでも村の管理地にしたら維持費用は村民の税金負担になるからいらんと断られましたわ」

「そういうこと、自治会の方々はご存知ないんですか？」

「いややわ。こんな話、あなたが余所者やから愚痴ったのよ。長引家は先祖代々の土地を受け継ぐ大金持ちの大地主……しょうもない見栄かも知れんけど、そう誤解されて僻《ひが》まれているうちが華ですからねぇ」

力なく笑う美鳥さんに、わたしは何も言えなかった。

2

鈴木家の車を借り、近隣の市や町を走り回って『アイコ』を手に入れ、集会所のキッチンでオムライスを作ったところで、先生のほうがみやげを手に訪ねてきた。

「マオくん、ケチャップケーキを焼いてきましたよ」

「遅くなってすみません。いまこちらから昼食を届けに行こうと……ケーキを焼いただぁ？　しかもケチャップ？　何をしやがっ……いえ、なさっているんですか！」

いかん、王子書房を救う神を罵倒しそうになってしまった。平常心、平常心。

「マオくんに喜んでもらおうと、心を込めたおもてなしです」

「違いますよね？　それ、単に原稿からの逃避行動ですよね？　わたしを喜ばせたいなら、一枚でも書いてくださいよ」

「まあまあ。ずっと机の前に座っていたところでなにも思いつきませんよ。とりあえず、ここで一緒にごはんとおやつにしましょう」

座布団を引き寄せて集会室のちゃぶ台前に正座されてしまった。押し問答をするだけ時間の無駄だ。

「さっさと食べてすぐに帰って、一文字でもいいから王子書房の原稿に手をつけてくださいね。雑用はすべてお申しつけください。そのためにわたしが遣わされたんですから」

ふたり分のオムライスとトマトサラダを運び、真っ赤なケチャップケーキを食べる決意を固めてわたしも腰を下ろす。

「青山《あおやま》編集長から自治会の役を肩代わりすると申し出があったときは、なぜ僕のごみ当番月まで把握しているのかと、少々引きました」

「あの人は編集長より興信所の調査員にでもなるべきですね。いっそストーカー被害で訴えてやったらいかがです？　もしくは詐欺罪。誰が顧問弁護士だ……」

「ですが、正直たすかりました。とはいえ、マオくんに任せきりで心苦しく思っています。自治会議はどうなりましたか？　推理作家の僕が探偵となり、光り輝く黄金の脳細胞を駆使して問題解決のお手伝いをしますので、詳細に報告してください」

「お構いなく。先生はどうぞ原稿に専念してください」

「僕は気になることがあると、一文字も書けなくなる性質《たち》でして……」

この男、面倒くさい上に性質も悪いのか。

わたしは仕方なく先生にスケジュール帳を渡して会議内容と話の流れを説明し、長引家の害鳥避けグッズについてこと細かに語った。長引家は実は大金持ちではないという秘密は別として、山林は今日にも売却手続きされるだろうということも。

「なるほど。山林の話は、はじめからそうなると思っていましたよ。長引さんが自ら所有のものをどうしようが、自治会にとやかくいう権利はありませんから。外灯増設要請はいいとして、署名は提出しても無駄ですね。ところで、メモ欄の『郷土資料・伝説』というのは？」

「あ、それは自治会とは無関係です。先生はミステリに各地の伝説を絡めるのがお得意だから、なにかのヒントにならないかと思いまして。役場に行ったついでに図書室に寄って借りようと思うのですが、如何でしょう？」

「マオくんお勧めの伝説は『田山・長引の国争い』ですか」

「国争いの伝説？　いえ、そっちは自治会の田山長老と長引美鳥さんとニワトリの茶太郎の話ですが……」

わたしが失踪ニワトリとサムゲタンのいきさつを語ると、先生は「面白い偶然の一致ですね」と笑った。

「このあたりには、自治会のお二方と同じ名前の地名が存在しましてね、ニワトリに絡んだ伝説があるのです。田山と長引双方の代表が領土を争い、一番鶏の鳴き声を合図にそれぞれの家を出発して行き逢った地点を境界に定めることにしたのですが、いざやってみると境界線は長引の神社や民家にかかるところになってしまい、怒った長引の代表は怠け者のニワトリが早く鳴かなかったので出発が遅れたのだと、長引のニワトリを全部集めて境界にあった岩の下に埋めてしまいました。それからこの村の田山と奈良県添上郡月ヶ瀬村長引との境界を示す岩を『鶏石』と呼ぶようになったというものです。うむ……確かに、ミステリの題材に使えそうですね」

「おお！　では早速、その光り輝く黄金の脳細胞を駆使なさって、自治会の問題よりも王子書房の原稿問題をパパッ、と解決してください」

　息を止めて咀嚼したケチャップケーキを茶で流し込み、空いた食器を手早く片付けて帰宅を促したが、先生はちゃぶ台前に座ったまま動かない。

「帰る前に、外灯増設を要請する発端となった女児襲撃事件の真相をお伝えしておきます」

「真相？　警察が言う以外のですか？」

　わたしは夜光蛍一郎大先生が導き出した真相を拝聴しようと居住まいを正す。

　では、推理作家探偵のお手並み拝見といこうではないか。

「土地開発推進派の誰かがホタルの写真を抹消するために携帯電話を奪う……原口さんの推理はドラマチックですが、現実的ではありませんね。実際は小四女児・柄本聖ちゃん本人の自作自演ですよ。月はじめのおけいこならば、月謝を持っていたはず。鞄を奪われたことにしてどこかに捨て、月謝を小遣いとして着服したわけです」

　わたしは目を閉じ、自分の眉間を揉んだ。この男、推理作家として大丈夫か？

「聖ちゃんはピアノ教室の帰り道に被害に遭ったと言ったはずですが？」

「オヤ？　それを先に言ってくれないと困りますね」

「先に言いましたよね?」

「な、ならば、人気機種の中古買取金を狙った携帯電話強奪事件に違いない。僕の黄金の脳細胞がいま、閃光を放ちましたよ!」

鬼の首を取ったかの如く何を言い出すかと思ったら。

「ですから、それが警察の見解だと言いましたよね?」

これがクールでクレバーな夜光蛍一郎の実態かと、一ファンとしては残念な現実に頭を掻き毟りたくなる。しかし、編集者の立場としては動揺するまい。殺人描写のために殺人者になる必要がないように、推理作家が実際に名探偵である必要もないのだから。

「…………」

たっぷり一分以上の気まずい沈黙のあと、ヘッポコ推理を披露したポンコツ探偵は大きく両手を叩いて立ち上がった。

「蚊でもいましたか?」

「美しく計算し尽くされた芸術的なトリックを思いつきましたので、至急仕事に戻ります。ごちそうさまでした」

ああ。居た堪れなくなったから逃げ帰ろうってわけね。

時計を見ると、もう二時をまわっている。まったく、時間を無駄に費やしてしまったものだ。

門扉の前まで付き添って、サボり作家がちゃんと自宅に入るのを見届ける。まあ、家に戻ったところで原稿に向かっているかどうか怪しいけれど、机のうしろから急き立てるわけにもいかないし。

公園へ戻る途中、自治区内に入ってきた高級外車に追い越された。車は長引家のガレージに入り、降りてきた男性がインターフォンを押して門扉の中へ入って行く。美鳥さんが話していた末の弟さんだろう。

それから仮住まいの美化に努めようと竹箒で集会所前を掃き、軍手をはめて公園の草抜きをし、ごみ収集場所にバケツの水を流してデッキブラシで擦っていたら、声がした。

「ほな、また明日くる。おかしな連中がうろついて物騒なんやから、戸締りに気ぃつけろよ、姉さん」

閉じかけたドアの中に注意を放ち、庭の横手からガレージに出てきた弟さんは、すぐ側のごみ収集ゾーンに立っているわたしに気づき、会釈してから車に乗り込んだ。

デッキブラシを突っかい棒にぼんやり見ていたわたしも会釈を返す。

一本道を去っていく高級外車を見送ってしばらくすると、今度は幌つき軽トラがやってくるのが見えた。

もう三時か。

わたしはあわてて掃除道具を片づけ、集会所の中に避難したのだった
六月の日暮れは遅い。鈴木家に夕食を届けたのは、まだまだ明るい午後六時過ぎ。隣家のカラスたちも物干し竿で仕事中だ。それから原口のおばちゃんの家でお風呂をいただき、持参したアイスを一緒に食べつつ少しおしゃべりしていたら、窓の外を軽トラ集団の歌声が通り過ぎていった。

「七時ですね。そろそろおいとまします」

まるで時報である。

「おかしな連中とかち合うたらアカンさかい、もうちょっと後にしよし」

原口のおばちゃんの助言どおり、歌声が十分に遠ざかるのを待ってから外へ出ると、空気は紫色の夕闇に染まっていた。

「カーラースー、なぜなくのー」

口ずさみながら、暗い公園に入る。灯りの点る隣家をふと見れば、物干し竿にカラスたちの姿はない。長い一日のおつとめを終えて、やっとそれぞれのベッドへ帰ったのだろう。

集会所のねぐらに戻ったわたしは読書タイムを楽しんだ。偏食作家用夜食のオムライスは夕食のオムライスと一緒に届け済なので、あとは自由時間だ。

アイヤーセイヤーコラヤ
ナムマンマンチャンアン

紅茶でも飲もうと湯を沸かしているときに本日最終の軽トラがきて、ひと踊りしてから去った。これからやっと平安な夜が訪れる。

しかし、穏やかな時間は長く続かなかった。

柄本さんの家から午後八時十五分に発信された通報により、サイレンの音とともに警察車両が一本道をやってきて、自治区内は騒然となった。

長引家の居間で、ドアノブに巻きつけた園芸用紐で首を吊って死んでいる美鳥さんの遺体が発見されたのである。

3

山城南警察署の蘭堂《らんどう》百合夫と名のった警部は、公園前に集まった面々を見回し、なぜかわたしに目をとめて近づいてくる。

「先輩！　こちらにお住まいだったんですか」

うら若きわたしにこんなおじさんの後輩がいるものか。

「お久しぶりです、蘭堂くん」

いつの間にかうしろに四十男が立っていた。

聞けば、ふたりは昔、同じ大学のミステリ研究会にいたとか。

「先輩のお書きになるミステリは犯罪捜査のバイブルですよ。ご近所で亡くなった方が出たこんなときに不謹慎ですが、近いうちに是非、ミステリ研のメンバーで集まってお食事でも」

「いいですねぇ。青春が蘇ります」

しばし先輩との再会を懐かしんだ蘭堂警部は「それではまたのちほど……」と一礼して職務に戻る。

遺体の第一発見者は柄本聖ちゃんだったらしい。

聖ちゃんはピアノ教室から帰って夕食を済ませ、八時の軽トラが去るのを待ってから長引家へ向かった。食事のときに山林売却の話題が出たのでどうしても手紙の返事が欲しくなり、催促をしに行ったそうだ。

インターフォンを押しても出てきてくれないけれど、灯りは点いている。思い切ってガレージ横の庭から玄関に向かい、ドアノブに手をかけたが施錠されている。あきらめて帰ろうとしたとき、物干し台前の硝子戸が開いていることに気づいた。閉ざされたカーテンが外からの微風で揺れていたからだ。

カーテンの隙間から居間を覗いた聖ちゃんは、美鳥さんの遺体を見つけて自宅へ駆け戻った。そして家族が確認し、警察に通報したという。

「姉さん……なんで自殺なんか！」

一本道にタクシーが停まり、警察から報せを受けた美鳥さんの弟が駆けつけてきた。

「山林売却のことでご近所からは責められ、宗教団体からは朝から晩まで一時間毎におかしな嫌がらせを受けて、精神的に参っていたのは確かです。せやけど『もう知らん、全部投げ捨てたる』と、わたしに委任状を渡して売却手続きを済ませたから、それで解放されたと思うたのに……反対にそれがアカンかったのかなぁ。張っていた気ぃが抜けてしもうたのかなぁ」

別の刑事に支えられ、すすり泣いている。

「いいえ。これは自殺に見せかけた他殺です」

突然、うしろから進み出て高らかに宣言した推理作家に全員の視線が集まり、わたしは頭を抱えた。何を言い出すつもりなのか、ポンコツ探偵のくせに。

そのとき、紺のジャンパーを着た警察関係者が近づいてきて、何ごとか耳打ちされた蘭堂警部が顔色を変えた。

「先輩のご慧眼には感服します。遺体には二つの索条痕《さくじょうこん》があり、首を絞めて殺害されたのちに吊られたとみて間違いないようです。なぜおわかりに？」

「僕の黄金の脳細胞が閃光を放ちました。そして、もうすでに犯人が誰かもわかっています」

「誰だというんです？　先輩！」

「ここで名を出すのは憚《はばか》られます。現場を見せてもらっていいですか？　蘭堂くん」

民間人に事件現場を見せていいわけないだろう……と思ったのに、蘭堂警部はあっさりと承諾してキープアウトの黄色いテープを外した。

「ぜひともご協力を要請します。先輩はただの民間人ではなく、天下に名立たる推理の専門家・夜光蛍一郎先生ですから」

住民たちは集会所でほかの刑事から聴き取りを受けることになったが、わたしは「探偵助手です」と言い張ってついて行く。

蘭堂警部、美鳥さんの弟、ポンコツ探偵とその助手の四人で入った居間からは、もう遺体は運び出されていた。

「ううむ……『怨み晴らさでおくものか』とは、穏やかじゃないな」

蘭堂警部は段ボール箱に引っかかっている料紙を目にしてつぶやいた。

見回した部屋の様子は、午前中にわたしが訪れたときとさして変わらない。ただ、段ボール箱に入っていた柄本聖ちゃんの手紙が封筒から出され、ローテーブルの上に開かれている。

「夜光先生、これ……」

聖ちゃんが美鳥さんに送った写真を指したが、ポンコツ探偵はキョトン、としたままだ。

「ホタルがどうかしましたか？　新種や希少種だとか？」

「ええっ？　夜光蛍一郎なんて名前なのに、どうして気づかないんですか！」

「そんな情報だけで僕がホタル好きだと思うなんて、マオくんはあわて者ですね。ペンネームは開運命名士から三千円で買ったものです。僕には虫の尻が光るのを拝んでありがたがる変態的趣味などありません。で？　この写真がどうかしましたか？」

「ちょっとホタルに似ていますが、キクやヨモギにつくキクスイカミキリという害虫です。もちろん、夜になっても光りません」

わたしも虫に詳しいわけではないが、この虫は見分けられる。鑑賞菊づくりを趣味に持つ祖母の天敵なのだ。

「なるほど。そういうことでしたか。マオくんの昆虫豆知識によって、パズルのピースがまたひとつはまりました。ありがとう」

絶対、はまっていないと思う。

「先輩、犯人は一体誰なんですか？」

「蘭堂くん、あわてずひとつずつ整理しましょう。まず、犯行時刻はいつぐらいだと思いますか？」

「詳しい死亡推定時刻は司法解剖を待たないとまだなんとも。いつ殺されたかよりいつまで生きていたかを生活面から考えて……玄関ポーチにも部屋にも灯りが点っていますが、今日は薄曇の天気でしたからねぇ」

「六時過ぎにはまだ、物干し竿にカラスがいましたが、七時過ぎにはいませんでした」

わたしは閉ざされたままのカーテンを睨んでつぶやいた。

「そうや！　姉が大事にしていた害鳥避けのカラスです。日の出に吊るして日没になったら木箱にしまうのを毎日の習慣にしていました」

美鳥さんの弟が棚に手を伸ばすのを制し、手袋をはめた蘭堂警部がふたつの木箱を下ろして蓋を開けると、カラスたちは中綿の上に横たわっていた。

「これらが木箱にしまわれているということは、犯行時刻は日没から午後八時五分の遺体発見までと、ぐっと幅が狭まりますね、先輩」

「はい。犯人はおそらく、カラスをしまう際に鍵を開けてそのままになっていたこの硝子戸から出入りしたのです」

「せやから、戸締りには気ぃつけろと言うたのに」

「次に、この自治区の地形を考えてみましょう。辺鄙な村の中でも更に周囲と隔絶されたわずか六軒の集落。一本道の突き当たりに並ぶのが長引家と集会所のある公園。裏手は山なので、車は抜けられません。すると、犯人は日没から八時五分の間にこの一本道を通った者ということになります。さて、僕は今日、六時過ぎの夕食後から警察車両が入ってくるまでの間、一本道に面した自宅の窓辺で、ネットサーフィンをしながらぼんやりと外を眺めていました」

このサボり作家め。すぐ横にある足を思い切り踏んでやりたい。

「一本道を行き来した犯人候補は四件。まずマオくんです」

「……まさか、わたしが犯人だなんて言いませんよね？」

「ははは、言いませんよ。それから、一時間毎にくる『京都神山敬愛教会』の軽トラが七時と八時にきました」

「ほな、宗教団体が神罰などとほざいて姉さんを殺めたと?」

「いいえ。ネットの掲示板でわかったあの団体の実体は、コンビニ前で屯《たむろ》するよりは有意義な時間を過ごしていると自分の劣等感を誤魔化せて、且つ、しゃがんでいるよりも踊っている分だけ健康面でもプラスになりますよ……という、寂しい暇人たちのサークル活動です。そこに人を殺めてまでの主張があるとは到底思えません」

先生は部屋の隅に移動し、段ボール箱に引っかかっている料紙を拾いあげた。

「七時半には田山家前にデイサービスの送迎車が停まり、田山老人が帰宅したのち、しばらく杖をついて付近を散歩していました。ちなみに、ペットを縊《くび》り殺して鶏鍋にされたと思い込み、この手紙を長引さんに渡すようマオくんに託けた人物です」

「縊り殺されたペットの仇を討って縊り殺したわけですか」

差し出された料紙を手袋の手で恭しく受け取り、蘭堂警部が頷く。

「動機はあります。とはいえ、田山老人は御覧の通りの震える字しか書けない御年百歳の超高齢者です。人を縊り殺すだけの握力がないので、犯人にはなり得ません」

「すると、犯人候補の最後の一件がホンボシということに?」

「ええ。蘭堂くん、真犯人は犯行可能時刻の境界線上にいる人物ですよ」

嫌な予感がした。

これ以上ホタルの尻ほども光らない推理を展開し続けたら、正式なものではないとはいえ警察から民間協力要請を受けた天下に名立たる推理の専門家・夜光蛍一郎先生の名に傷がつく。ここは、担当編集者が身を挺してでも阻止せねば。

「わあぁっ、胸が苦しい。差し込みがぁっ！　ちょっと失礼します！」

わたしはポンコツ探偵の腕を摑み、一旦現場の外へ引きずり出したのだった。


「マオくん、第一発見者が犯人というパターンは往々にしてあるものですよ。それに動機も十分です。最初は、手紙の返事をくれないぐらいで殺害するだろうかと思いましたが、あれがホタルでないなら、返事を聞きに行ったが間違いを指摘され、これは害虫だと嘲笑われて、カッとなったのでしょう」

「柄本聖ちゃんは小四ですよ？　八時五分にここへきて通報するまで十分、家に戻ったり家族を呼んだりの時間を差し引いたら五分ぐらいしかありません。大人を殺害して吊るすなんて犯行は不可能です」

「いまから三百秒数えてみますか？　五分は結構長いですよ。それに、近頃の小学生は体格がいい。対して、被害者は小柄で非力な年配女性です。天井の梁に吊るすのは無理でも、ドアノブならば造作もないことでしょう」

だめだ……この男、意見を否定されるほどに自分が正しいと主張して頑なになるタイプ。まったく実に面倒くさい。

「そうですね。先生が正しいです。では、あとは探偵助手のわたしに任せて、ご自宅にお戻りください」

わたしは戦法を変え、深く頷いた。

「はい？」

「第一発見者が犯人などという目新しいことの何もないありふれた事件なら、夜光先生ほどの名探偵がお出ましになる必要はありません。先生の推理を伝える役割ぐらいなら、わたしのちっぽけな灰色の脳細胞にもできますので、安心してご自宅で原稿に向かってください」

笑顔と腕力でグイグイ押し切り、長引家の庭から追い出すと、それ以上の抵抗はしてこなかった。

「わかってくれましたか。それでは、推理披露の表舞台はマオくんに譲りましょう。おやすみなさい」

寝るな。原稿を書け。そしてペンネームはもう、キクスイカミキリに改名してしまえ。

4

長引家の勝手口を探し、位置を確認してから犯行現場の居間へ戻る。

「すみません。先生は激しい胸の差し込みを訴え、自宅へ帰られました」

「え？　差し込みはあなただったんじゃ……」

目を点にしているふたりに笑みを返し、わたしは強引に続ける。

「でも、大丈夫です。夜光先生の光り輝く黄金の脳細胞が導き出した真犯人の名は、助手のわたしがしっかりとお預かりしてきました」

「……先刻の流れですと、犯行可能時刻の境界線上にいたのは第一発見者の女児ということに？」

蘭堂警部が首を傾げる。

「いいえ？　一体誰がそんな間抜けな推理を？」

　わたしは目を見開いてしらばっくれた。

「では、犯人は一体誰なんですか？」

「蘭堂警部、あわてずひとつずつ整理しましょう。まず、犯行時刻はいつぐらいだと思いますか？」

「……そこは先刻やりましたが」

「日没から午後八時五分？　ほんとうにそうでしょうか。わた……夜光先生は、犯行可能時刻の境界線が犯人によって動かされているのではないかと思い当たりました。つまり、美鳥さんは日没よりもずっと以前に殺害されていたが、この家の中に潜んでいた別の人物が、灯りを点けたりカラスをしまったりと、美鳥さんがあたかも生活していたかのように工作していたとしたら？」

「そうなると、犯行時刻の幅はぐっと拡がりますね」

「せやけど、ここに潜んでいた犯人がいたとしたら、どこからきてどこへ消えたんです？」

「そうですね。次に、この自治区の地形を考えてみましょう。表の一本道を辿れば誰かに見咎められるリスクが高い。でも、絶対にないとは言えませんし、この自治区内に住む人間ならば歩き回っていてもさほど不自然には見えない。裏山からきて裏山へ去った可能性もありますね。更には複合型も」

「複合型？」

「たとえば……長引さん、あなたは午後二時過ぎに月ヶ瀬のご自宅から高級外車に乗ってお姉さんを訪ねてこられました。そして不動産登記に必要な書類や実印、委任状を預かり、三時に帰られましたね？」

「はい。それからすぐに京城グループの担当者と落ち合うて、姉の代理人として法務局の木津《きづ》出張所で所有権移転登記申請を済ませてから自宅へ帰りましたよ。最初からそういう予定やったので」

「仮に、長引さんがお姉さんを殺害したとしましょう」

「はあ？　何をアホなことを……」

「仮に、です。土壇場で美鳥さんの気が変わって、やはり山林は手放さないと言い出した。京城グループに断りの連絡を入れようとする姉を、思わず手近にあった園芸用紐で首を絞めて殺してしまった。とりあえず、予定通りに売却手続きを済ませたいあなたは、まあ、無理だろうけれどあわよくば自殺に見えるよう、お姉さんの死体をドアノブに吊る。すこしでも死亡推定時刻をずらせるようエアコンを入れ、戸締りをして、玄関と勝手口の鍵を持って出る。さも中に生きたお姉さんがいるかのように声をかけながら外から自分で施錠して、車に乗って去る。訪ねてきた人が帰ったのだから、誰も不審に思いません」

「実際、わたしは帰りましたさかいな。それやったら、誰が家の中に潜んでいたといいますのや？」

「登記申請を済ませたあなたは、府県境の道路に面した藪から分け入り、ちょっとハードなハイキングをして裏山から長引家の勝手口に到着。中に入り、鍵をもとの場所に戻し、玄関のドアチェーンをかける。灯りも点したけれど、何かもっと決め手になる時間稼ぎをしたい。なにしろ、生きている姉を最後に訪ねてきたのは自分ですからね。そこで思い出したのが、日没とともにしまわれるご近所さまに悪評高いカラス。あなたは暗くなるのを待ってカラスを木箱にしまい、エアコンの設定を元に戻して、そこの硝子戸から外へ出た」

「……ははぁ。そしてまた裏山から府県境まで戻ったということですか。行きはともかく、真っ暗な道なき山を帰るのはたいへんでしょうが、まあ、できない話でもない」

自分の顎をさすりながら聞いていた蘭堂警部が相槌を打った。

「いいえ。帰りは真っ暗だからこそ、別の手が使えます」

「別の手？」

「美鳥さんはこのように、意見書や抗議の手紙を捨てずに残していました。その内の一枚を手に庭の隅に潜み、『京都神山敬愛教会』がやってきてパフォーマンスをはじめたら、ガレージの横手から躍り出て集団に混ざり、彼らと同じように意見書を門扉の中に投げ込む。そして一緒に軽トラ最終便の荷台に乗り込めばいいんです。真っ暗な上に、彼らは互いの顔も素性も知らない烏合の衆ですから、帰りの人数がひとりぐらい増えていても気づかれずに駅まで送ってもらえます。とても賢い思いつきだと思います。ただ、お姉さんの遺体が見つかるのが早過ぎたのが大誤算でしたね。車を回収しに行く時間がなかった。だから報せを受けて、駅からタクシーできたのでしょう？」

「とんだ言いがかりや。タクシーを使ったのは、姉の死を報されて動揺しているときに自分で運転して事故を起こしたらアカンからです」

「筋の通った言い訳です。でも、裏山に面した府県境の道路を調べたら、山道の路肩に高級外車がポツン、と停まってはいないでしょうか？」

蘭堂警部はわたしに頷き、捜査員のひとりを手招きして車両捜索の命令を出した。

「わたしが姉さんを殺した？　どこからそんな荒唐無稽な推理が出てきたんですかいなぁ」

美鳥さんの弟は目を閉じて腕を組み、薄く微笑みながら身体を前後に揺すっている。

「どこからかと申しますと、蘭堂警部が木箱の蓋を開けたところからです。少なくとも、カラスをしまったのは美鳥さんではないと確信しました」

「なんでまた?」

「木箱とカラスが合っていないからです」

わたしは木箱の側面を指し示した。

「ふたつは同じ箱ですが、側面に記されたアルファベットが違います。こちらはL、そちらはR。そして専用の木箱ベッドを持つ二体のカラスは、本物そっくりなものと羽根だけを束ねたもので見た目があきらかに違います。外から物干し竿を見ると、本物そっくりなカラスはいつも右側、羽根だけのものはいつも左側に吊るされていました」

「ん? ちょっと待ってください。外から見てそうなら、家の中から見れば左右は逆になりますから、これで合っているんじゃないですか? ああ、ややこしいな……こっちから見て右がRで、左がL……うん」

蘭堂警部が回れ右をしながら確認する。

「ええ。普通はそう思いますよね? でも、これがｒｉｇｈｔ(右)とｌｅｆｔ(左)じゃなく、精巧を意味するｒｅａｌと軽量を意味するｌｉｇｈｔの区別を表すアルファベットだとしたら?」

「なるほどねえ。さすがは作家先生や。どえらいこじつけを考えはるものやと感心しますわ。推理としては面白いかも知れません。ま、所詮は『もしも』と『仮に』の話やけど」

「いいえ。こじつけの推理ではなく、事実を述べたまでです」

わたしは手袋の蘭堂警部に頼んで中綿下に隠れていた説明書を取り出してもらった。

「ほんとうだ……精巧タイプと軽量タイプとある」

蘭堂警部に説明書を突きつけられた美鳥さんの弟は、泣き笑いの表情で天井を仰いだ後、すとん、と床に膝をついて疲れた声で自白をはじめた。

「はっ、ははは……せやな、そんなカラス自慢、しとったかも知れん。ちゃんと聞いていたらこんな失敗をせんで済んだのに、金の無心をすることに気ぃ取られて、姉さんの話なんかろくに耳に入ってなかったわ」

「長引さん、登記の際に提出した委任状は、自分で作ったものですか？」

「ああ。姉さんがくれへんかったさかいな。くれると約束したのに」

有印私文書偽造が証明されたら、登記申請は無効にできるだろう。

「黄金の脳細胞を持つ夜光先生にも解けない謎がひとつあるんですが……聖ちゃんの手紙がここに開いているのはなぜでしょうか？」

「ああ、それな……姉さんはその写真を出してきて、こんな害虫をホタルやと信じて開発をやめろやなんて、ばかばかしいたわ言やと嘲笑《あざわろ》うとったわ。いまの子どもは無知であわれやとな。せやから、自分が山を売らんと辛抱して頑張って、いつかそこにほんまのホタルが飛ぶ姿を見せたらんとアカンのかも知れんって……」

「それが美鳥さんのお返事でしたか」

「……なんでや。なんでこんなことになったんや。タダでももらい手のない厄介者の山が一千万で売れるんやぞ？　マイナスが一千万に化けるんや。夢みたいにおいしい話や。せやのに、なんでわざわざそんなしんどい道を？　度し難い人や。姉さんは昔っからそういう人やった。厄介者の末の弟は、いっつも姉に迷惑をかけて、とうとう人間としての境界を踏み外して畜生以下の姉殺しに堕ちてしもうた。姉さん、堪忍……堪忍してくれ！」

くずおれて泣く犯人は、両脇をふたりの刑事に抱え上げられ部屋を出て行った。

「多大なるご協力、誠に感謝します」

わたしは直立不動で敬礼する蘭堂警部に敬礼を返し、忘れてはならない最後のひと言をつけ加えた。

「……と、すべて夜光蛍一郎先生が仰っていました」

「夜光蛍一郎……あの男、納得いかん」

最新号の『ポアロ』を枕にぐったりとデスクに突っ伏していると、背後にいやな気配を感じた。

「何が納得いかんのかね？　しゃきっとしたまえよ、黒木くん。美しく計算し尽くされた芸術的な境界線トリックに、ホロホロ鳥の鳴き声が死を招く息も吐かせぬスリリングな展開。クールでクレバーな二枚目探偵が魅せる快刀乱麻を断つ謎解きに誰もが納得の極上ミステリじゃないか。さすがは夜光先生……黄金の脳細胞にうっとりするねぇ。おかげさまで今月号の『ポアロ』はかつてない売れ行きだ。見たまえ、このほぼ直角にハネ上がったミラクルな折れ線グラフを！　もちろん、この作品をもぎ取ってきたきみの功績も大きいよ。そうかね、お疲れかね。どれ、肩でも揉んでやろうかねぇ」

わたしの後ろに立つな。

身を起こし、キャスターつき回転椅子を反転させて睨んだ編集長の顔は、すこぶる上機嫌だ。

「ええ。傑作推理短編ですとも」

脳細胞に塗った金メッキが大脳半球のしわに詰まって思考回路が壊死したかのような推理しかできないあのポンコツ探偵に、なぜこんな素晴らしいミステリが書けるのか……実に納得いかん。

「そういえば、夜光先生が故郷の山を買って、遊歩道と自然公園設備費用をドーンとつけてポーンと自治体に寄付したんだって？　名誉村民になられたらしいね」

「相変わらず夜光蛍一郎にお詳しいですね。一体どこから情報を仕入れてくるんですか？」

「ご本人からだよ。信じられないことに、担当編集者が作家先生からの電話を着信拒否しているらしくてねぇ？」

「だって、裏山から現れた茶太郎がアイコを死滅させただの、宅食サービスのオムライスが口に合わなくて痩せただの、毎日かけてきて面倒くさ……いや、あれ？　おかしいですね。わたしの電話、古い機種だから山間部からの電波は入らないのかしら」

「まあいい。実は、重大な話がある」

「……はあ」

「きみに引き抜きがきていてね。わが社としては優秀な編集者を奪われたくないので、話を通さずに握りつぶそうかとも考えたんだが、相手はうちのような弱小出版社とは比べようもなく大きなところだし、やはりここは本人の意向をきくべきかと思い直したわけなんだよ」

「握りつぶすって何ですか。聞くべきに決まっているでしょうが。それで、大手ってどこです？　端川出版？　大宝社？　まさか、帝國文芸？　いきますよ、いますぐいきます！」

「いや、夜光先生がきみを嫁にくれと言ってきている」

「ハアァ？　なにを考えているんですか、あの四十男は。わたしは二十三歳のうら若き乙女ですよ？　厚かましいにもほどがある」

「顔目当てでも身体目当てでも若さ目当てでもなく純粋な愛だと、電話口で熱く語っておられたよ。至高のオムライスに一目惚れならぬ一口惚れをして、もうきみなしでは生きていけないので、仕事を辞めて村へ嫁いできてほしいそうだ」

「一口惚れ？　なんじゃそりゃ。ちゃんちゃらおかしくてへそが茶を沸かしますよ。ハハハッ、冗談はよし子さん」

あまりのたわ言に、わたしは編集長の腕をバシバシと叩いて笑い転げた。

「普通の若者は『あり得な〜い、超ウケるー』とか言わないか？　その言動……きみはほんとうに二十代かね？」

しまった。すっかり原口のおばちゃんの口癖が伝染《うつ》っている。わたしは咳払いし、謹んで返答しなおした。

「ごめんなさい。わたしはここで編集者としての道を究めます……と、編集長から夜光先生にお断りを入れておいてください」

「そうかね、ありがとう！　黒木くんはわが社の宝だ、編集者の鑑だ。きみはミリオンセラー作家が稼ぎ出す印税ウン億円に惑わされて魂を売るような人間ではないと信じていたよ。それじゃ、また夜光先生の村へ出張する準備をするように」

「……はい？」

その流れ、おかしくないですか？

編集長はわたしのデスクから『ポアロ』を取り、巻頭ページを開いて頷く。

「この作品、短編一本で終わらせるには惜しいキャラクター設定だと思うだろう？　あわよくばシリーズ化を……と思って調べたら、あちらはそろそろ村祭りの準備をはじめる時期じゃないか。たしか先生の自治会が出すのは水風船とわたがしとフランクフルトの屋台だったかな？　いいよねぇ、牧歌的だよねぇ。会社から浴衣を支給するから、楽しんできてくれたまえよ」

わたしはキャスターつき回転椅子を窓辺まで滑らせ、ときめきのまち北区の昼下がりの往来に向けて叫んだのだった。

「冗談はよし子さーん！」

徘徊探偵　ギター男の憂鬱《ブルース》

岩《いわ》間《ま》　光《こう》介《すけ》

【著者自身によるプロフィール】

一九五二年静岡県生まれ。「ホームシックホームシック」で一九八一年星新一ショートショートコンテスト優秀作。「父さんが消えた」で、毎日新聞児童小説賞優秀作。「雨降る季節に」で第六回内田康夫ミステリー文学賞浅見光彦賞、「幻の愛妻」で第七回同賞大賞を受賞。趣味はギター弾き語り。

☆

暗い夜道で田所幸次郎《たどころこうじろう》は迷っていた。

あらゆる動物に帰巣本能がある。人間も例外ではない。しかし今住んでいるのは自分が生まれ育った家でもなく、長年住み慣れた家でもない。二年前から厄介になっている三女の智子の家なのだ。

娘は幸次郎に住所と名前が書かれた迷子札とGPS付きの携帯を首から下げさせた。気に入らないが自分でも信じられないことに実際、二、三度家に帰れなくなったことがあったので不安に思い、黙って従った。

公園の脇を通り過ぎたとき、ライターの着火音が聞こえた。一軒の家の前に、こちらに背を向けて立っている黒いコート姿の人間を見た。

マスクをして、毛糸の帽子にギターケースを背負っている。マスクをしているのだから、たばこを吸うつもりではないだろう。それなら、このところ街で頻発している連続放火犯か?

幸次郎は反射的に道路の反対側の塀の陰に身を隠した。

そいつは周囲を見回した。幸次郎は慌てて小路に駆け込んだ。だが、そいつは幸次郎の気配に気づいたらしく足早に逃げ出した。ますます怪しい。

幸次郎は追った。尾行の心得はある。相手に気付かれないように追い続けた。

十分ほど後、そいつは、ある一軒家の前で立ち止まった。どうやら幸次郎のことをうまく巻いたと思っているようだった。コンクリートブロック塀に囲まれた二階建ての家だった。玄関横の屋根つきの駐車場に黒っぽいライトバンがあり、車の前にはプラスチック製の黄色い鎖が張り渡してある。

そいつは周囲に二、三度注意を払うと、駐車場に張り渡した鎖をくぐった。

しばらく待ったが一向に出てくる気配がなかった。逃したか。焦った幸次郎は走ってその家に近づき、そいつが消えた方向を覗き込んでみた。

驚いたことに奥の方で小さな炎が上がっていた。慌てて駐車場に足を踏み入れる。雑誌が燃えていた。すぐそばにはその家の住人が捨てるつもりで置いたらしい壊れた木製の椅子や膨れ上がった市指定の青いゴミ袋が置かれていた。これではまるで放火してくれといっているようなものだ。

幸次郎は火のついた雑誌を両脚で踏みつけた。とたんに火の粉が膝のあたりまで舞い上がった。踏み続けて、やっと消し止めた。

そのとき、「何をしている!」と怒鳴る声がし、白い髭を顔全体に生やした男が幸次郎に突進してきた。幸次郎は男に向かって言った。

「放火だよ。わたしが消し止めたが、用心のために水をかけておいた方がいい」

「あんた誰だ？　放火魔だな」

男が近づいてきて、いきなり幸次郎の胸倉をつかんだ。凶悪そうな目つきの髭だらけの平たい顔が目の前にあった。六十代だろうか、幸次郎よりも背が低いが、肩幅が広くがっしりとした筋肉質の男だった。

「勘違いしないでくれ。お宅から火が出ていたので、消したんだ」

しかし白髭男の目には疑いの炎が燃えさかっていた。幸次郎は背中をブロック塀に押し付けられ、喉を締め付けられた。

「何を言っている。お前が火をつけたんだろう」

「いや、火をつけた奴は向こうへ……」

そういって家の奥の方を指差した。だが男は幸次郎の胸倉を摑んで離そうとしない。

「警察を呼ぶぞ」

男は幸次郎を押さえつけながら片手でズボンのポケットをまさぐりはじめた。携帯電話を取り出そうとしている。

「私じゃない」

「呼ばれたらまずいのか？　やっぱりお前なんだな」

男は携帯電話を開いた。止むを得まい……。摑まれていた男の腕を右手で摑んでぐいと捻り、後ろで固めた。幸次郎の体の下で男が痛みに呻いた。若い頃に道場に通って身に付けた護身術だった。

関節を締め上げながら言った。

「私がやったんじゃない。犯人はギターを担いだ黒い帽子の男だ」

「ギターを担いだ渡り鳥か？　え？　笑わせるな」

白髭男がせせら笑った。

幸次郎は男を摑んだ腕に力を込めた。悲鳴が上がったので腕を放すと、男はその場で転げまわった。どうやら力余って肩の関節を外してしまったらしい。

幸次郎は放火犯が去った方向であるその家の奥に向かって逃げだすことにした。隣家との間にある低い垣根を乗り越えようとしたとき、松の枝に黒い毛糸の帽子が引っ掛かっていた。犯人のものかもしれない。とっさに帽子をつかんでコートのポケットに押し込んだ。

垣根の向こう側の道に降りるとき片膝を突いてしまった。膝の痛みに片脚を引きずりながら幸次郎は夢中で逃げた。

翌日の昼。娘がつくってくれたのは幸次郎の好きな力うどんだった。食卓に着き、テレビをつけた瞬間、〈この付近では一カ月間に五件の放火があり、街は不安に包まれています。昨夜七時過ぎ……〉と、昼のケーブルテレビのニュースが流れた。幸次郎は思わず画面を見つめた。

幸次郎の住む百葉市若木区では、この一カ月ほどの間、連続して放火事件が起こっていた。時間は夕方から深夜にかけてだ。団地の自転車置き場、民家の洗濯物、公園のトイレ、駐車中の車、そして昨夜、幸次郎が目撃した民家だ。いずれも燃え広がる前に発見され、ボヤで済んでいた。

「オレはゆうべ見たよ。この放火事件の犯人を」

幸次郎が言うと、智子は漬物をバリバリと音を立てて噛み砕いてから言った。

「ほんとでしょうね」

白い目で見られながら、幸次郎が昨夜、放火を見た顚末を話しだした。そのときテレビのアナウンサーの声が耳に飛び込んできた。〈連続放火犯は、目撃者によると六十代から七十代の男性で、黒い長いコートを身に付けていて、格闘技の心得があるようです……〉

「えっ、なんだと」

驚いて画面を観ると、インタビューを受けている男の首から下だけが映っていた。白い顎髭がちらりと見えた。どうやら幸次郎が昨夜ねじ伏せた白髭男のようだった。

黒いコートに格闘技の心得だって？　なんてことだ。本物の放火犯を見つけてその上、火を消し止めてやったというのに放火犯にされてしまった。

しかし、もしあの男が幸次郎の顔を憶えていて、似顔絵を世間に公表されたら……。

幸次郎の額に冷や汗が吹き出し、胃が縮み上がり、食欲がたちまち失せた。

★

夜の六時半から神田のライブハウスでライブがある。午後三時過ぎに家を出た。四時半からリハーサルがあるので早めに行かなければならない。

駅の階段を昇る途中で、いきなり吹き上げる冷たい風に身体が煽られ、たまらず後ろにのけぞってしまった。肩に背負ったアコギがゴツゴツした壁にぶつかってゴンと嫌な音を立てた。ソフトケースなのでギターが傷ついたかもしれないと気になった。

電車がホームにやって来た。ギターケースを担いだ高校生らしい二人組が目の前にいた。奴らを見ていると自分の浮かれた時代を見せ付けられているようで嫌な気分になるので隣の車両に移った。

そこにもギターケースを担いだ男がいた。ジーパン、黒いダウンジャケット、耳には携帯オーディオプレイヤーのイヤフォンを突っ込んでいる。無理な若作りだ。流行のオヤジバンドだろう。オレはそいつに背を向けた。

三年前、インターネットのバンドメンバーの募集サイトで、「ギターとボーカル募集します。ロックの王道をやりましょう」と書かれたコメントを見つけた。それがドラムスの吉元王作《よしもとおうさく》だった。

迷うことなくメールを返した。「なんといってもロックです。それ以外には考えられません。王道いいですね。サイドギターとボーカルを希望します」

すぐ、返信メールがあった。

「オーディションをやるので次の日曜日の午後一時に自宅スタジオに来てください」

日曜日にギターを担いで吉元の家に電車を乗り継いで出かけた。オーディションを受けたのはオレのほかにも何人かいたらしい。その中からボーカル・サイドギターのオレとリードギターの片脇《かたわき》健二《けんじ》が選ばれた。新しいバンドが始動した。

リードギターの片脇はプロ並みの実力の持ち主で、コンピューターのソフトウエアの会社に勤務している。リーダーであるドラムスの吉元はバンドのために自宅の一間を改造して防音スタジオをつくってしまったというバンド命の男だ。ベースの室田はシステムエンジニアで、偶然にもオレの住む街の隣の明田川《あけたがわ》市に住んでいた。二、三度曲を聴けばベースラインを完全コピーできる素人離れした音感の持ち主だった。

ライブの最初のバンド、ビビンバーズの中年男二人組のコーラスはまるで蜜のように甘ったるかった。手放しの青春讃歌に、彼らが呼んだ数人組の女性客たちがうっとりと聞き惚れていた。すぐにオレたちの出番がやってきた。演奏を始めると一気呵成で、あっという間に時間が経つ。小さなライブハウスだからスポットライトは小さいが気分がよかった。コードも歌詞もいくつか間違えた。完璧とはいえないが、勢いで十曲を歌い切った充実感があった。

問題はそのあとだった。オレがカウンター席に腰を下ろして、ビールを飲みながら余韻を楽しんでいると、あの女の甲高い声が突然耳に飛び込んできたのだ。

「ボーカル、フラットしてたじゃん。なんか気持ち悪い」

視線を向けた先にドラムスの吉元が呼んだ三十代の女の客がいた。店の奥の椅子に座っているので、オレに聞こえるはずがないと思っているのだ。しかし酔っぱらってテンションが高くなった女の声は、狭い店の誰の耳にも届いたはずだ。

「フラットしていた気持ち悪いボーカル」とはオレのことらしい。ライブのあとの高揚した気分が、頭から氷水でもぶっ掛けられたように一気に醒めた。

女の話し相手は片脇だった。片脇が「オレたちの音楽のルーツはブルースで、微妙なフラットがブルース特有のものだ」と説明していたが、女には通じなかった。

「私、絶対音感持っているから、ちょっとでもフラットしてるとダメなんだ」

最後の出演バンド、トリプルトラブルの連中がライトの消えたステージでセッティングを始めていた。三人とも大学生風だがライブ慣れしているらしく手際がよかった。

連中の様子を見ていると、「お疲れさん」とドラムスの吉元に肩を叩かれた。

「あんな女のたわ言、気にするな」

吉元は大きな体でオレを背後から包み込むようにして耳元で囁くと、注文したビールを受け取って去って行った。腹の底ではビールが重い液体に変わっていた。最近、気分を苛立たせ、落ち込ませる嫌なことがいくつも続いている。

先週のスタジオ練習の帰り、ライブの打ち合わせのために入った喫茶店では室田に嫌味を言われた。片脇がトイレに立った直後だった。

「片脇さんのギターだけで十分でしょ。岩城さんは紙のギターにしたら?」

室田は小太りで、人当たりが柔らかい。だが実は辛辣な毒舌家だった。隣りで吉元が同調するようにニヤついていた。

片脇のコードワークもリードも絶妙なバランスで曲をどっしりと支えている。だから、ひたすらコードをカッティングするだけのオレのギターなど不要かもしれない。それにしても〈紙のギターにしたら〉はないだろう。

だがライブ直前だった。ここでオレが怒ったらライブはキャンセルということになり、バンドは解散の道をたどるしかない。オレの趣味はギターを弾き、歌うこと。それが生きがいだった。そのすべてがおしまいだ。室田を殺してやりたいが、そのときは怒りを抑えるしかなかった。だがもう、自分たちのライブは終わった。

トリプルトラブルの演奏が終わると、オレはメンバーたちを残してさきに店を出た。ライブの後は酒を飲んでバンド同士の親交を深めるという時間だったが、もう限界だった。

オレは冷たい風が吹く夜の街を駅に向かって歩きながら、心の中で〈こんなバンド、辞めてやる!〉と吼《ほ》えた。

電車を降りると、アパートの途中にある公園のトイレの個室に駆け込んで胃の中のものをすべて吐き出したあと、ライターでトイレットペーパーに火をつけた。

☆☆

昼食の力うどんを残して、幸次郎はしばらく自室にこもって苦悶した。「連続放火事件の犯人」

とテレビで流された。濡れ衣だ。家で鬱々としているなら散歩に出て気分を晴らすしかない。

外は相変わらず寒風が吹きすさんでいるようだ。いつもの黒のコートを着ようとして、はっと気付いた。これを着ていくわけにはいかない。無用な疑いは避けなければならない。

クローゼットの奥からベージュの古いコートを引っ張り出した。現役時代に愛用していたもので、袖口が擦り切れている。それを着て、玄関を出ようとしたとき娘に呼び止められた。

「髪が伸びたね。切ってやろうか」

「うん、近いうちに切ってもらおうかな」

美容師だった娘のいつになく優しい言葉にうなずいた。娘は若いころ美容専門学校に通い、結婚前まで美容師として働いていた。月に一度、幸次郎の髪の毛をカットしてくれる。

家を出た。陽は弱く、風が突き刺すように冷たい。幸次郎は駅前に向かった。

世界中いたるところにあるというハンバーガー店ではコーヒー一杯が百円だ。何時間も居られるし、暖房も効いている。そのため店はリタイヤした年寄りたちの溜り場と化していた。

ほとんどの年寄りたちが憮然とした顔つきで互いにそっぽを向いている。年取るほど友人はできにくくなる。当たり前だ。岩のように頑迷で、過去の栄光を語りたがる上に、一人ひとりに抜き差しならない格差ができてしまった。もはや心を開いて他人と上手くやっていくことなどむずかしい。

二年前に娘の家があるこの街にやってきたとき、幸次郎は町内の老人会に誘われたが、気が進まないので断った。だから同級生も顔見知りもいない。

その日の幸次郎はハンバーガー店を避けて、小さなコーヒー店に入った。コーヒーの値段は倍以上する。そして、そこも客の三分の二が老人だった。

ミルクと砂糖をたっぷり入れてコーヒーを口に運んだとき、突然声をかけられた。

「あら、お久しぶり」

目の前の椅子に女性が座った。

十日ほど前、この店で、満席のときに相席を求められた。女性にしては背が高く、背筋が伸び、上品だ。茶色に染めた長い髪を後ろで束ねている。

幸次郎がうなずくと彼女はにっこりと微笑み、バッグから文庫本と眼鏡を取り出して読み始めた。老眼鏡らしい。幸次郎は彼女を五十代半ばだろうと思った。

だがいくら古びはじめていても、彼女は田舎の藁葺き家でも、寺社造りでも、石造りの遺跡でもなかった。荘厳な教会建築だ。

あの時、あれこれと話しているうちに別の席が空いたので、彼女は「失礼しました。いずれまたお会いするかもしれませんね」と言って席を移っていった。その後も、この店で何度か姿を見かけた。幸次郎に気づくと、離れた席から会釈してきた。その女性が今、テーブルの向かい側に座った。

「深刻な顔をなさって。何か悩み事?」

「いや、お話しするほどのことではありません」

しかしこの人なら信じてくれるかもしれない、そう思って幸次郎は昨夜の放火事件のことを手短に話した。話し終わったとき、彼女は同情を込めた声で言った。

「ひどい話ね。でも、あなたが先に犯人を見つければいいのよ。元探偵さんなんでしょう?」

すっかり忘れていたが、相席したとき、お仕事はと訊かれて、私立探偵事務所をやっていたことを話したらしい。

「しかし……それは……」

「犯人はこれからも放火するかもしれない。ニュースで流れて有頂天になってね。そんなことさせていいのかしら」

「でも街の人間は用心深くなっています。夜の街をうろついていたら、こっちがたちまち怪しまれて通報されてしまう」

「でも、私が一緒なら疑われない」

彼女はそのとき、中津川弓子《なかつがわゆみこ》という名前を名乗り、五十七歳だと教えてくれた。幸次郎もまた自分の名前と、七十三歳であることを教えた。

その夜、夕食後、娘が風呂掃除を始めたのでこっそり家を出た。自室の電灯をつけ、テレビを低い音でつけたままにした。

六時半に駅前に着いたとき、弓子さんはもう待っていた。肩に花柄の大きなバッグを担ぎ、足元は白いスニーカーだった。

女性と並んで歩くのは何十年ぶりか。他人には仲のよい老夫婦が夕食後、健康のために散歩しているように見えるかもしれない。

ときどきパトロールカーが赤色灯を点滅させながらゆっくりと走り去って行った。

犯人にとってこの厳重な警戒態勢の中でまた放火するのは、あまりにもリスクが高い。利口な犯人ならもう犯行を諦めるか、長い冷却期間を置くはずだ。

だが彼女が言ったように裏をかいて大胆に犯行に及ぶとも考えられる。

「ご家族と一緒にお住いですか」

「いえ独り住まい。二年前、夫は健康診断で肺癌が見つかって手術後二カ月ほどで亡くなりました。子供はできなかったんです。同情してくれなくていいのよ。身軽だし」

「同情だなんて……」

長年の探偵稼業の経験から、人がそれぞれに複雑な事情を抱えていることを知っている。

「それより私にはやらなければならないことがあります」

「ほう、なんですか?」

「フ・ク・シュ・ウ」

驚いて絶句した幸次郎に弓子さんは、「あなたには本当のことを話してもいいかな」と独り言のように言った。

彼女の美点は率直さだ。自分の情報をさりげなく提供してくれる。相手の環境や考えを胸のうちであれこれ詮索する必要がない。探りあいや質問ばかりの対話は気疲れするものだが彼女と話していると疲れなかった。

一日目は一時間ほど歩き回ったが、結局放火犯は現れなかった。

二日目の夜。住宅街を離れて貝塚史跡公園のそばを通るとき、彼女があの公園で十三歳のときにレイプされたと話し出したので幸次郎は驚いた。

貝塚史跡公園は広く、森のなかに資料館や復元された縄文時代の住居、貝塚などが点々とある。幸次郎もこの街に引っ越してきたばかりのとき一度だけ行ったことがある。彼女がレイプされたという四十四年前には、まだ公園は今のように整備、管理されていなかったかもしれない。

「両親はその男を訴えなかったんです。近所の大学生で、名前も住所も知っていたのに。だからかえって、訴えにくかったのかもしれない。いつの間にか、私が強姦されたことが学校中の噂になっていて、学校に行ってもクラスメイトも教師もどことなく冷たく好奇心に満ちた視線で私を見るようになっていました。半年後に父親が静岡に転勤することになって、そのまま家族で引っ越してしまった。五年後にはこちらに戻ってきたけれど。

とにかく、そういう時代だったのね。でも、その強姦魔が今ものうのうと生きているとしたら、あなたならどうする?」

「そんな奴は許せない。で、その男を見つけたんですか」

「はい。夫が亡くなって自由気ままな生活でしたから、スポーツクラブに通ったり、コーラスサークルに参加したり。そして自分にはまだやり残した大事なことがあることを思い出したの。

四十年以上も経っているのだから見つけられるかどうか自信はなかったけど、意外なほどあっさり。家は新築されていましたが、住所は昔と変わっていなかったんです。

二カ月前、百葉市立総合病院の待合室で、あの男は年老いた親の面倒を見るために戻ってきたと隣の男と大声で話していました。二人は中学校の同級生みたいでした。結婚して子供が二人いて、みな独立したので半年前に夫婦二人でこの街に帰ってきたが、まるで浦島太郎の気分ですよと、バカみたいに大声で笑って。市の放置自転車取り締まり要員に応募して、駅前で朝六時から九時までボランティアをしていることをそのとき知ったんです。

もし、あいつが半年前にこの街に戻ってきていなければ、見つけられなかったでしょうね。まるで天が私に復讐の機会を与えてくれたようでしょう?」

幸次郎が散歩に出るのはいつも昼食を食べたあとだ。だから早朝の自転車取り締まりの人間を見たことはない。

「ある朝、駅に行き、青い警備服を着て『放置自転車追放』のたすきをかけたあいつに話しかけたの。私だと気付くかどうか試すつもりで『お仕事大変ですね』と笑いかけると、あいつは長く伸ばした白い髭を指でなでつけながら『いやあ困ったものですよ、駅前に自転車を放置していく公徳心のない者たちが多すぎて』と口を尖らせていた。私をレイプしたことを棚に上げて公徳心を説くなんて笑止でしょ？

あいつはもちろんそのとき私が誰なのか気がつきもしなかった。思春期の私はまだ小学生並みの身長で、少し太っていたから」

幸次郎は、中学生の頃の小柄でふくよかな少女を想像した。

「二度目に声をかけると、強姦魔は私に気に入られたとでも思ったのか、ビルの陰で手を握ってきた。あの時、大学生だった男がすっかり年とって六十五歳になった。でも、あいつの本性はちっとも変わってなかった。手を振り払ってやるといきなり抱きついてきてキスを迫ってくる始末。

そこへちょうど中学生くらいの男の子がビルの陰に自転車をこっそり停めようとしたの。それに気付いた私が『あれ、注意しないと』と言うと、あいつは慌てて私を押しのけ、その子に向かって『このガキが！　こんなところに停めるんじゃない！』と怒鳴り散らしはじめたの。

それからというもの私が駅前に現れると、あいつはかならず放置自転車を取り締まるふりをして駅の周りを小走りで逃げ回るの。おかしいったらありゃしない。

強姦魔を四十年以上ものさばらせておいたなんて無念です。若い頃の自分が可哀想です。警備員の制服を着て威張りかえっているあいつをどうにかしてやりたい」

翌朝六時前に、娘や孫たちを起こさぬようにそっと家を出て駅前に向かった。もちろん弓子さんを強姦したという強姦魔をこの目で確かめるためだ。白髭を生やしている男は、遠目にもすぐわかった。弓子さんが昨夜、白い髭を生やした男といったとき、まさかと思ったが、まさに、幸次郎を放火魔扱いした男だった。

ということは、幸次郎は知らずに弓子さんを強姦した男の家が火事になることを防いだことになる。幸次郎は複雑な思いにかられ、しばし呆然としていたが、白髭男がこちらの存在に気がつく前に、急いで家へ引き返した。

三日目、ついに娘から怒鳴られた。

「夜中にうろうろしないでって言ったでしょ！」

それでも幸次郎は一階の自室の窓からこっそり飛び出した。

駅前で待ち合わせた弓子さんと歩き出す。十分ほど経って、小さな公園の脇を通り過ぎようとしたとき彼女は言った。

「ちょっと、失礼。自然が呼んでいるみたい」

幸次郎がとっさに意味が分からずぽかんとしていると、弓子さんは公園の公衆トイレを指差した。〈自然が呼んでいる〉の意味をやっと理解したとき、すでに彼女は肩にかけた大きなバッグを揺らしながら駆け出していた。幸次郎は公園のベンチに腰を下ろした。いきなりポケットの中で携帯電話が鳴りだした。娘の智子からだった。どのボタンにも触れないようにして慌ててポケットにしまった。

弓子さんは中学生のときレイプされた。両親は娘の将来のために警察に届けず、犯人は罰せられずに生きている。彼女は今になって、どんな復讐をするというのだろうか。

そんな考えにふけっていると、不意に眠くなってきた。早朝、放置自転車取締りの男、つまり彼女を強姦した男を確認するために起きたせいだ。

少しウトウトしたらしい。不意に肩をポンと叩かれて目が覚めた。

「お待たせ、幸次郎さん。では参りましょうか」

目の前に、顔を上気させた弓子さんが立っていた。

住宅街の道を二人で並んで歩き出して、何分も経たないうちに消防車のサイレンの音が近づいてきた。背後を振り返ると、西の空の一部が夕焼け色に染まり、どす黒い煙が立ち昇っていた。

「放火魔だ！」

幸次郎が叫ぶと、弓子さんはあたりを見回した。幸次郎はすぐ西の方角に駆け出したが、彼女は立ち尽くしていた。しかし、たちまち幸次郎に追いつき、併走したかと思うとあっという間に追い抜いた。

幸次郎の右膝に鋭い痛みが走った。白いスニーカーが幸次郎の先を駆けていく。ジョギングでもして体を鍛えているのだろうかと思ったとき、

「毎日十キロ走っています」と、息も乱さぬ答えが返ってきた。

燃えているのは二階建ての民家で、遠巻きに野次馬が集まっていた。消防車が二台到着していて、消防隊員が放水の準備を始めていた。二階から出火したらしく一階にはまだ火の手が回っていない。

弓子さんは人を掻き分けて野次馬の最前列に出ていった。携帯電話を取り出して野次馬に向ける。集まった野次馬の中に放火犯がいるかもしれない。

幸次郎は炎に赤く染まった顔を並べる野次馬たちを眺め渡した。自分の見た放火犯の姿がそこにあるだろうか。すでに野次馬の数は到着した直後の倍以上に膨れ上がっていた。風は止んでいたが、空気が乾燥している上に家が密集しているので隣に燃え移るかもしれない。

電柱から家に引き込まれている電線が燃え落ちた。隣家との境に植えられている樹々の枝葉が焼け落ちる。そしてやっと放水が始まった。

そのとき、また消防車のサイレンの音が聞こえた。ふと東の空を見ると、そこも赤く染まっていた。

なんと今晩二軒目の火事だ。消防車はそちらに向かっているようだ。連続放火魔は一晩に二件の放火を決行したらしい。

★★

「燃えろ、燃えろ！　みんな燃えろ！」

紅蓮《ぐれん》の炎に顔面を煽《あお》られながらオレは心の中で叫んだ。血が躍《おど》っていた。

オレはベースの室田の家の二階のベランダに、ハンドタオルで栓をした灯油入りの火炎瓶を投げ込んだのだ。干してあったシーツに火がついた。こんな夜に洗濯物を取り込み忘れる方が悪い。

自分の起こした火事にうっとりと見とれていると、野次馬のなかの一人が携帯電話をこちらに向けているのに気付いた。燃え盛る家の方ではなく野次馬に向けて携帯電話のカメラのフラッシュを光らせていた。刑事ではないかと、オレは思わず数歩後ずさった。

最前列ではなかったので写真に撮られた可能性は低い。コートのフードを被り、マスクもしている。たとえ撮られても顔など見分けられるはずがない。

消防車がやっと放水を始め、野次馬たちが安堵の声を上げるなか、オレはさりげなくその場を離れ、暗闇のなかへ逃れた。

☆☆☆

翌日のお昼過ぎに家を出て、いつものコーヒー店で弓子さんを待った。昨夜、別れ際に約束していたのだ。彼女はすぐに現れた。

「携帯電話のカメラで撮った野次馬が思ったよりも鮮明に写っていました。一人ひとりの顔がはっきりとわかります。幸次郎さんにお見せしたら犯人がわかるかもしれませんね」

テーブルに着くと彼女は早速バッグからノートパソコンを取り出した。

「ご覧になる?」

パソコンの画面が幸次郎の方へ向けられる。そこには画面一杯に昨夜の火事の様子が写し出されていた。写真が切り替わるたびに、顔を朱色に染めた野次馬たちの顔が大きく写し出される。

「この中に犯人はいる?」

幸次郎は老眼鏡を取り出して、画面の野次馬たちの顔を眺めた。三枚目、野次馬のずっと後方に、マスクをつけ、黒いコートのフードをすっぽりかぶっている男を見つけた。

冬だからその格好は不自然ではない。だが闇の中で火事の炎を映し、その目は異様に輝いていた。

黒いコート、痩せた体軀も先日の不審者によく似ている。ギターケースは担いでいないが、見れば見るほどこの男が犯人だと思えた。

「この男かもしれない」

幸次郎が指差した男に、弓子さんはうなずいた。

「一晩に二件も放火するとは大胆な奴だ」

最初の火事と次の火事の間には十五分ほどの時間差があった。幸次郎が弓子さんと最初の火事の現場に駆けつけたあと、十分ほどして別の火事が起こったのだ。

あのあともうひとつの火事に彼女と一緒に向かおうとしたとき、娘から電話が入った。

いつもいつも無視するわけにもいかないので出た。

「火事よ。早く帰ってきなさい。犯人に間違われたいの！」

娘のあまりの剣幕に、幸次郎は仕方なく家に帰ることにした。弓子さんも帰ると言ったので、翌日の約束をして別れたのだ。

今朝のニュースでは、〈連続放火でついに重傷者〉と流れた。幸次郎たちが見に行った火事では、家人が留守で怪我人はなかったが、その直後に起きた別の火事で六十代の男性が火傷の被害にあったらしい。

しかも、テレビの映像を見ていて、どうやら以前、幸次郎が放火魔と間違われたまさにその家らしかったので驚いた。とすると火傷を負ったのは、あの小柄な白髭男と言うことになる。つまりあの強姦魔だ。

「あの髭の強姦魔は顔に大火傷をしたらしい」

幸次郎の言葉に、弓子さんはにっこり笑って、首を傾けた。

「あら、そう?」

「父親と奥さんは家にいなかった。認知症の父親は誤嚥《ごえん》性肺炎で入院中で、奥さんが付き添っていたらしい」

「余計な犠牲者が出ないでよかったです」

彼女は目じりに魅力的な皺をつくって笑った。

「この写真を警察に持ち込むべきだ」

「ええ、もちろんですとも。ご一緒に」

「いや、あなたが撮ったものだから。それに警察は苦手です」

そして、それが弓子さんと会った最後になった。

★★★

ライブの一週間後、室田からバンドメンバー全員への同報メールがあった。

「先日、家が火事になりました。どうやら近くで最近頻発している連続放火の標的にされたみたいです。両親と近くのファミリーレストランへ食事に行って留守だったため、怪我人が出なかったことがさいわいでした。

火災保険に入っていたので家を建て直すことにしました。今、近くにアパートを借りて暮らし始めています。ベースギターは一階のリビングに置いていたので無事でした。

みんなには迷惑をかけますが、落ち着くまでしばらく練習は無期延期ということで、よろしく……」

家が焼けてしまったというのに、室田はまったくへこんでいなかった。自慢していたフェンダー社製のベースギターが無事だったうえに、家は火災保険で新築できる。

まるでオレが奴のために家を新築する機会をつくってやったようなものだ。留守の家に火をつけてしまったとは間抜けだった。カーテンは閉まっていたが、家の明かりがついていたのでもはや留守だとは思わなかった。泥棒よけに電気を灯したまま外出したのだ。いかにも室田らしい用心深さだ。

あの夜は室田の家から五百メートルほど離れた民家でも火事があり、年寄りが一人重傷を負ったという。

近所でギターを担いだ男が目撃されたというが、あれはオレじゃない。オレはそれまで一人の犠牲者も出していない。オレが放火したのは、団地の自転車置き場、軒先の洗濯物、車のタイヤ、公園のトイレのトイレットペーパーだ。だがニュースはその二件とも連続放火犯の仕業だと騒ぎ立てている。

本当の標的を隠すために、他の四件に火をつけたわけではない。ライブやバンド練習のたびに嫌な思いをし、帰りに小さな放火でストレスを晴らしてきただけだ。だが、やりもしなかった放火も背負わされるのは納得できない。オレの人生とことんツイてない。

ジミ・ヘンドリックスはステージ上で弾いていたエレキギターにオイルライターのオイルをかけ、火をつけた。燃えるギターはまだ電源が入っている状態のまま悲鳴を上げた。ザ・フーのギタリスト、ピート・タウンゼントは、ギターをまるで大きなハンマーのように何度も床に振り下ろした。そのたびにギターは咆哮し、最後にはばらばらになってしまった。

そしてオレは今、自分のギターを燃やそうとしている。放火に取り憑かれているオレにこれほどふさわしい最期はない。これでバンドもオレの人生もおしまいだ。

室田からの火事の報告メールが来てから二日後、夕方、ストリートに出た。アパートを出る前に、アコギのボディの中にライターのオイルを沁みこませた新聞紙を詰めた。

百葉駅から少し離れた広場の片隅に立って、アンプもマイクもないまま演奏した。サラリーマン風の中年の男たちと老夫婦と若いカップルがオレの歌に耳を傾けてくれていた。オレはポケットからタバコとライターを取り出した。

「一服して、すべておしまいにします。聴いてくれてありがとう」

タバコの煙を深く吸い込み、それから火がついたままのライターをギターに近づけた。老夫婦は何事が起きるかと目を見張っていた。サラリーマンはオレの行為を演出のひとつとでも思ったのかニヤニヤ見ている。若いカップルはキスをしていた。その後ろを通行人たちが無関心に通りすぎる。ライターの炎はサウンドホールからボディに燃え移った。青い炎がゆっくりとギター全体を舐めていく。異変に気付いて老夫婦が後ずさりした。

オレは燃えるギターを弾きながら歌い出した。不思議に熱くはなかった。

　打ちのめされ　殴りつけられ
　引きずり回され　息の根を止められる

それがオレの人生……

そこまで歌ったとき、炎が眉毛を焼いた。指板《フレット》が燃え出したが、オレは熱くなったギターを抱いたままブルースコードを弾き、声を限りに歌った。

太い6弦が鈍い音を上げて弾け飛んだ。後ろの方にいた男二人がオレの方に駆け寄りながら「バカなことをするな！」と叫んだ。一人が燃えるオレのギターを取り上げて植え込みに放り投げた。もう一人が、コートを脱いでオレの頭に被せてきた。

オレの耳に、「岩城真吾、連続放火の容疑で逮捕する！」という声が聞こえた。

☆☆☆☆

あの二件の連続放火の十日ほど後、容疑者が逮捕された。ニュースでは、連続放火犯と思われる不審人物が、百葉駅近くの跨線橋の下でギターに火をつけて焼身自殺を図ったところを、警戒していた刑事に取り押さえられたという。ギターは焼け、男は顔と腕に軽い火傷を負った。

犯人は百葉市に住む六十歳の無職の男で、これまでの数件の連続放火を認めていた。警察は、火事の野次馬を写した写真が匿名の人物から送られてきたため調べを進め、放火犯にたどり着いた。

その写真を匿名で送ったのは弓子さんだろう。もしそうであるなら彼女のおかげで、幸次郎の冤罪が晴れたことになる。黒いコートをまた着られる。

しかし、幸次郎は、あの火事の翌日から弓子さんに会えない日々が続き、懊悩《おうのう》していた。それでも毎日、淡い希望を抱いてコーヒー店に通った。彼女がいつも現れる午後一時半ごろそこに行き、一、二時間待つ。だが彼女は現れなかった。

この街に住んでいる可能性にすがって住宅街の表札を見て回ったが「中津川」という姓は見つからなかった。彼女がこの街の住人でない可能性は高かった。

もし弓子さんが強姦魔のことを調べるためにこの街に何度もやってきていたとしたら、すべてが用意周到で計画的だったことになる。彼女の行動のひとつひとつに意味がないはずがない。すべてが復讐のためだったはずだ。

病院で、強姦魔を見たという話も、よく考えると妙だった。住人でもない彼女がこの街の病院に行ったのは、強姦魔が病気の父親に付き添って行くことがわかっていてあとをつけたのだ。決して偶然ではない。

ほかにも気になることがある。毛糸の帽子だ。つい三日ほど前、娘に黒いコートをクリーニングに出すために渡したあと、コートのポケットに毛糸の帽子が入っていたと言われた。

一瞬、そんな帽子など持っていないと言いかけて記憶が甦った。放火魔と間違われて逃げたとき、松の枝に引っ掛かっていた帽子をとっさに犯人のものと思いポケットに突っ込んだのだ。

その翌日から黒いコートは着ていない。娘に言われるまで、ポケットの中の帽子のことなどすっかり忘れてしまっていた。ボケもいいところだ。情けない。

娘は帽子を裏返してじっくり見てから、指先で長い茶髪を数本つまんだ。

「この毛は女性ね。拾ったの？」

髪の毛を捩《よじ》り、引っ張った。

「それは放火犯が残していった帽子だ。犯人は男だよ、女性の髪の毛のはずはない。放火魔は焼身自殺しようとしたギター男だ。もう逮捕されているのだからまちがいない」

と、幸次郎は続けた。

しかし娘は反論してきた。

「これは女性の髪の毛よ。細くて、傷んで艶が失われている。少なくとも四十代以上。二十代や三十代とは、ぜんぜん違う。五十代かしら」

娘はまるで有能な鑑識官のように断定した。

「そんなことがわかるものなのか」

「美容師だったもの、DNA鑑定なんかしなくてもわかる。これがお父さんの言う放火犯の帽子なら犯人は年配の女性ということになるかも」

「そんな馬鹿な」

ギター男の帽子に女性の髪の毛？　逮捕された連続放火犯は六十歳の男だ。だが娘は帽子に残った長い髪の毛を年配の女性のものだと言った。その事実をどう解すべきか……。

弓子さんと夜回りをした三日目の夜の二軒目の火事は、幸次郎が以前、ギターをかついだ不審な奴を見つけ、燃える雑誌を踏み消した家だった。

あれは弓子さんをレイプした放置自転車取締りの白髭男の家だ。すると幸次郎という邪魔が入ったことによって一度目の放火に失敗し、二度目に成功したということか。

もしあの二回目の放火が、逮捕された男がやったものでなかったとすると、幸次郎が見たギターを担いだ放火魔はいったい誰なのだ。家の脇に積み上げてあった雑誌に火をつけ、毛糸の帽子を木の枝に引っ掛けたまま逃げた不審者とはいったい……。

髪の毛が長く、男に遜色がないほど身長があり、逃げ足が速い……女性……。

すると、一回目の白髭男の家への放火の翌日、コーヒー店で彼女が幸次郎に近づいてきたのも意図的だったのか。幸次郎はそうとも知らず、前夜にギターケースを担いだ放火犯を見たこと、その上、自分が連続放火魔として疑われていることなどを話した。

あのとき彼女は幸次郎を復讐の邪魔をした人間だと承知の上で近づいてきた。GPS携帯と迷子札を首から下げ、うろうろと街を徘徊する元探偵だと称する厄介者を何とかしなければ、また邪魔されるかもしれない。

枝に引っ掛けてしまった毛糸の帽子を幸次郎が持ち去ったことにも気づいていたかもしれない。しかし放火犯と間違えられた幸次郎が、警察にそれを届けたりする気遣いはない。

彼女がギター男に変装したのは、たまたま本物の放火魔の何件目かの放火に遭遇して、その姿を見たからではないか。彼女の出合った放火魔は、ギターケースを担いで、黒い毛糸の帽子、黒いロングコート姿だった。彼女が犯人を目撃したにもかかわらず通報しなかった理由は、その偶然を利用して、連続放火魔の仕業に見せかけてあの強姦魔の家に火をつけて復讐することを思い付いたからだ。この街を騒がせている放火魔の犯行に自分の犯行を紛れ込ませることができる絶好の機会だと思ったからだ。

しかし突然、邪魔者が現れた。それが幸次郎だった。あの夜、ギターを担いだ人物は数分間、姿を消した。そのとき幸次郎は逆に別の場所から観察されていたにちがいない。

もちろん、最初の出会いであるコーヒー店での相席はまったくの偶然……。

いや、待て。最初から幸次郎を利用するために近づいてきたと考えた方が自然かもしれない。彼女には、ギターを担いだ黒いコート、黒い毛糸の帽子の放火魔を誰かに目撃させる必要があった。それまで連続放火魔は誰にも目撃されず、ギターを担いだ黒いコートの男だとは知られていなかったのだ。

連続放火魔は目撃されなければならない。偶然を当てにできない。彼女はコーヒー店で迷子札をぶら下げた幸次郎に近づき、その行動を探って、目撃者に仕立て上げようとした……。

あの夜、幸次郎の前でわざと怪しげな行動を見せつけ、自分を尾行させた。そして強姦魔の家の前まで誘導した。放火が成功するか否かは問題ではなかった。成功すればもうけものだと考えていたにちがいない。

ところが迷子札を首から下げ、家に帰る道もときどきわからなくなると嘆いていた幸次郎が、意外なことに火を消しとめ、家から出てきた住人を捻じ伏せてしまった。

その「活躍」のせいでテレビのニュースになり、黒いコートを着た幸次郎が疑われることになったのは、彼女にとってまったく予想しなかった展開だったはずだ。ギター男の目撃者となるはずだった幸次郎が、犯人扱いされてしまい、せっかく目撃させたことが何の意味も持たなくなってしまったのだから。

三日目の見回りの夜、弓子さんは公園のトイレに入った。あのとき、彼女は大きな花柄のバッグを肩から下げていた。その中には黒い毛糸の帽子、折りたたむことができるギターのソフトケースが入っていた。ギターケースの中にギターを入れる必要はない。大きなバッグをギターケースのボディの部分に押し込み、細長い部分に傘か突っ張り棒のようなものを伸ばして入れればギターの形は保てるだろう。放火魔の格好を真似るといっても本物のギターを担いで走るのでは不自由だ。

傘あるいは突っ張り棒のようなものは、あらかじめ公園のトイレのどこかに隠しておけばいい。そして間抜けな幸次郎を公園のベンチに待たせたまま、彼女はトイレから出て、日頃鍛えた脚で強姦魔の家に向かってひた走った。強姦魔の家から公園まで二、三百メートルしか離れていない。毎日十キロも走っている彼女にとってほとんど息も乱さずに往復できる距離だ。

ニュースによれば、犯人は時限発火装置を使っていたという。つまり彼女は強姦魔の家に十分か十五分後に発火する仕掛けをして幸次郎の待つ公園に戻ってきた。そしてトイレで元の姿になり、帽子、ギターケースをバッグに詰め込み、何事もなかったように幸次郎の目の前に現れた。問題はギターケースに入れた傘か突っ張り棒のようなものだ。それはあの大きなバッグにも入らない。

本物の放火魔があの日、あの時間に別の家に放火したのはまったくの偶然で、彼女も予想していなかった。あの夜、消防車のサイレンの音が聞こえ、火事の炎が西の空を赤く染めるのを見たとき、意外にも膝を傷めている幸次郎の方がいち早く火事の現場に向かって走り出し、毎日十キロ走っている弓子さんを一瞬置き去りにした。

彼女のあの反応は火事の方向に戸惑ったせいではなかったか。自分が放火した強姦魔の家の方角は東で、火の手は西に上がった。まったく正反対だったために混乱して、幸次郎に遅れをとってしまったのだ。

すべては仮定の話である。だが、自分の考えが間違っていなかったとしたら……。

幸次郎はコーヒー店を出て、公園に向かった。あの夜、弓子さんが入ったトイレの近くまで行ったが、男の幸次郎が女子トイレに入るわけにはいかない。近くの砂場で幼い子を遊ばせて、ベンチに座っていた若い母親に声をかけた。

「女子トイレにこのあいだうちの孫が学校で使う長い棒を置き忘れたので、探してもらえないだろうか」

まだ二十代に見える母親は快く引く受けてくれた。しばらく待っていると、彼女は〈それ〉を手にトイレから出てきた。

「これかしら、長い棒って」

「ああ、まちがいない。ありがとう」

「でも不思議、小さい子にはとても届きそうもない、窓枠の上よ」

「孫は中学生で、女の子といってももう身長が百六十五センチ近くあるんですよ」

「あら、私より大きい。おじいさんに似たのかしら。それなら十分届くわね」

幸次郎はもう一度お礼を言って公園を出た。彼女はずいぶん前から、あらかじめ〈これ〉を公園のトイレの高い窓枠に乗せておいたのかもしれない。乾燥した晴天続きに傘を持って歩くのは不自然だが、〈これ〉なら自然である。どうやら推理は間違いなかったようだ。

彼女はあの夜、このトイレに入って放火魔の格好に着替え、ギターケースのなかに〈これ〉を入れた。そして強姦魔の家に発火装置を仕掛けたあとトイレの窓枠に放置したのだ。

彼女は自分の手で復讐を果たした。残ったのは毛糸の帽子と長い髪の毛が数本だけではなかった。ブロック塀を越えたとき傷めた右膝がまだ痛むので湿布を貼っていた。年取ると、怪我はなかなか治りにくい。幸次郎は、彼女の残した〈杖〉を突き、家に帰ろうとした。

そのとたん、頭の中が空白になり、家に帰る道がわからなくなって、慌てた。

家庭狂師　～名探偵　郁子さん①～

高橋《たかはし》正樹《まさき》

【著者自身によるプロフィール】

名古屋生まれ。早稲田大学第一文学部卒。小学生の頃から、ミステリーとマジックに興味を持つ。

現在、マジシャンとしては、『手品の学校』を主宰し、都内と関東近県で、シニアを中心にマジックの指導を行なっている。

ミステリー作家としては、短編『最後のヘルパー』で、第十一回北区内田康夫ミステリー文学賞大賞を受賞。同作は、劇団『虎のこ』によって、舞台劇として上演された。他に、長編では、名探偵マジシャン、花岡丈太郎を主人公とした『風来マジシャン』シリーズを四作、電子書籍として刊行している。

『風来――』シリーズの第一作、『風来マジシャン　阿南町の旅』は、第一回祭り街道文学大賞特別賞を受賞し、また、TBSの月曜ゴールデンで、二時間ドラマとして放映された。

パソコン音痴ゆえ、苦闘しつつも、最近、フェイスブックで、ミステリー評も始めている。

1

小学三年生の丸山健太《まるやまけんた》は、家庭教師センター「ジュプラン」から送られてきた今度の先生を気に入っていた。問題をやらせて、自分は携帯をいじってばかりいた前の先生と違って、一緒に勉強していて楽しかった。特に、国語や社会の内容から脱線して語られる話が、とてもおもしろかった。

「埋蔵金って?」

今も、九年間の人生では、初めて耳にした言葉を問い返すと、関根隼人《せきねはやと》は、落ち着いて説明してくれた。

「昔、お侍が、自分が仕えていた家が滅びそうな時に、もう一度、お家再興のために、お金や財宝を埋めて隠したと言われている。徳川《とくがわ》幕府の埋蔵金伝説が有名だね。まあ、そういうケースばかりじゃないけど、とにかく、どこかに隠されているお金のことだよ」

ふうん、と健太はうなずいた。分からない言葉もあったが、分かったような気がした。

「じゃあ、先生にもあるの?」

健太の問いかけに、関根はほんの一瞬、え? という表情になったが、「あるある、あるよ、確かに。少ないけど」

と、意味ありげに苦笑した。

「でも、ふつうは、何千万、何億、何十億円というような単位なんだ」

「へえ、すごい。でも、どこにあるの? 東京にもあるの?」

健太は、傍らの東京都の白地図を手元に引き寄せた。今日は、夏休みの課題の自由研究で、これから一緒に、東京の主要スポットを、白地図に書き込むところだったのだ。

「あるよ。先生の知る限り、最近じゃ、昭和四十六年に、東大の正門近くから小判が発見されている。中央区《ちゅうおう》でも、昭和三十年代に、いくつかの場所から見つかってるんだ」

「東大って何区なの？」

「本部は本郷《ほんごう》だから……この家と同じ文京区《ぶんきょう》。文京区はどこかな？」

関根が逆に質問すると、ここ、と健太は白地図の上に小さな赤丸をつけた。

「その通り。じゃ、中央区は？」

ここっ。健太はまた丸をつけた。

「オーケー、それも大正解。よし、じゃ、一〇分休憩」

そう言って、関根はトイレに立った。部屋を出かかった時、健太は思い出して言った。

「先生、怪獣の絵」

今日の授業が始まる前、関根は、休憩時間に、怪獣の絵を見せてやると言っていた。怪獣好きの健太は、怪獣図鑑を二冊も持っている。関根はそれを知っているから持ってきてくれたのだろう。

忘れてやいませんよ、とでも言うように、関根はジャケットの胸ポケットを叩くと、笑って出ていった。

ところが、その関根の戻りが遅かった。たまに、トイレに立った先生を捕まえて、母が健太の様子を聞いたりすることがある。でも、今、この家の中には、誰もいないはずなのだ。今日は、両親そろって、妹のピアノの発表会を聴きに行っているからだ。最初は、健太も一緒に行く予定だった。

でも、今の健太には、ピアノを聴いているより、関根の授業のほうが楽しい。だから、予定を変更して、自分だけ家に残るようにしてもらったのだった。

健太は、勉強部屋を出ると、広いリビングを通り抜け、その向こうにあるトイレに行った。だが、関根の姿はない。どこ行ったんだろ？　と、トイレの窓から首を出して庭を見回した時、すぐ隣の物置部屋の窓が大きく破られているのに気づいた。同時に、その室内から、「いいかげんにしろ！」という、関根の怒鳴り声が聞こえてびっくりした。あわててトイレを出ると、

「いくら埋蔵金が多いからって、お前、やっていいことと悪いことがあるぞ」

と、関根の声は、更にそう聞こえた。誰かと言い争っているようだった。あまりに緊迫した感じに、健太は、物置部屋のドアの前で、足が竦んでしまった。続けて、「見逃してくれ」という相手の声に、「あ、待て」と、追いすがるような関根の声が聞こえたかと思うと、怒声に、ワアッという悲鳴が入り交じり、ものがぶつかり倒れたような音がした後、急に静かになった。

「先生？」

わずかに開いているドアの向こうに、健太はこわごわ声をかけた。その時はまだ、人のいる気配がしていた。だが、なんの反応もない。健太は、しばらくためらっていたが、思い切ってドアを開けた。その一瞬、窓を乗り越えて、向こうの庭に下り立つ人の後ろ姿が、チラッと目に入った。だが、室内の明かりは消えており、夜のことでもあって、はっきりと姿は見えなかった。

室内では、床に仰向《あお》けに関根が倒れていた。

「どうしたの、先生？」

かがみ込んだ健太は、関根の後頭部が、赤く血に染まっているのを見て息を呑んだ。関根には、

まだ意識があり、健太を見ると、あごを動かそうとした。が、ものを言えない様子で、ジャケットの胸ポケットから、震える指で1枚の紙片を取り出した。

切り抜かれた怪獣の絵だった。手のひらほどの大きさで、ゴジラのような怪獣が、口から火を噴いている。赤と緑の色鉛筆で着色され、簡単だが目や口も描かれていた。関根は、その紙片を二つに破り出したが、途中で力尽きたように、それを取り落とすと動かなくなった。

関根が死んだのか、意識を失ったのか、健太には分からなかった。110番と119番が頭をよぎる。だが、開いたままの窓に目をやった時、おそらくは、先生をこんな目に会わせたやつが、ひょっとしたら戻ってきて、自分もやられてしまうのではないかという恐怖に駆られ、その場を逃げ出すと、玄関を出て隣家に助けを求めた。

2

「ガイシャがいまわの際に示した、この怪獣の紙なんですがねえ……これについて、主任さんのご意見は？」

最初の捜査会議の時、ベテランのガンさんこと、岩本《いわもと》刑事が、探るような目をぼくに向けた。ぼくの反応を楽しむような、ちょっと嫌な目だ。

あ、ぼくの名前は青柳祐《あおやぎゆう》。27歳。この年で警視庁捜査一課の警部補になったのは、ぼくの優秀さの証明、と言いたいところだけど、正直、百パーセントは言い切れない。勤務していた所轄署の署長が、ぼくの母方の伯父《おじ》に世話になった人で、彼の推薦もあって、捜査一課に配属されたからだ。

ちなみに、亡くなった伯父は警視監、つまり、警視庁の№2だった。だから、あいつは伯父貴のコネで出世した、そんな周囲の陰の声が、ぼくの耳にも聞こえている。

「明らかなダイイングメッセージでしょう。紙を破ろうとしたのにも、それなりの意志があったんだと思います」

ぼくは、自分の考えを率直に言った。

「紙は最初から破れかかってたんじゃゃ……」

「いえ。健太が証言してたでしょう」

死体の第一発見者の丸山健太には、ガンさんとぼくで事情聴取した。健太はひどくショックを受けていて、確かに、聴取は要領を得なかった。でも、死の間際に、被害者が紙を破ろうとしたと、はっきり話していた。定年も近いガンさんは、僕の父親ぐらいの年だ。年齢相応のもの忘れなのか、それともぼくを試そうとして言っているのか、今、その表情からは読み取れなかった。

「ガイシャは、怪獣好きの子供に、単に怪獣の絵を渡そうとしただけじゃないですかねえ」

と言ったのは、大島《おおしま》刑事だ。巨漢で短髪。血色が良く、鬼瓦のような顔は、いつも赤みがかっている。マル暴担当の組織犯罪対策部にいそうな、こわもてのタイプで、これもぼくはちょっと苦手。以前、逃げる犯人を取り押さえるのに苦労し、彼に助けてもらったことがある。その後、「うちの主任、青エンピツだから」と、彼がトイレで同僚に話しているのをぼくは聞いてしまった。そりゃあ、柔道大会で優勝経験のある彼からすれば、銀縁メガネでヒョロッとしたぼくは、全く肉体派じゃない。名前の青柳に引っかけて、ボキッと折れそうな青エンピツかもしれないけど。

「でも、それじゃずいぶんノンキな話でしょう。いくら健太と約束してたからって、ガイシャは死にかかってたんですよ」

と、ぼくは反論した。

「それに、健太の話からして、ガイシャと犯人は知り合いの可能性が高い。犯人に関する、何らかの手がかりを残そうとしたとみるのが妥当でしょう」

「しかし、怪獣の切り抜きの絵で、いったい、何を伝えようとしたいうんですか？」

「それをこれからの捜査によって明らかにするんじゃないですか」

「ひょっとすると、怪獣に意味はなくて、ガイシャは、この切り抜きの元々の持ち主が犯人、そういうことを伝えたかったのかもしれませんね」

と、口をはさんだのは、ぼくの班の中では、唯一ぼくより若い世良《せら》刑事だ。ぼくは、テレビのコメンテーターも、同じようなことを言っていたのを思い出しながら、それも全く考えられないことではないと思った。

「今のところ、ダイイングメッセージの解釈はいろいろだが、その追求はひとまず置くとして、もう一つ気になることがある」

と、ぼくが言うと、「埋蔵金ですね」と、世良が察した。

「うん。ガイシャは、健太に、自分にも埋蔵金があると言い、その少し後、犯人と、いくら埋蔵金が多いからって云々《うんぬん》ということを言い争って殺されている。この埋蔵金とは、何なのか？」

「そういえば、あの子供、そんなことを言ってたな」

と、ガンさんが手帳を開いた。これは、ガンさんも記憶にあったようだ。

ぼくは、外見は確かに〝青エンピツ〟だけど、自信のある特技が一つある。それは、見たこと聞いたことを、ほとんどメモしないでも覚えていられる記憶力だ。だから、巡査から、巡査部長、警部補と、昇進試験はすべて一回でパスしてきた。警部の試験は、警部補を四年経験しないと受けられないから、まだその時が来ないけど、とにかく、子供の頃からずっと、試験には強かったのだ。

今回の事件。発生して今日が四日目。現場は、文京区にある、ホテル椿山荘《ちんざんそう》に近い静かな住宅街の一軒家だった。庭に、現場となった部屋の窓まで往復する靴跡があり、犯人のものと思われたが、他には遺留物も指紋もなく、目撃者もなかった。そのため、すぐに解決には至らず、所轄であるこの大塚《おおつか》署に捜査本部が置かれ、在庁組、つまりは警視庁からの派遣として、ぼくの班が投入されてきたのだ。

ぼくは、今のポジションに配属されてまだ半年足らず。班の刑事たちは、多くが年上で、今はまだちょっとやりにくい。警察は階級社会だから、表向きはみんなぼくの指示に従うけれど、半信半疑で、お手並み拝見といった態度が見え隠れする。そんな空気が読めないほどぼくは鈍感じゃない。だから、職場の居心地《いごこち》をより良くするため、人心掌握の四文字実現に向けて、はっきりした手柄や成果を上げたいと、ちょっとだけ焦ってもいる。

「とにかく、ガイシャの周辺に、怪獣と埋蔵金、この二つに関わりのある人物がいないか、切り抜きの入手先も含めて、その洗い出しを第一として下さい」

ぼくは、刑事たちに強い目を向け、捜査方針をはっきりと伝えた。

3

丸山健太の両親は、銀座《ぎんざ》で小さな宝石店を営んでいた。店が休みの時も、客からの不意の要求に応えられるようにと、自宅の手提げ金庫にも、何点かの宝石類を保管していた。

犯人が、トイレの横の物置部屋の窓を破って侵入したのは明らかだが、その際、気配に気づいた被害者に見つかったのだろうと推測された。

物置部屋にあった健太の父親のゴルフ大会の優勝トロフィーが、死体の傍らに転がっていた。表面に、被害者の首筋の皮膚組織が付着しており、被害者の喉には打撲痕があって、犯人がトロフィーで殴打したものと思われた。

また、傍らの大理石の机の角に、被害者の血痕が付着していた。殴打された被害者は転倒し、そこで後頭部を強打したのであろう。死因は、脳挫傷だった。

被害者関根隼人は大学生だったので、その大学と、家庭教師派遣センター「ジュプラン」を含めたアルバイト先の交友関係を調べた結果、一つだけ怪獣につながる線が浮上してきた。半年ほど前、ある企業が、障害のある児童向けにチャリティを行なった。その際、関根は、ウルトラマンショーのバイトをしていたというのである。聞き込んできたのは、世良刑事だった。

「ガイシャは、大学の後輩二人と一緒にバイトをしてます」

と、世良は手帳を開いてぼくに見せた。橋本雄介《はしもとゆうすけ》、末松葉子《すえまつようこ》という名前と、その住所・連絡先が記されていた。

「この二人には当たったのか？」

「いえ、まだです。半年も前のことで、しかも一回こっきりのショーだったようで、果たして関係があるのかどうか……。とにかく、まずは報告をと」

「そうだな……」

ぼくは、叔父の言葉を思い出していた。


捜査は消去法のようなもの。結果的には無駄に終わる無数の骨折りの挙句、最後に残った一つの真実をつかみ取れればそれでいい。その時、無駄は無駄でなくなる。


関根の大学は、大塚署の管轄内にあり、橋本と末松の二人の住居も大学の近くだった。ぼくは、所轄署の刑事を道案内に、自分で出かけてみることにした。

まず、末松葉子の自宅を訪れると、折よく葉子は在宅していた。突然の刑事の来訪だが、居合わせた母親の心配顔をよそに、葉子自身は、自分から捜査本部に出向こうか迷っていたと言う。

「どういうことですか？」

通された居間で、出された渋いお茶をすすりながら、ぼくは尋ねた。

「なんだか、友達を告発するみたいなんですけど……」

目を伏せて、一瞬のためらいを示したものの、葉子は、すぐに顔を上げると、はっきりとした口調で言った。

「私、関根先輩を殺したの、同級生の橋本くんじゃないかって思ってるんです」

この率直な発言には、ぼくのほうが少し驚いた。今回の事件で、初めての手がかりらしい情報だ。言い終えて、「いえ、犯人でないならそれでいいんです」と、葉子は、あわてたように付け加えた。

「ただ、橋本くんとは大学のサークルが同じで、嫌でも顔を合わせないといけないこともあるので、はっきりさせておきたくて……」

「橋本くんというのは、橋本雄介さんのことですか？」

「そうです。ご存じだったんですか。じゃ、警察はもう、橋本くんに目を……」

気負い込む葉子に、いやいや、とぼくは大きく手を振った。

「まだそう言うわけじゃありません。整理して話して下さい。あなたはなぜ、橋本さんが犯人だと思うんですか？」

「彼には動機があるからです」

「ほう、どんな？」

「私、橋本くんから、つきあって欲しいと言われたんです。でも、断りました。好きな人がいるからって」

「それが関根さんだった」

葉子の口ぶりから、そう察して言うと、葉子は「ええ」と顔を赤くして、

「でも、彼は諦めませんでした。最近じゃ、この家の前で待ち伏せしていたり、私のバイト先にも姿を見せて……」

「ストーカーまがいですね」

「ええ。それで、私、関根先輩に相談したんです。そうしたら、先輩が、自分が橋本くんにはっき

り話をつけてやるって。あの日の午前中、電話で、家庭教師が終わったら、その後、橋本くんと会うんだと言ってました」

「それは、前半のほうか、それとも後半のほう、どちらの家庭教師の後ですか?」

これまでの調べで、事件のあった土曜日、関根隼人は、二件の家庭教師を掛け持ちしていたことが分かっていた。一時から三時まで、やはり小学三年生の長山結衣《ながやまゆい》という女児の家庭に赴いていたのである。

「前半の後です。三時に一軒目が終わったら、次は六時からだから、その間に大学近くの喫茶店で会うって言ってました」

ぼくは、喫茶店の店名と詳しい場所を聞いてから、ウルトラマンショーのことを尋ねた。

「半年前、あなた方三人で、ウルトラマンショーに出演してますよね」

「ええ、着ぐるみのバイトでした。そうか、例の怪獣のメッセージですね」

埋蔵金の方はマスコミ発表しなかったが、怪獣のダイイングメッセージの方は、ニュースで伝えられると、テレビのワイドショーでも、コメンテーターが様々に意見を言うなど、その後かなり話題になっていた。

「あの時は、私がウルトラマンで、確か、関根先輩は怪獣……名前は忘れてしまいましたけど」

「橋本さんは何だったんですか?」

「彼はバルタン星人でした」

「バルタン星人? あの、両手が蟹《かに》のハサミというか、じゃんけんのチョキみたいになってるやつですか」

ぼくは、むろん、リアルタイムではテレビのウルトラマンを見てないけれど、バルタン星人ぐらいは知っている。

「ええ、橋本くんも、フォッホッホッホって、変な低い声出してました」

真剣な葉子の表情が、このときだけ、エへっという笑い顔になり、ぼくも思わず笑ってしまった。

「あなたはどう思います？　関根さんが、死の間際に怪獣の切り抜きを示すことで、このショーの時の怪獣、つまり橋本さんを暗示しようとしたんだと思いますか？」

「私はそんな気がします。でも、ただ……」

「何です？」

「バルタン星人って、怪獣でしょうか？」

ぼくは、え？　と、一瞬、わずかに絶句した。考えてもいなかった。ウルトラマンの敵役だから、大きく怪獣のカテゴリーに入れていたのだが、考えてみれば、星人と言う以上、宇宙人なのであろう。だが、死にかけていたガイシャが残したものだ。そこまでの正確な意識があっただろうか。そう思っていると、その思いに重なるように、葉子も言った。

「でも、先輩が、朦朧《もうろう》とした意識の中で、犯人の手がかりを残そうとしたのなら、仕方がなかったのかなと思います。それでも、現に、そのことで、刑事さんたちは、ウルトラマンショーのことをつかみ、私の所に来られたんですから」

「こうしたバイトに、他にもあなたたちで出かけたことは？」

「ありません。あのとき一回限りです」

念のため、葉子の事件当時のアリバイも尋ねると、彼女は家人とともに在宅していたという。家族では証人になれないが、この時の彼女の様子から、心証として、ぼくは信じていいように思った。

葉子の家を辞する前、最後に埋蔵金について尋ねると、彼女は「埋蔵金ですかァ？」と、ポカンとした表情になった。

「そうです。関根さん自身か、その周囲で、埋蔵金に関わりのある人はいませんか？　興味があるとか、そうした発掘のサークルに入っているとか、どんなことでもいいんですが」

「さあ……」

葉子は目をしばたたき、小首をかしげながら、

「いいえ、全然。私は、全く聞いたことありませんわ」

と、はっきり言った。

4

末松葉子の家を出ると、ぼくは、世良刑事に、橋本雄介のアリバイを調べるよう電話で伝えてから、関根が橋本と会ったという喫茶店に回った。

関根は、プランタンというその店の常連だったようで、マスターは、関根のことをよく知っていた。

「関根チャンねえ、いい人だったのに……。土曜日のその時間は、いつも、ここで夜の家庭教師の予習をしてたわね」

見るからに中性的なマスターは、所々に女言葉のニュアンスが混じった。

「あの日は手ぶらだったから、あたしが、あら珍しいわね、今日は夜の家庭教師はなし？　って聞いたら、さっき終わったのと同じ内容だからいいんだって」

「同じ内容？」

「うん。土曜日に行く二軒の家庭から、たまたま、どちらも夏休みの自由研究の手伝いを頼まれてたらしくて、面倒だから、二人とも同じにしちゃった、なんて言ってた」

「その時、橋本雄介という後輩と一緒じゃありませんでした？　この人なんですが」

ぼくは、葉子から借りてきた橋本の写真を見せた。とたんに、マスターは眉をひそめて、

「ああ、来た来た、こいつ。少し遅れて入ってきたのよ。待ち合わせてたみたいね。ちょっと呑んでたみたいで、昼間っから素面《しらふ》じゃなかったのよ」

「何かあったんですか」

マスターの表情から、僕はそう察した。

「最初は、二人で、何か深刻そうに話し合ってたわね。それが、10分もした頃かな……こいつが、やってらんねえよって、大声上げていきなり立ち上がったの。落ち着けよって、関根チャンも立ったんだけど、そしたら、こいつが関根チャンの胸ぐらつかんで、先輩だからって、ひとの女取るなよって、そのまま突き飛ばすと、怒って出ていったのよ」

マスターの言葉は、葉子の話を裏付けていた。関根と橋本の間に、確執が生じたことは間違いないようだ。

「ねえ、三角関係のもつれ？　こいつが関根チャン殺したの？」

マスターの問いかけに、ぼくは言葉を濁しながら、そうだとしても、状況が妙だと考えていた。

関根に対する橋本の恨みや怒りが収まり切らなかったとしても、後になって、家庭教師先に押し入るような形で殺そうとするだろうか。現場の状況は、盗みか何かの目的で侵入した賊が、たまたま関根に見とがめられ、突発的に起きたものと見るのが妥当だ。埋蔵金の会話から、二人が知り合いであったことは間違いないだろうけれど。

「関根さんと埋蔵金ということで、何か思い当たることはありませんか？」

問いかけると、マスターは、目をぱちくりさせてぼくを見た。

「埋蔵金？　って、いきなり何なのよ、それ？」

5

夕方になって、捜査本部に戻ると、他の刑事たちも、おいおい、その日得た情報を持ち寄ってきた。

「埋蔵金はダメですな」

と、舌打ちをしたのはガンさんだ。

「ガイシャの家族、大学の友人・知人、そしてジュプランの本部と、どこで聞き込んでも、誰も知らない」

「ガイシャと犯人の二人だけで、極秘の発掘ツアーにでも行くつもりだったんですかねえ」

大島刑事が、巨体の肩をすくめるようにして、冗談めかして言った。バカバカしいと思いながらも、そんなふうに考えたくもなる。その大島刑事に、ぼくは尋ねた。

「長山結衣のほうはどうでした?」

「こっちもダメですね。怪獣のことは、何も知らないと言ってました」

怪獣の切り抜きの元々の持ち主が犯人、という可能性も追って、これまでその出所を探っていたが、事件の日以前に被害者があの絵を持っていたという情報はどこからも得られなかった。そこで、当日、一軒目の家庭教師先である結衣の所で手に入れたのではないか、そう考えられたのだが、これも空振りだったようだ。

「橋本雄介のアリバイはどうだった?」

ぼくは、それがないことを期待して、世良刑事に目を向けた。だが、世良はあいまいに首をかしげながら、

「それが、まだ裏は取れてないんですが、あるみたいなんで……」

「どういうアリバイなんだ?」

「橋本が言うには、関根から電話で呼び出された時点で、葉子の一件だろうとピンときた。素面では話しづらいので、一杯ひっかけていったら、つい興奮して、手を出してしまった。酔いが覚めてから、まずいことをしたと思い、どうしたらいいか、別の先輩に相談してたと言うんです。それが、事件のあった時間帯だと」

「その先輩の名は?」

「荒川隆夫《あらかわたかお》と言って、ガイシャとは同級生で、親しいようです。だから、相談したと橋本は言ってました。アパートを訪ねたんですが留守で、管理人の話じゃ、サークルの合宿から明日帰ってくるそうです」

収穫は少なかった。ガンさんが、どうです、帰りに一杯？　と誘ってくれたが、つきあう気になれなかった。

翌日、ぼくは、橋本のアリバイの裏を取りに、荒川隆夫に会いにいった。荒川は、瘦せて、神経質そうな目つきの学生だったが、

「その時間なら、この部屋で彼と話してましたよ」

と、はっきりと橋本のアリバイを証言した。

「間違いありませんか。本当に7時半頃でしたか？」

「ええ。その時間にやってるテレビの歌番組を、しばらく彼と一緒に見ましたから」

「そうですか……」

浮かびかけた唯一の容疑者が、沈んでいった。あとには、茫漠《ぼうばく》とした水面が、ただ広がっているような気分だ。

「関根さんと埋蔵金について、何か心当たりはありませんか？」

萎《な》えていく気持ちを奮い起こして、ぼくは最後にきいてみた。だが、荒川は、他の者たちと同じように、「いえ、さあ……」と、首をかしげただけだった。

捜査は行き詰まりかけていた。怪獣と埋蔵金を二つの手がかりとして進めてきたのだが、いっこうにその意味は判然としない。ぼくは、半ば気分転換のつもりで、インターネットの掲示板を開いてみた。案の定、怪獣のダイイングメッセージに関しては、マスコミを賑わせていたので、様々な意見が寄せられていた。

○「ＫＡＩＪＵ」という名の珍名さんが犯人。
○怪獣はゴジラ↓元大リーガーの松井《まつい》。警察は、松井という名を追え！
○嫌いな家庭教師を、子供が殺した。ぜんぶ子供の狂言。

どんなつまらぬアイディアでも、何か着想を刺激するものがあればと見ていったのだが、時間の無駄だったようだ。やはり、無責任な野次馬の声でなく、しかるべき人の意見でなければ……と思ったとき、ふっと、静かな時の流れとともに、あの人の顔が浮かんだ。そうだ、あの人だ。あの人なら、この行き詰まりを打開するヒントを、何か与えてくれそうな気がした。あの人に会いに行こう。混迷の底で、ぼくはそう思った。

6

どっしりとした門柱には、御影石《みかげいし》に「中川《なかがわ》」と彫り込まれた表札がある。その傍らのインターホンで名乗ると、いらっしゃいませ、と康子《やすこ》さんのカン高い声が聞こえた。

北区西ケ原《にしがはら》の閑静な一角にあるこの家は、少々古いけれど、緑におおわれた広い庭を持ち、「豪邸」と言うより、「お屋敷」の風情がある。

「お久しぶりですね」

姿を見せた康子さんは、変わらぬ笑顔で門扉を開けてくれた。玄関までは十メートルあまり。そこには、宗岡《むねおか》さんが、姿勢よくドアを開けて控えている。これがこのお屋敷の、来客を迎える時の作法だった。

康子さんは古くからのお手伝いさんで、宗岡さんは伯父の車の運転手を務めていた人だ。二人とも、ぼくが生まれる前からここに仕えている。住み込みで、この家の家族同然の人たちだ。

「ようこそ祐さん。お待ちかねですよ」

と、いつものように、宗岡さんは先に立って案内してくれる。

深い緑が窓に蔭を落とす、薄暗く長い廊下を歩いていると、ぼくはいつも、次第に心安らぎ、体からストレスが消えていくのを感じる。日常の喧噪《けんそう》から離れて、静かで落ち着いた異世界に足を踏み入れていく気分だ。それは、この奥で待つ、この家の主人のたたずまいに重なるものだった。

「奥様、祐さんをお連れしました」

「お入りになって」

宗岡さんの言葉に、透明感のある郁子《いくこ》さんの声が、ドアの向こうで響いた。じゃ、私はお茶の用意を、と宗岡さんは去り、ぼくは室内に入った。

郁子さんは、いつものように車椅子に座っていた。彼女は、亡くなった僕の伯父の妻、つまり、ぼくには血のつながらない伯母《おば》さんだ。彼女の父親は、大手医療機器の製造開発会社の創業者で、郁子さん自身は、大学院で心理学科の教授をしていた。充実した人生だったのだろうけど、ただ一つ最大の不幸は、十年ほど前に交通事故に遭い、以来、その後遺症で、車椅子の生活になったことだ。

郁子さんは65歳。でも、50代前半ぐらいに見える。「目つき」という言葉とは対極にある優しい

「まなざし」の人で、とっても品が良い。

それは、ぼくの中では、日本国民の中で何番目、というレベルのもの。きっと、郁子さんなら、皇后様の横に並んで、何気なくスッと立っていても、あれ、この人は皇后様の妹さんかな？　と思うぐらいで、何の違和感もないだろう。

「祐クン、今日は、どんな楽しいお話を聞かせてくれるのかしら」

ソファに座るよう、ぼくに促すと、郁子さんは、自分で車椅子を回して近づいてきた。

「実は叔母さん、また、事件のことなんです」

ぼくは、この伯母の推理力や洞察力に、一目、いや、二目も三目も置いていた。以前にも二度ほど、郁子さんのアドバイスやヒントのおかげで、事件を解決に導けたことがあるのだ。

子供の頃、この家の伯父の部屋で、壁を埋め尽くすように飾られていた警視総監賞の賞状を見た。ぼくはそれにあこがれて、自分も警察官になりたいと思った。でも、あのうちの何枚かは、郁子さんの内助の功によるものだったのだろうと、今はそう思っている。

「ちょっと待ってね」

郁子さんは、傍らのラジカセのスイッチを入れた。クラッシックのピアノ音楽が流れてくる。ボリュームを控えめに調整してから、

「さあて、どんなお話？」

と、微笑してぼくを見た。以前も、郁子さんは、そのようにしてぼくの話を聞いてくれた。だから、ぼくのほうも、その時言われたように、主観を交えず、事実だけを、つまらないことも含めて、今日も細大漏らさず語り伝えた。

「で、これが残されていた怪獣の絵です」

話し終えると、ぼくはわずかに破れ目の入った怪獣の切り抜きを、車椅子に付属する簡易テーブルの上に置いた。

「ゴジラかしら？　それにしては、妙に顔が長くて変な怪獣ね」

郁子さんは、指先に怪獣を取り上げて見ていたが、

「それから、これが被害者が子供と埋蔵金の話をしてた時に、見ていた白地図です」

と、ぼくが都内23区の白地図をテーブルに置くと、今度はじっとそれに目を落とした。文京区と中央区に、健太が赤丸をつけた例の白地図だ。

指先に持った火を噴く怪獣と、テーブル上の白地図。その二つに、郁子さんは何度か視線を往復させていたが、その時ぼくは、置いた白地図の天地が逆さまであるのに気づいた。地図上に書かれた、板橋《いたばし》区、足立《あだち》区などといった文字を、自分から見て正しく読める位置に置いてしまっていたのだ。直そうとすると、「あ、いいのよ、このままで」と、郁子さんは地図に目を落としたまま、ぼくのほうを見ることなく、やんわりと手で制した。それから、顔を上げると、虚空に目をやって、見えないものを見ようとしているような表情になった。以前にも、こんな時があった。考えに、没頭しているのだと思った。だからぼくは、郁子さんの邪魔をせず、ただ待った。

雨だれを思わせる静かなピアノ曲が、静寂を埋めていたのは、五、六分間だっただろうか。やがて、郁子さんが口を開くと、ぼくに尋ねた。

「祐クン。長山結衣ちゃんという女の子に話を聴きに行ったのは、誰？　祐クンじゃあないわね」

「ええ、大島という刑事ですけど」

「どんな感じの方？　その刑事さん」

ぼくは、大島の巨体と、鬼瓦のような顔を思い浮かべて、その風貌の特徴を、思うまま、ありのままに伝えた。

「でも、叔母さん、どうしてぼくじゃないと……？」

「うん……。その時、もし祐クンが行ってたら、ひょっとすると、この事件は、もっと早く解決してたかもしれないわね」

「どういうことです？」

「確かめてみないと、はっきりしたことは言えないけど……」

と、郁子さんは窓の外に目をやって、

「私も、久しぶりに、外の空気が吸いたくなったわ」

以前にも、似たような言葉を聞いたな、と思っていると、果たして、郁子さんは、その時と同じセリフを続けた。

「祐クン、椅子、押してくれる？」

7

玄関のチャイムを押すと、まず顔を覗《のぞ》かせたのは、結衣の父親だった。

郁子さんの車椅子を運び込むのは大変なので、玄関口で少し話を聞きたいだけだと、予《あらかじ》め電話で伝えておいたのだが、奥の方で、結衣は何かグズっている様子だった。おまわりさんは怖くないから、といった母親のなだめる声が聞こえてくる。やがて、渋々のように姿を見せた結衣は、怯《おび》えた表情で、母親の手をギュッと握りしめている。

「こんにちは」

そんな結衣に、郁子さんは柔らかに声をかけ、自分で車椅子を回して近づいた。

「おばあちゃんは、中川郁子っていうの。お嬢ちゃんのお名前は？　何ておっしゃるの？」

結衣が郁子さんに顔を向け、二人の目が合った。その一瞬、ぼくは見た。固く閉ざされていた結衣の口が開き、さざ波が広がるように笑顔になったのを。まるで、魔法にかかったみたいだった。

「長山結衣……です！」

です、が大きく聞こえた。

「そう、結衣ちゃん。いいお名前ね」

郁子さんは、笑みを浮かべたまま、

「前にも刑事さんが来たから、怪獣の事件のことは知ってるわよね」

うん、と、結衣はうなずく。

「あの事件の犯人は捕まっちゃったの。だから、もう、何も心配することはないのよ」

え？　と、ぼくは郁子さんを見た。もちろん、犯人はまだ捕まってなんかいない。でも、黙って二人のやりとりを見ていた。

「今日はね、おばあちゃんも怪獣の絵が欲しくてここへ来たの。あの絵、とっても上手だもの。あれは、結衣ちゃんが描いたのよね」

「犯人は、本当に捕まったの？」

「そうよォ」と、郁子さんはニッコリする。

「本当？　じゃあ、描いてあげる。ちょっと待っててね」

結衣は、奥へ走っていった。何がどうなっているのか、呆気《あっけ》にとられていると、色エンピツと、東京23区の白地図を手にして戻ってきた。

結衣は、北《きた》区を緑で、荒川区を赤色で塗りつぶし始めた。ア、ア、ア、ア？　と見ていると、塗り終わってから地図を逆さまにした。

何と、口から火を噴く怪獣の絵が、見事にできあがっていた。ハイっ、と、結衣は郁子さんに紙を差し出して、
「おばあちゃんも、切り抜いて持っていく？」

「ありがとう。おばあちゃんは、このままでいいわ」

郁子さんは紙を受け取ると、

「あの日は、関根先生がこれを持っていったのよね」

「うん。一緒に、夏休みの自由研究をやってて、紙が余ったから、結衣ちゃんが描いたの。そしたら、先生が、次に教えに行く所の子が怪獣が好きだからって」

「この間刑事が来た時、どうして本当のことを言わなかったんだい？」

と、ぼくは、ようやく口を挟んだ。

「だって、テレビで、これを元々持ってた人が犯人だって言ってたもん」

「そうだけど、結衣ちゃんは、犯人じゃないだろ」

「でも、この間の刑事さん、ものすごくこわい顔してて、結衣ちゃん、捕まえられちゃうと思ったの」

邪気のない顔に真向かいながら、ぼくは、苦笑いが途中で引っかかってしまい、ほんの一瞬、今、自分はどんな顔をすればいいのだろうかと、妙なことを思ってしまった。

8

「あの切り抜きは、炎に沿って破れかかってたわ。だから、被害者はあれを北区と荒川区に分け、どちらかをメッセージとして伝えたかったのよ」

郁子さんを車椅子ごと乗せて帰るバンの中で、そう言われてぼくはハッとなった。

荒川隆夫！　荒川が犯人だったのだ。

それから、数日の内に真相が明らかになった。まず、橋本を、君を犯人だとは思っていないから、と説得すると、簡単に真実を話した。関根の死を知った橋本は、自らに容疑がかかるのを恐れ、荒川にアリバイの偽証を頼んでいたのだ。それは、荒川にとって好都合だった。橋本のアリバイを偽証することは、自分のアリバイ作りにつながるからだ。荒川に、真正のアリバイはなかった。

ダイイングメッセージと、こうした状況を根拠に令状を取り、荒川の靴を押収したところ、現場に残されていた靴跡と一致し、確かな証拠となった。

逮捕された荒川の供述で、彼がギャンブルにはまり、サラ金からの百万を超す借金の返済に苦しんでいたことが分かった。

また、埋蔵金について、郁子さんは、

「山の中に埋まっている小判じゃないわね。祐クンたちがそれだけ調べても誰も知らないということは、きっと、被害者と犯人の二人の間だけで使われていた、何か比喩的な言葉なのよ。ほら、国の予算でいう、〝霞ヶ関《かすみがせき》の埋蔵金〟の類ね」

と言っていたが、これもその通りだった。

それは、「ジュプラン」のシステム上、未《いま》だ支払われていない給料のことだった。それを関根と二人で、埋蔵金と呼び合っていたのである。荒川も、以前、ジュプランの仕事をしていたのだ。だが、彼は、家庭に個人契約を持ちかけたことが原因で、二ヶ月前に解雇されていた。

ジュプランでは、たとえば、教師が週に一度家庭に赴くとすると、一ヶ月は四週余りだから、二ヶ月で九回の授業をノルマとして課していた。

それに達しない分はマイナスとして計算され、累計でマイナス三回になると、それが解消されるまで、そこで給料の支払いがストップするシステムだった。だが、それに対して、荒川は口をとがらせた。

「休むのは、風邪《かぜ》をひいたり、学校の行事だったり、家族で旅行に行ったり、ほとんどが家庭の側の都合だよ。その上、俺みたいに、ジュプランだけで五人も生徒を持ってると、マイナス分を補講するにしても、家庭と都合の合う時間がなかなか取れない。一人の生徒のマイナスを埋めるために、他の生徒の授業を犠牲にしてたら、今度はそっちがマイナスになっちまう。モグラたたきみたいなもんさ。結果、いつまでもマイナス三は解消されず、その間は働いても、働いても金にならない。ジュプランの本部に文句を言っても、努力してマイナスを消せばいいことだからと言うばかりで、まるっきり取り合ってくれない。仕方なく、家庭に個人契約を持ちかけたら、それがバレてクビだよ。こんな理不尽なやり方があるかい。だったら、ジュプランの生徒の家から取り返してやれ、そんな気にもなるでしょうが」

実際、荒川が受け持っていた五人の生徒の内、三人がマイナス三を超えていた。数ヶ月の間、彼は仕事を続けていたにもかかわらず、未入の給料が三十万を超えていた。そこで、腹立ちはピークに達し、借金返済のためにも、丸山健太の家に盗みに入ることを思いついたという。

「事件の一週間前、関根に頼まれて、車で送っていったことがあったから、あの家のことは知っていた。その時、親が宝石商で、家にも宝石が置いてあることや、来週は、家族そろって娘のピアノの発表会に行くから、自分の授業は休みだなんて話を、あいつから聞いてたんだ。なのに、予定が変わって、あいつがあそこにいたなんて……」

供述がそこに及ぶと、荒川は、どうしようもなく暗い表情になった。

「関根を殺す気なんて、全然なかった。ただ、あいつが110番するって携帯を出したから、気が動転してしまって……。やめさせようとして、トロフィーを振り回したら、あいつの喉に当たり、ひっくり返って頭をぶつけて……。元はと言えば、あんなシステムのせいで、関根を死なせてしまい、俺の人生まで……ちくしょう！　何もかもが狂ってしまった」

この男も、あるいは、ブラック企業の犠牲者だったのかもしれない。頭をかかえて嘆く荒川を、ぼくは複雑な思いで見つめていた。


事件が終わると、ガンさんが笑いながら、コーヒーを淹《い》れてくれた。

「主任の目のつけ所も、なかなかどうして……。最敬礼ってやつですな」

「いやあ、みんなのお陰ですよ」

気恥ずかしさと同時に、背筋に冷や汗を感じながら、それでもぼくは、心の中で、つい、ちゃっかりとお願いしてしまった。

名探偵、郁子さん。これからもよろしく、と。

ブラインド探偵・曲げない決意

米《よね》田《だ》京《きょう》

【著者自身によるプロフィール】

一九六四年東京都出身。ライター、編集者として日本国内で出版業に従事した後、アメリカンドリームを胸に抱いて、ロサンゼルスにて出版社を設立。某大手企業からの出資を得て、出版王への道を着々と歩んでいた矢先に緑内障を発症。二度の手術の甲斐なく両眼の視力を失う。影も光も認識できない失意の日々を過ごす中、テキストデータ読み上げパソコンを駆使しての小説執筆を開始。二〇一三年、初めて応募した第十一回北区内田康夫ミステリー文学賞において、『ブラインド探偵・諦めない気持ち』で特別賞を受賞。二〇一五年、受賞作をシリーズ化した短編集『ブラインド探偵』（実業之日本社文庫）でデビュー。二〇一七年、同作は、NHKにて、新春スペシャルとしてラジオドラマ化された。大好評を博したこのドラマは、現在もNHKアーカイブで視聴可能。『ブラインド探偵』キンドル版は、二〇一六年一一月度に、アマゾンの「日本の小説」ランキングにおいて、第十四位という成績を残した。

1

日曜日の昼下がりの秋葉原《あきはばら》・中央《ちゅうおう》通りは、酷暑に支配されていた。それは、八月という季節のためだけではなく、この街の持つ特性が相乗効果となって体感温度を五度くらい上昇させていたのである。

ソフトクリームとソース焼きそばと不健康な汗の匂いが充満した歩行者天国には、鼻にかかった甘ったるい声が、異常発生したムクドリのように溢れ返っていた。精いっぱいの笑顔を振りまいて、チラシ配布や集客に勤しんでいる。そして、それに誘われることを目的とした一団が路上をゆっくりと徘徊《はいかい》して、この街をさらにヒートアップさせていた。

「久々だったけど、人通りは元に戻ったみたいで、何よりだね」

中央通り沿いにあるけれど、もはや秋葉原とはいえない地域のコーヒーショップ。三十分ほど徘徊して、ようやく腰を落ち着けることのできた川田勇《かわだいさむ》は、黒いサングラスを額まで持ち上げて、際限なく流れ落ちてくる汗をビショビショになったハンドタオルで拭いながら、向かいに座るガイドヘルパーの田辺弘子《たなべひろこ》にそう語りかけた。

毎週日曜日の恒例だった中央通りの歩行者天国が中止されたのが、二〇〇八年六月のこと。

鬱屈した派遣労働者の引き起こした不幸な事件がそのきっかけだった。週刊キュリオ記者として、事件取材を担当した勇は、この街に安全と活況が返ってきたことに胸を撫でおろしたい心境だった。

その原動力となったのは、秋葉原を拠点にして活動している日本一有名なアイドルグループの功績と断言しても、過言ではないだろう。

「素敵だった！　特にメンバーとファンの一体感は感動的だったわ」

弘子は、アイスコーヒーにミルクもガムシロップも入れずに、直接グラスに口を付けて半分ほど一気に飲み上げたようだ。氷が触れ合うのとアイスコーヒーが喉を通過する音が耳に響いてきた。そして、勇の語りかけに気を留めることなく、いま観てきた公演の感想を興奮気味に話し続けている。

勇は、視覚障害に負けることなくインターネット巨大掲示板のまとめサイト「魔《ま》と眼《め》」を運営している。本日は、そのサイトに新企画を導入するために、秋葉原の動向を調査するべくやってきたのだった。ところが、元来のアイドル好きな性格に火が点いた弘子は、勇の移動介助そっちのけで熱狂してしまったライブの所感を述べるのに夢中だ。

「こんな風に、アイドルと一体化した街は、世界のどこを探しても見つからないでしょうね」

「そんなことないよ。前にキュリオで取材したけど、香港も韓国も電気街の一角がアイドルグッズのメッカになってたよ」

話題を無視された勇は、一瞬だけ憮然としたが、気を取り直して弘子に応じる。旺角《モンコック》、南大門《ナンデムン》市場などそれぞれの具体的な地名を挙げて説明しても弘子の耳には入らない様子。ステージと客席が渾然となった公演にすっかり魅入られている。

「『5時のmew《ミュー》 mew《ミュー》』って、知ってる?」

うっとりした声で過ぎ去った日々を懐かしむように弘子が新しい話題を切り出す。

「三十年近く前のテレビ番組でしょ?」

雑誌記者だった勇は、テレビ史の一ページとして、「5時のmew mew」に端を発する仔猫組《こねこぐみ》ブームの知識をもちろん持ち合わせていたが、放映当時は、小学校の低学年だったので、リアルタイムで熱中した体験はなかった。

「勇ちゃんだけには、話してもいいかなあ」

弘子が、いつになく勿体《もったい》ぶった言い方をする。

「あの番組に『アイドル誕生！』っていう仔猫組のオーディションのコーナーがあったんだけどね。私、そのコーナーに出演したことがあるんだ」

勇はアイスコーヒーを噴き出しそうになった。定かな記憶ではないけれど、月曜から曜日ごとに企画された審査項目に挑戦して、最終日の金曜に合格者を発表するという段取りだったはず。

「それで、どうなったの？」

「いいところまでは行ったんだけど、最終的には不合格だった」

弘子は、いまさらながら悔しそうに言葉を続ける。

「でもね、最終日に仔猫組ファンの代表って男の子が局の玄関で出待ちしていて、花束をプレゼントしてくれたの。私、感激しちゃった」

勇は、弘子の本当の年齢を知らない。言動や伝わってくる雰囲気から五歳くらいの年長と当たりをつけていたのだが、「5時ミュー」の放映当時に高校生だったとすると少なく見積もっても十年近くの年長ではないか。一瞬背中に戦慄《せんりつ》が走ったが、勇の心は、花束をプレゼントしてくれたという男の子に関心が移っていた。

勇には、その男の子に心当たりがあったからだ。

「その人って、下アゴの妙に発達した人じゃなかった?」

2

〈サンシャイン〉という店名とは裏腹に、その喫茶店は池袋の高架道脇の雑居ビルの地下にあった。週刊キュリオの社屋から徒歩一分。オフィスが手狭な編集部のエディターや記者が、打ち合わせスペース代わりにこぞって利用する、勇にも馴染み深い店だ。

「久しぶりに食べたけど、このミートソースは、やっぱりウマイっすね。パスタじゃなくて、あくまでもスパゲティっていう感じがたまらないです」

二年半前に週刊キュリオ編集部を辞した勇には、この店の訪問は、それ以来のことだった。

「で、頼み事ってのは何ですか? 村さん」

勇は、巻き取りに失敗した麵とケチャップ臭い具を皿を持ち上げて口に流し込むと、四人掛けテーブルを挟んで正面に腰を下ろしている村中覚《むらなかさとる》に、今回の呼び出しの趣旨を尋ねた。

「鵠沼《くげぬま》ナンシー美香《みか》って知ってるよね?」

週刊キュリオ芸能班チーフの村中は、「あの人はいま?」企画にでも登場しそうな懐かしの女優の名前を口にした。やや甲高い声を聞きながら、勇は妙に発達した下アゴを撫でながら話す村中の素振りと、季節に関係なく着用している紺色のジャケットのことを思い返していた。

「もしかして、仔猫組出席番号十五番のナンシーのことですか⁉」

口を挟んだのは、勇に付き添って隣の席に座っていた弘子だった。

「そうです！　出席番号十四番の高木由美《たかぎゆみ》ちゃんと同時に合格したあのナンシーのことです‼」

「全盛期には、歌やドラマ出演だけじゃなくて、自分で描いたマンガの連載なんかもしてましたよね、彼女」

「よく覚えてますねえ。それじゃあ、このこと知ってます？……」

弘子と村中は初対面だったが、興味の方向が似ているらしく忽ち《たちま》意気投合している。というか、ここまで話が合うのは、弘子と村中は同世代で、つまり勇よりもやはり、十歳は年長ということにほかならないではないか。

「私も『5時ミュー』の大ファンだったんです。じつは、私……」

勇ちゃんにだけ、と言いながら打ち明けたオーディション参加の話を、たったいま会ったばかりの村中にも披露している。弘子のそんな態度が、いつになく勇の気持ちをやきもきさせていた。

「ぼく、いまでもあの番組の放送を一日も欠かさずに録画したビデオを全部保管してるんですよ。良かったら、田辺さんが出演した場面を編集して、ＤＶＤに焼いてプレゼントしますよ」

弘子をさらに喜ばせるように、村中が話に興じる。

「え？　本当ですか⁉　嬉しいですぅ。村中さんのご厚意に甘えちゃってもいいですか、川田さん？」

このところ、「勇ちゃん」と呼びかけるのが通例になっていたのに「川田さん」に逆戻りしたことが、勇のハートをさらに刺激した。

「そろそろ本題に戻りましょうよ」

勇は、セットのアイスコーヒーを必要以上に音を立てて飲み干すと、村中に軌道修正を促した。

「あ、ごめんごめん。そのナンシーが、かなり危機的な状況に直面しているみたいなんだよね。何て言ったかなあ、えーと、べ、そう、ベーチェット病を発症しちゃったらしいんだ」

「ゲゲ、ですね」

「おいおい、真面目な話なんだからふざけないでくれよ」

村中のしゃべり方はいつの間にか真剣なトーンに変わっている。

「違いますよ。あのさだまさしが書いた『解夏《げげ》』という小説で扱われているのが、そのベーチェット病なんですよ」

勇は、それが自己免疫疾患の一つで、目、口、皮膚のほか、中枢・末梢神経、消化管、関節、血管を侵す全身性の疾患であると解説した。

「わかりやすく言うと、視野欠損や口内炎、皮膚炎の寛解、再発を繰り返して、要するに良くなったり悪くなったりしながら、最悪の場合、失明に至るという現在のところ原因不明の難治性の病気なんですよ。『解夏』の主人公も結局、視力を失ってしまって……」

勇はベーチェット病が、若年層における失明の大きな原因となっていることが問題視されていて、人気ダンスグループのメンバーの一人もこの病気を発症しているはず、と付け加えた。

「さすが、よく勉強してるねえ」

村中が真剣さを保ちながらも感心した声を上げる。

「目の病気のことは、やっぱり気になりますからね。関連するウェブサイトや音声図書を聞き漁りましたよ。でも、治療が手遅れにならなければ、失明には至らないことが多いみたいですよ、ベーチェット病って」

勇は、怖いくらいのめり込んでいる村中を少しでも励まそうと明るい情報を伝えた。

「ところがさ、ナンシーは、医者から最悪の場合を覚悟するようにって言われてしまってさ……」

村中からは、この世の災厄をすべて背負い込んだような悲壮感が漂ってくる。

「それで、川ちゃんのことを思い出したんだよ。視覚障害者になっても希望を失わないで生きている人間としてね。まとめサイトが人気になってるらしいじゃない。全盲の元週刊誌記者が運営している『魔と眼』の評判はいろんなところから耳に入ってきてるよ」

村中は、失明しても諦めないで積極的な生活を続けている勇の体験談をナンシーに聞かせることで、少しでも前向きな気持ちを取り戻してほしいのだという本来の目的を語った。

「お安いご用です！　って言いたいところですけど、おれの場合、事故で失明したわけですから、ベーチェット病の患者さんのお役に立てるかどうか……」

「何言ってるんですか！　川田さんらしくないですよ。パソコンの使い方とかいろいろ教えてあげられるでしょ」

消極的になりかけたが、弘子から発破をかけられる。

「そうですね。うん、了解です。拙《つたな》い経験ですけど、お話をさせていただきます」

原稿の書き方から取材のイロハ、果ては業界における人間関係の構築まで勇の身体に叩き込んでくれたのが、指導社員として指名された当時入社十年目の村中だった。勇は仕事の面だけでなくプライベートなことについても一方《ひとかた》ならない恩義を村中に感じている。この人に少しでも恩返しができるならばと唐突な申し出を勇は引き受けた。

キャリア、年齢、実績のいずれから考慮しても、村中は、副編集長くらいには出世していないといけないと勇は思っていた。そして、それが適《かな》わないでいる理由も理解していた。

「しかし、村さん相変わらずですね。いまも仔猫たちの幸せを最優先で考えているんですね」

「当たり前だよ！　仔猫たちがいたからこそ、引きこもり同然だったぼくは頑張って雑誌の記者になれたんだからさ。マスコミの仕事をしていれば、彼女たちの身近にいられるじゃないか。こんな役得って中々ないよ。それに仔猫たちから厄介事を取り除くのはぼくの使命なんだよ。『5時ミュー』を初めて観た時からこの決意は変わってないんだ」

人づきあいが上手く、頭の回転が速い村中は、将来を嘱望される存在だった。ところが、仔猫組のことになると見境をなくし、それが彼の昇進を阻んでいたのである。

近いうちにナンシーの自宅で会合するということで、話はまとまった。

「今日は突然呼び出しちゃって悪かったね。川ちゃんが出歩くのが大変だってこと、ついつい忘れちゃうんだよね」

「そんな気を使わないでくださいよ。おれが、村さんにどれくらい助けてもらったと思ってるんですか。呼ばれればいつでもどこでも駆けつけますよ」

「そう言ってもらえると気が楽になるね。今日は車なんで、ぼくが赤羽まで送るよ。食事でもしていこうよ」

喫茶店から地上へ出た路上で待っていると、程なく村中が車に乗って到着した。

弘子が助手席に座り、勇は後部シートに陣取った。

「この車ってダイハツのタントですよね。もしかして……」

シートベルトを締めるなり口を開いたのは弘子だった。

「さすが鋭いですね、田辺さん！　出席番号三十二番の江藤静乃《えとうしずの》がコマーシャルしてる車種なんですよ、タントは。彼女が広告に出演している限り、ぼくも浮気はできませんからね」

弘子にそう応じると、村中は後部席の勇に向かって、やや大きい声で話しかけた。

「一カ所だけ立ち寄りがあるんだけど、そう遠回りにはならないからさ……」

十五分ほど車を走らせると、少し待ってて、と言い残してエンジンをかけたままサイドブレーキを引いて、村中は降車していった。

「ここどこ？」

エアコンを切らないでくれた村中の配慮に感謝しつつも、車内に取り残された勇は弘子に現在地を尋ねた。

「さっき、東武東上線《とうぶとうじょう》の大山《おおやま》駅が見えたから、たぶん板橋《いたばし》区だと思う。いま目の前にあるのは、保育園なんだけど……。あ、村中さんが男の子の手を引いて戻ってきたわよ。あの子、村中さんの子どもなの？」

「まさか！　あの人は独身だよ」

村中は、勇が座っているのと反対側のドアを開けて予め設置されていたチャイルドシートに男の子を座らせると運転席に戻り、シートベルトを締めながら、男の子を勇と弘子に紹介した。

「長山俊《ながやましゅん》くん。今年の十月で五歳になるんだったかな。目元が似てるから、田辺さんは気づいたかもしれないけど、出席番号十九番の長山ルミ子《こ》、通称ルミッチのご長男です。彼女、いま生保レディをしながら一人で俊くんを育てているんだけど、今日は残業でどうしても迎えに行けないってSOSの電話が入ってさ。で、彼女の実家のある埼玉の蕨《わらび》までぼくが俊くんを送るところなんだよ」

弘子が矢継ぎ早の質問を投げかけようとした雰囲気を察知した勇は、助手席の背中を軽く叩いてそれを制した。勇も訊きたいことが山ほどあったが、大変ですね、という一言だけを発するにとどめた。仔猫たちの要望を最優先するという村中の習性を理解していたからだ。

環八《かんぱち》沿いのショッピングセンターの中にある回転寿司店で、勇は生まれて初めてファミリー席に座った。そして、五皿食べるごとに俊くんにガシャポンゲームをさせながら、村中から仔猫組のメンバーの詳細な近況を聞かされた。途中から隣にいる弘子の集中力が遠のいていくのが手に取るようにわかった。

「それじゃあ、ごちそうさまでした。鵠沼さんのことは、おれもできる限り協力させてもらいますよ。あ、それから『魔と眼』で扱えるような面白いネタがあったら、ぜひ提供してください」

その頂上に勇の自宅のある龍坂の上り口まで送ってもらうと、勇と弘子は降車して、蕨市に向かっていくタントを見送った。

「もしかしてこの間、勇ちゃんが言っていた下アゴの発達したっていうのが、あの人のことだったのね。いい人ということは間違いないんだけど、とにかく強烈なパーソナリティね、村中さんて。私、圧倒されちゃった」

待ちきれない様子で感想を口にしたのは、弘子だった。

百八段の険峻な階段坂を弘子が先に立ち、彼女の左肘を勇が右手で握って、左手で白杖を突いて移動するというういつものスタイルで上りながら、二人は会話を交わす。

「最初は少し村さんに興味あるような素振りだったじゃない」

勇は、弄《もてあそ》ばれたような気分を晴らす言葉で切り返してから、話を続けた。

「おれの雑誌記者時代の大恩人なんだ、あの人は。本当だったら、もっと偉くなっててもおかしくないんだけどさ……」

村中は、一九八〇年代中期「5時のmew mew」が放映されていた二年半の間、一日も欠かさずテレビ局の玄関で仔猫組のメンバーを出待ちした。解散後も芸能活動を続けるメンバーのコンサート、ライブ、イベントなどには必ず顔を出して、いつしか連絡先を交換するまで信用されるようになった。あくまでも一ファンとして礼節を重んじていたことが大きかったのかもしれない。一部のメンバーとの雑談がほとんどだった彼女たちからの連絡が、顔ぶれが広がり、相談や頼み事が中心になるのに、そう時間はかからなかった。

ファン活動を通じて人脈が広がり、芸能に関する知識が豊富になった村中は、それらを武器に週刊キュリオに就職。前途有望な存在で若手のホープとされていた。しかし、仔猫組のメンバーのことになると正確な判断力が麻痺した。

特番の企画で、一日だけの再結成をしたグループのコンサートへ出向くために、海外取材をスケジュールの途中で切り上げたり、離婚の噂のあったメンバーのスキャンダル記事を恣《し》意的に書き換えたり……。そのために昇進が見送られていて、芸能班チーフに留まっているのだと、勇は自らが見聞きしてきた村中の身上を述懐した。

「仔猫たちには徹底的に献身するって決めてるのね。それにしても長山さんの子どもの世話まで焼いてるなんてビックリしちゃった。でも、あの人のことだから、金銭的にも感情的にも何の見返りも求めてないんでしょうね」

「そうだね、与える一方で見返りなんて発想は皆無だろうね。それに、『推しメン』みたいに、特定のメンバーを応援するっていうのじゃなくて、仔猫組全体の幸せを願っているみたいなんだよね、村さんの場合。でもね、そうは言っても普段の仕事はよくできる人なんだよ。後輩の面倒見もいいし。おれなんか、合計したらワンルームマンションの頭金が払えるくらいごちそうになってるからさ。もちろん仔猫組にはそれ以上費やしているだろうけど」

「元々優しい人が、仔猫組のこととなると際限がなくなっちゃうのね。そこまで一途になれるものがあるのって、ある意味幸せね。結婚するとか家庭を築くなんていう概念を超えちゃって仔猫たちの里親にでもなった心境なんでしょうね」

「実家は資産家で村中さん名義のアパートがあるって聞いたこともあるし、芸能班ならばタレント活動を続けている仔猫たちの身近にいられるから、あの人にとっては、昇進とか出世なんかよりもいまのポジションの方が満足できるのかもしれないな」

坂の中腹にある踊り場で足を止めて、勇は恩人の気持ちを慮《おもんぱか》ってそう語った。

3

首都高速湾岸線を東に向かって走っている頃からそわそわしはじめ、その後、旧江戸川《きゅうえど》を越えて最初のランプで下りた時に、弘子の興奮が収拾できなくなっていることを、勇は敏感に察知した。

村中の運転するタントの助手席に座った弘子は、後部シートに腰かけている勇の存在と自らの役割を束の間忘れたかのように、窓外の景色を指差してははしゃいでいた。

その名前を耳にしたらほとんどの人の頭の中で『Baroque Hoedown《バロックホウダウン》』が奏でられ、ウキウキした気分になってしまう「夢の国」を南に臨んだ住宅街。三人の目的地は、その一画に枠組み壁工法で建築された三階建ての瀟洒《しょうしゃ》な住宅だった。

「エー！　すごーい!!　南に向いた出窓からあのお城が見えるなんて信じられなーい！　さすが芸能人のご自宅は普通と違いますねー!!」

二階のスペース全体を利用しているリビングルームに通されると弘子は驚嘆の声を上げた。

しかし、出窓の下に設えられたカッシーナの黒い布張りソファをほめそやしている時に、勇の咳ばらいで、家主の反応が芳しくないことに遅ればせながら気づいたのだった。

勇は、弘子の興奮が鎮《しず》まったことを確認すると、この家の主である鵠沼ナンシー美香の様子を小声で尋ねた。

「お世辞にも元気そうには見えないです。何か頑《かたく》なな雰囲気に包まれている感じ」

弘子は、忘我していたことを棚に上げて勇にそっと耳打ちした。

そんなこともあって、場を取り仕切ったのは村中だった。この会合の元々の発案者が段取りを担当したことによって、雑然としていた空気がようやく落ち着いたと勇は感じた。

レースのカーテンで覆われた出窓からは、真夏の陽光が容赦なく降り注いでいる。その反対側のコーナーに配置され、天井埋め込み型エアコンから心地良い涼風が流れてくる丸いダイニングテーブルを囲んで、ミーティングは開始された。

村中が集まりの趣旨を改めて説明し、勇と弘子が自己紹介を済ませるとナンシーの右隣に勇が座り、弘子と村中はその向かい側に席を取った。

ナンシーからこの辺りの名物だという栗入りどら焼きと、ペットボトルの冷たいほうじ茶が供された。

「色々と考えたんですけど、ケーキみたいなものだと形状が複雑で食べにくいでしょうし、ティーカップも湯呑も安定がよくないと思って、この二つを選びました」

勇は、目の見えない者の立場で考えることを優先してくれた、ナンシーの配慮に感動した。この人ならば、目が不自由になっても自分を見失わずにやっていけるだろう。ほど良い甘さのどら焼きをひと齧《かじ》りして、冷たいほうじ茶でそれを流し込みながら、勇はそう思った。

視覚障害者歴二年半の自分がこれから視覚障害者になるかもしれない人に教示できるものは何かと熟考した結果、辿り着いた答えは、「パソコン」だった。モニターに表示されたテキストデータを読み上げるソフトが組み込まれたパソコンは、勇のライフラインなのだ。

これがあったからこそ、読み書きを諦めないでいられたし、自らが収集した情報で、まとめサイトの運営を実行できているのである。視覚障害者としては、かなり使いこなしている方だろう。パソコンを通じてQOLが保たれることが伝えられればいいと思った。

「それじゃあ、まず電源を入れますね」

勇は、自宅から持参したノートパソコンを丸テーブルの上に置くと13インチモニターを開いて電源ボタンをプッシュした。弘子と村中は背後で中腰になって二人を見守っている。

「スクリーンリーダーを組み込みました」

ウィンドウズの起動音に続いて、パソコン画面読み上げソフトである「スクリーンリーダー」が自らの存在をアピールするための音声を発した。それを初めて耳にした大半の人は訝《かぶ》りつくような興味を示すものなのだが、ナンシーの反応はそれほどではなかった。ベーチェット病という難治の病に冒されているのだから、元気がないのは致し方ないだろう。

「晴眼者と視覚障害者のパソコンの使い方でもっとも違うのは、マウスを利用するかどうかってことなんです」

「え⁉ じゃあ、どうやってポインタを動かすんですか？」

「はい、こうして、ＴＡＢキーと矢印キーを組み合わせるんです」

パソコンに向かっている勇のすぐ横に顔を近づけたり、指と指が触れ合ったりすることで勇とナンシーの心の距離はグッと縮まった。内面から滲み出てくるナンシーの人間性に勇は惹き付けられた。芸能人特有の偉そうなところがまったくなく、気さくで勇の視覚障害にも十二分に気を使ってくれる。

演歌歌手が座長を務める「歌謡ショー」の舞台公演の端役《はやく》女優という認識しかなかった勇だが、実際のナンシーと接するうちに彼女に魅了されていくのを実感した。村中の気持ちを少し理解できた気がする。

「それともう一つ重要なのは、主要なウェブサイトのレイアウトを記憶することですね。そうすれば、必要ない情報なんかを聞き飛ばすことができますから。そういった意味では、見えなくなるまでの準備期間があるのは、とても恵まれたことなんですよ。おれなんか意識不明から目覚めた時には失明してましたから。それに、最近はあらゆる分野でアクセシビリティが飛躍的に向上してるんです。盲学校出身の知り合いも、いい時代に視覚障害者になったもんだって言ってました。おれもそう思います」

勇は、ほうじ茶で舌を湿らしてモニター画面を指差しながら言葉を続ける。

「コンピュータをはじめとするＩＴの技術が向上したこともちろんですけど、社会環境が十分に整備されてきたし、人々のモラルだって捨てたもんじゃない……」

だから、障害をポジティブに受容することが肝要なのだという持論を勇は熱っぽく語った。

この真摯《しんし》な姿勢がナンシーの心を打ったようだ。傍観していた弘子と村中からも感銘した様子が伝わってくる。

続いて弘子が、福祉の現場で活躍するガイドヘルパーとして収集した情報を披露した。

「私からは、メイクのことを説明させてもらいますね。川田さんの話にも通じるんですけど、メイクでも自分の顔のパーツを覚えておくのが重要なんですよ……」

大手化粧品会社が制作した『視覚障害者のためのメイク術』という小冊子をナンシーに手渡して話を続ける。弘子はさらに、対象物にかざすとその物の色を識別できる「色彩ヘルパー」というスマホアプリを紹介し、洋服選びなどに役立ちますと言って、自分のスマホを取り出し実践してみせた。

弘子の女性ならではの視点に、勇は感嘆した。

「いまは見えてるので、正直に言うと実感が湧かないんですけど、これからのことに対しての不安が少し小さくなったみたいな気がします」

ナンシーからは、頑なな雰囲気が薄れてきた。

丸テーブルの周囲がハートフルな空気に包まれたようになったと勇は感じた。

「ピンポン」

その時、玄関のドアチャイムが鳴らされた。それは、ごく一般的な電子音で、勇はその音に一切の変調を聞き取ることはなかった。しかし、そのチャイム音を聞いた途端、ナンシーの様子が激変したのである。せっかく和らいだ雰囲気がそれまで以上に堅牢な鎧《よろい》でも纏《まと》ったようにどんよりしたものになっている。インターホン越しに応対する声もぼそぼそとして精気がまったく感じられない。

「村ちゃん、宅配便が代引《だいび》きで届いたの。それで、悪いんだけど……受け取り拒否してくれない？」

ナンシーはそう言うと、出窓の方に移動して黒いソファに腰を下ろし、そのまま突っ伏してしまったという。

「どうしたんですか？　どこか具合でも悪くなったんですか？」

弘子がナンシーを気遣い、傍らまで移動して声をかける。

階下の玄関で宅配業者に応対していた村中が戻ってきて出窓の際に立った。

二人の醸し出す心配そうな気配を頼りに、勇も黒いソファににじり寄る。

ナンシーは、細かいため息を何度も繰り返してようやく言葉を発した。

「私、サイバーストーカーに狙われてるみたいなの」

ネットオークションで購入したラグカーペットが、イメージと違っていたために返品したところ、逆恨みされて、嫌がらせが始まったという。

「そのうちに私が芸能人だっていうことがばれちゃったみたいで……。事を荒立てないように無視を決め込んでいたら、嫌がらせがエスカレートしてきて……」

ネット掲示板への誹謗《ひぼう》中傷の書き込みに始まり、このところは連日のように身に覚えのない通販商品、宅配ピザなどが届くのだという。

「それは嫌がらせじゃなくて立派な犯罪ですよ。相手の身元は把握してるんですよね？　早いうちに警察に相談しないと」

勇が右手の人差し指を突き立ててアドバイスを送る。

「それが、私書箱サービスを利用してるみたいで、正確な住所なんかはわからないんです」

ナンシーの声は心底困っているように聞こえる。

「とんでもない野郎だな！　ぼくが探し出して、こんなことを二度とできないように……」

「村さん、そんなに興奮しないでください。でも、確かに良くない状況だな。先方にはこちらの住所を握られてるんだから。この家に物理的な攻撃を仕掛けてくることだって考えられますよ。とにかく一刻も早く警察に知らせるべきです」

勇が冷静に忠告する。

「でも、それがマスコミにばれたりすると面白おかしく取り上げられるじゃないですか。あれって、すごく傷つくんですよね」

スキャンダル記事満載の雑誌記者だった勇と、現在もその仕事を続けている村中は、二の句が継げない。

弘子が勇の脇腹を軽く小突いて、解決策を見出してくれそうな男の名前をそっと告げた。

勇の黒いサングラスに光が宿る。

「おれがすごくお世話になっている和久井さんていうよろず相談の担当者がいるんですよ。とにかく顔がとてつもなく広い人で、調整能力も並外れているから、県警にもうまく話を通してくれると思いますよ」

「赤羽なんでも相談室」の窓口担当者の人脈の豊富さと、トラブルを解決する能力の高さは過去の付き合いで嫌というほど体験している。和久井ならば管轄外のこの事件でも見事に落着させてくれるだろう。

「何だったら、いま電話してみますか？」

勇は尻ポケットから携帯電話を取り出して、ナンシーの意思を確認する。気持ちの動転が治まらないナンシーは、黙ったまま頷いて応答したのだが、弘子が敏感にそれを引き取って、お願いしますって言われてますよ、と勇に伝えた。

ナンシーは、黒いソファに座り携帯電話で二十分ほど和久井と話し続け、満足のいく助言をもらえたようだ。丸いテーブルの側から顚末を見守っていた三人の元へ戻ってくると、自分の席に腰を下ろして礼を述べた。

「ありがとう。次から次へと悩みを解決してくれて心の底から感謝します……」

と言いながらも、勇はナンシーから快活な空気を感じ取れないでいる。

「村ちゃんは知ってることだし、川田さんにだったら話しちゃってもいいかなあ……」

勇は面食らった。この上まだ何かあるのかという心境だ。ナンシーは、そんな勇の気持ちを察することなく、母親と再会できた迷子のように息急き切って話を始めた。

「私、十年前にフランチャイズで、さぬきうどんのお店を開店したのね」

ナンシーが語ったその店の名前と所在地を勇は知っていた。オーナーが誰なのか、などと考えずに何度か利用したこともあった。

「結婚して旦那様に養っていただくという夢を諦めたわけじゃないんだけど、芸能界のお仕事って水物だし、将来が不安ていうこともあったし」

うどん店はそこそこ成功し、本部から誘われるままに、支店を開店させた。五年の間に七店舗まで拡大したという。経営母体を法人化して代表取締役に就任した。

「あの頃はテレビのお仕事も順調で、毎年『やもめ刑事』シリーズにレギュラー出演していたのよね。収入もすごかったし、銀行預金も貯まる一方だったの。それで、子どもの頃から憧れていたこの街に思い切って、この家を建てたの」

そこまで言うと、ナンシーは、この日一番大きなため息を漏らした。

「それからが、けちの付き始めになるのよ。うどん店が経営不振で次々に閉店しちゃってね。新規開店で融資を受けた借金だけが残ったの。この家を手放して負債を処理しようと思った矢先に、あの東日本大震災があってね。知ってるかもしれないけど、この周辺は液状化現象が発生して、不動産価格が大暴落。途端に担保割れよ」

自嘲気味に語っていたナンシーだったが、いつしか涙声になっている。

「保険でどうにかならないんですか？　地震保険とか団信生命とか」

勇がすかさず善後策を口にする。

「お店を畳む時のドタバタでほとんどの保険を解約しちゃったのよ。現金が必要になってね。残っているのは、ここに入居する時に一括で支払った火災保険くらいなのよ。あーあ、こんな家、燃えちゃえばいいのに」

ハートフルだった空気は微塵《みじん》も残っていなかった。ナンシー以外の三人は、彼女にかけるべき言葉が見つからない。

「気休めは言いたくないけど、絶対にいい解決方法があるはずですよ！」

意を決して口を開いたのは、勇だった。

「おれも知り合いに当たったりして調べてみますから。こんな言い方は真っ当じゃないかもしれないけど、病気のことを申告したら免責されることもあるかもしれないし……」

消化不良のようになってしまった会合は、近日中の再会を約して散会となった。


帰途。夕刻のラッシュ真っ最中の首都高速を走るタント。仔猫組の全国ツアーを廃車寸前の中古車で追いかけた経験があるだけに、村中の運転技術は見事だった。高級外国車やスポーツカーの間を次々とすり抜けていく。

しかしながら、車中の三人の口は一様に重かった。ナンシーが直面している不幸とそれに対しての自分たちの無力さを思い返して、話のきっかけをつかみかねていたのだ。

「えらいことに巻き込んじゃって悪いね」

それでも村中が、勇と弘子を労《ねぎら》うように声をかけた。

「いえ、乗りかかった船ですから。それに、おれもナンシーさんには幸せになってもらいたいですしね」

村中が突然何かを思い出したように、首を少しだけ左に向けて助手席の弘子に話しかける。

「そうそう！　この間話した田辺さんの出演シーンのＤＶＤ、焼いておきましたよ。渡し忘れないように、そこに入れておいたんですよ」

長いアゴをしゃくってコンソールボックスを指し示す。

「えー！　本当に焼いてくれたんですか⁉　じつは私、あの頃ビデオデッキ持ってなかったんで、自分では放映シーンを観てないんですよ。ありがとうございます」

と言いながら、ボックスを開けると中から何かが落ちる音がした。

「このチューブ何ですか？」

弘子が、ボックスから落下した物体を拾い上げて、村中に問う。

「これは、着火剤です。この間『芸能人キャンプ部』というグラビア企画の撮影でバーベキューをしたんですけどね。最近の若い奴らは火のおこし方も知らないんですよ。それで、ぼくが急遽《きゅうきょ》こいつを買いに行って……。バラ売りしてなかったんで、箱買いするしかなくてね、散財でしたよ。残りは、後ろのラゲージスペースにまだ積んでますよ。川ちゃんなんかは、着火剤は当然知ってるよね？」

「そりゃあそうですよ！　何てったって『バーベキューの聖地』あきる野市の出身ですからね、おれは。それ特有のケミカルな匂いを敬遠する人もいるけど、おれにとっては子どもの頃を思い出す懐かしい香りなんですよ」

村中は、着火剤を年中着用している紺ジャケットの内ポケットにしまい込んだようだ。

車中に、少しずつ活気が戻ってくる。

「これから俊くんを迎えに行くんだけど、その後、皆で食事して帰ろう！　今日はファミレスでいいかな？」

「長山さんは相変わらずお忙しいんですか？」

同じシングルマザーという立場の弘子が、心配そうに尋ねる。

「ノルマの達成に苦労してるようです。ぼくも先月、生命保険を増額して応援したんだけど、まだ足りないみたいで。でもね……」

村中は、自らの決意を噛み締めるように話を続ける。

「一度でも仔猫組のメンバーになった人は、いついかなる時だって幸せでなければならないんだ！誰が何と言おうとこれは、この世の決まり事なんです。そのためだったら、ぼくはどんなことだってやりますよ！」

特徴的な下アゴに力を込めて村中は言葉を結んだ。

4

勇は、武者震いした。

当代きってのアイドルグループの人気投票である「選抜総選挙」で、一位を獲得したトップメンバーから直接連絡が入ったのだ。

「グループを卒業して結婚することになったので、そのことを『魔と眼』で発表してほしいんです」

勇は早速、秋葉原の周辺で最高級のラグジュアリーホテル、マンダリンオリエンタル東京を予約した。一大スクープになるのだからと意気込んで、三十五階にあるプレジデンシャル・スイートを押さえた。彼女の独占インタビューを決行するのだから、これくらいの出費は当然だろう。

ダークブラウンで統一された調度が上品に配置された二百平米超の室内をゆっくりと歩きながら、質問する内容を頭の中で整理する。マンダリン・レモングラスの芳香がハイグレードな雰囲気をさらに際立たせていた。喧騒とは一線を画したリビングスペースで、勇は東の方向に大きく開かれた窓から眼下に広がる風景を見下ろした。目まぐるしく活動するビジネス街が、現実離れしかけた気分を落ち着かせてくれる。沈み込むようなソファに腰を下ろし、ICレコーダーをテストする。取材するべき内容をさらに反芻《はんすう》して、彼女の到着をひたすら待った。

もう一度窓に顔を向け、隅田川の向こう岸にそびえ立っているスカイツリーの藍白色を確認し、勇は気づいた。

これは夢である——、と。

失明したばかりの頃は、視覚的に構成された夢を見る度に目が見えるようになったと糠《ぬか》喜びしては、目を覚まして落ち込んだものだった。視覚障害をしっかりと受容している最近は、そんな小糠祝いをすることはない。が、その反面、夢の中で夢であることを認識するようになったのだ。

目覚まし時計が鳴る。

「ただいまの時刻は午前六時三十分です」

アラームを止めて、いつものように発話ボタンを押して現在の時刻を確認すると、勇はベッドの上に上半身を起こしていま見た夢を咀嚼《そしゃく》した。

試行錯誤を繰り返し、雑誌記者は続けることができなかったものの、勇は視覚障害者となった現在も興味の赴くままに仕事をしている。まとめサイトの運営は、自分のペースで誰の意見にも左右されずに世の中とコミットできるのだから、むしろ恵まれているではないかとさえ思うこともある。

そんな心理が発露したのが、いま見た夢だったのだ。フロイトやユングがどう解釈するかは不明だが障害を自分の中に取り込めていることの証明のはずだから、悪い夢ではないだろうと勇は思った。

汗にまみれたTシャツとトランクスを洗濯かごに突っ込み、頭から冷水のシャワーを浴びる。

そして、ふと思い立った。

先日のナンシーとの打ち合わせは、あまりにも一方的だったのではないか。

彼女の意見や希望を尋ねないまま、知っている情報を話すことに終始してしまった。それらを実践しても勇の考える障害者の「型」にはまるだけであって、それはナンシーの要望とは程遠いかもしれない。彼女が運悪くこのまま失明しても、視覚障害を自分なりに受け入れて、やりたいことを続けてほしいものだと勇は思った。視覚障害を受容している自分ができるアドバイスとして的確なのは、そのことだろう。

ベーチェット病だけでなく他にも深刻な悩みを抱えていて、彼女の置かれている立場は確かに特殊だ。そんな状況に少々気後れしてしまった感もある。しかし、初めからナンシーの意向に耳を傾けていれば、もっと実りの多い結果が得られたに違いない。

勇は、深く反省するとともに、次の会合の正しい方針を見つけた気がした。

汗が中々引かないので、トランクスだけを着用して、パソコンでメールを確認する。

村中からの着信があった。

「『魔と眼』にうってつけのネタがあります。編集部まで来てもらうのは大変だろうから、本日中にこちらから訪ねます。　村中」

先日の別れ際に頼んだことにきっちりと応えてくれる。後輩思いのいい先輩なのだ。この人のためにもナンシーの問題には、さらに真剣に取り組もうと勇は改めて決意した。

村中は、午後のまだ陽が高いうちにやってきた。

「この時間に、この部屋を訪ねるのは、地獄だね」

勇の住む第一龍神荘に辿り着くには、百八段の階段坂を頂上まで上らなければならない。

「こんな真夏日にわざわざどうもすみません。ジャケット、エアコンの下で陰干ししておきますから、どうぞ脱いでください」

勇は、よく冷えたペットボトルのウーロン茶を村中に手渡して、そう慰労した。

「いや、これはぼくのトレードマークみたいなものだから、めったなことじゃ脱がないって知ってるでしょ⁉　それにしても川ちゃん、その目でよくこの坂の上り下りできてるねえ。あの田辺さんとよっぽど気が合ってるんだろうね」

村中はパソコンデスクの横に設置してあるベッドに腰を下ろすと、ハンドタオルで顔の汗を拭いながらウーロン茶をグビグビと一気飲みしてそう語った。

「毎回が格闘ですよ！　そんなことよりも、うってつけのネタってのを教えてくれませんか？」

「あ、そうだったね。じつは、仔猫組が再結成されるという話があるんだよ」

「……そりゃあ、良かったじゃないですか」

本来ならば、村中が大喜びするニュースのはずだが、その感情が伝わってこない。

「いや、それが、そうでもないんだ。神田龍介《かんだりゅうすけ》を覚えてるだろ？」

その名前を聞いた途端、勇の体内にアドレナリンが迸《ほとばし》った。

「神田の奴がまた何かやらかしたんですか⁉」

神田龍介はＩＴ企業経営者を自称してはいるが、黒い噂にかけては枚挙にいとまがない人物だった。高級車窃盗団の主犯、広域暴力団の構成員、振り込め詐欺の元締めなど、凶悪な情報がまことしやかに伝えられている。勇は、週刊キュリオ特集班の記者だった頃からずっと、同年齢のこの男を注視し、追い続けてきた。スクープ記事を何度かものにしかけたこともあったが、裏付けを取らせなかったり、上層部から不可解な中止命令が下されたりなどして、その度に潰されてきたという苦い経験がある。神田のことを考えただけで、はらわたが煮えたぎる思いがするのである。

「新しい動きをしようとしてるみたいなんだ、神田の奴」

村中が、勇の興奮気味に語った説明を傾聴した後に話題を切り出す。

「認めるのは悔しいけど、マスコミ対策が天才的に巧妙なんですよ、あの男。ネット掲示板にスレッドが立てられてもすぐに削除されるんで、書き込みをまとめることもできないんです。悪事に手を染めてるのは間違いないんですけどね」

憎々しげに語る勇につられて、村中の語調も怒気を帯びてくる。

「まだ公表されていないんだけど、その神田が黒野《くろの》ちなみと婚約しちゃったんだ、仔猫組出席番号十番の。それでね、新しい動きっていうのが最悪でさ……」

神田龍介は、「楽円市場」という会員制のウェブショッピングサイトの開設を準備しているという。

　そのサイトでは「楽円」という独自の電子マネーが使用可能で、入会金の五十万円を納めた後に、活動資金として一口百万円を拠出した会員には、同金額の「楽円」が付与されて、サイト上での買い物が可能となる。そして、新規会員の紹介者には入会金の半額が紹介料として「楽円」で支払われ、さらに会員特典として年利八〇パーセントに相当する「楽円」の利息が約束されると謳《うた》っているのだそうだ。

「疑う余地のないマルチ商法じゃないですか、それもごく短期間で破綻することが目に見えてるくらい稚拙な仕組みですよ、聞く限り。で、黒野さんはどう絡んでくるんですか？」

「ぼくが我慢ならないのは、そこなんだよ……」

　神田は、婚約者である黒野ちなみのコネクションの豊富さに着目した。それを利用し、金に糸目をつけない露骨な手法でかつての仔猫組メンバーを集結させることを計画。仔猫組を「楽円市場」のイメージキャラクターとして日本各地でコンサートなどを開催し、集客のための広告塔にしようと目論んでいるというのだ。

「神聖で何人たりとも冒すべからずの存在である『仔猫組』を、そんな薄汚れた商売に利用しようとする魂胆がぼくは許せない！　絶対に神田を叩き潰してやる」

　いつも穏やかな口調の先輩が激高したことで、勇は一瞬だけ気圧された。が、そんなことに構わず村中は話し続ける。

「黒野ちなみに近づいたのも、最初からこの計画に巻き込むことが目的だったとぼくは睨んでる！

そして、もっとも心配なのは、経済活動が順調じゃない仔猫たち、例えばナンシーとかルミッチとかが、この計画に乗ってしまうんじゃないかってことなんだ。そんなことになったら、仔猫組の評価は再起不能なレベルまで失墜してしまう。それだけは、なんとしてでも避けなければだめだ！」

「で、神田を記事やネットの書き込みで追い込んで、事前にその計画をぶっ潰そうってことですね？」

勇が敏感に村中の意向を汲み取る。

「さすが鋭い！　ただしね、以前みたいに特集記事を不当にボツにされては面白くないじゃないか。そこで、『魔と眼』の出番なんだ。タブーの少ない川ちゃんのサイトに先行して報道してもらって世論を熱くしてさ、追っかけで週刊キュリオがフォローしようと思ってるんだ。そこまで行ったら、他のメディアも追随するだろ？　神田バッシングの記事が多くなればなるほど『楽円』を始動しにくくなると思うんだ。そうなれば仔猫組の神聖さは、現在のまま保たれる」

村中はそこまで言うと、ペットボトルに残ったウーロン茶を喉を鳴らして一気に飲み干した。

「いいじゃないですか！　すぐに取りかかりましょう。どこから手を付けますか？」

神田に何度も煮え湯を飲まされてきた勇は、気負って即答した。

「ちょっと待って！　その前に話がある。長いこと神田を追っかけてきたから、川ちゃんも知ってるかもしれないけど……」

村中は、五年前に「週刊時代」誌上で神田批判の短期集中連載をしていたあるフリージャーナリストが、泥酔して目黒《めぐろ》川に転落死したことで、糾弾《きゅうだん》記事は中途半端のまま終わってしまった件を持ち出した。

「だから、慎重に事を運ばなければだめだ。身辺にも十分に注意を張り巡らさないとね」

「佐藤《さとう》さんが突然亡くなった話ですよね。確かに不可解な死因ではありましたけど……」

勇は、注意深くなり過ぎることで矛先が鈍ったり、機を逸したりすることを懸念した。

「去年、母が亡くなってぼくには身寄りがないから、遺言状を弁護士に預けておこうと思ってるんだ。キュリオで『七転八起人生相談』を連載してくれている木下《きのした》先生に頼むつもりだ。ぼくに何かあったら、木下先生に連絡してくれ」

勇は、村中の覚悟の大きさに恐れ入り、彼の指示に従うことにした。

「了解しました。あの木下先生ですね」

そして勇は、村中の決意を支援するアイデアを思いついた。

「最近、赤羽南警察署の若手刑事と仲良くしてるんですよ。少し軽率だけど、いい奴なんで、彼の方から神田に関する警察情報を洗ってもらいましょう」

勇は、金子健太郎《かねこけんたろう》のことを思い浮かべながらそう語った。

「そりゃいいね。ナンシーのこともあるし、川ちゃんとの付き合いはまた頻繁になりそうだね」

「あ、そうだ。ナンシーさんといえば……」

勇は、夢を見て気がついたナンシーとの打ち合わせの新しい方針を、村中に告げた。

5

ナンシーとの二度目の会合は、彼女の意向を聞くところから始まった。

お盆の里帰りをするというナンシーと、それを送迎する村中の都合に合わせて、夕刻からのスタートとなった。

テーブルの上に、今日は塩大福とペットボトルのウーロン茶が並べられている。

「……というわけで、前回はおれと田辺さんが先走り過ぎて、ナンシーさんの気持ちや希望を聞くこともしないで話を進めちゃってすみませんでした。今日は、忌憚《きたん》のない意見を存分にお話しください」

勇の語りかけに、やや硬い空気を醸《かも》してナンシーが口を開く。

「こんなこと言っても仕方ないとわかってるんですけど、一番の望みは失明したくないってことです」

場の空気がナンシーに影響されて緊張する。

「目が見えない川田さんの前でこんなこと言うのは大変失礼なんですけど、目さえ見えれば事業の再建も芸能界のお仕事も盛り返すことができると思うんです」

ナンシーは、話しているうちに感情が悪い方向へ昂《たかぶ》っていくように思えた。勇は、首の後ろを揉みほぐし、気持ちを整えると、彼女に応じた。

「おっしゃる通り！　晴眼者でいられるならばそうなることが一番だとおれも思います。でも、ドクターから最悪のケースを想定するように言われてるんですよね？　だったら、決して楽しいことじゃないけど、準備はしておいた方がいいんじゃないですかね。この間も話しましたけど、おれの場合は、目が覚めたら失明してたんで、その状況を受け入れるしかなかった」

ウーロン茶をひと口含んで勇は続ける。

「でもナンシーさんの視覚は、いま現在、生活に支障を来しているわけじゃない。そんな状況で最悪のケースのことを考えても嫌な想像が頭を巡るだけになってしまうのは当然です。だから、視覚のことはひとまず脇に置いといて、どんなことをしたいかってことを話してくれませんか」

ナンシーの周りの空気はしかし、一向に緩《ゆる》まない。

「それを、あまりよく知らないあなたに聞かせて、何か解決するかしら？」

話が難しい方向に逸れてしまっている。こんなことならば、前回の消化不良の方がまだましだったではないかと勇は少し後悔した。心の地雷を踏んでしまったのか。元々機嫌の良くない日だったのか。雰囲気は膠着《こうちゃく》する一方だ。

話の接《つ》ぎ穂《ほ》を失い、四人が取り囲んだ丸テーブルはその後、十分以上無言に支配された。ウーロン茶が喉を通過するゴクリという音が虚しく響くだけだった。

「ナンシーさんて、あの頃マンガを連載してましたよね」

見かねた弘子が助け船を出す。

「私、毎回楽しみにしてたんですよ、『魔法少女ハニー』のこと。ああいうお仕事をまたされるつもりはないんですか」

村中がかぶせるように話題をつなぐ。

「そうだよ！　その手があったじゃないか!!　『ハニー』は大人気だったもんな。アニメ化の話もあったよね。単行本は何巻まで出たんだっけ？」

「いちおう、五巻で完結したんだけど……」

ナンシーが呟くように応じる。

「でも、いまさらマンガを描くなんて無理よ！　だってもう二十年以上もペンすら握ってないのよ！　それに、目が悪くなったら続けられないのだから、意味ないじゃない」

進行の緒《いとぐち》を見失っていた勇が、何かを思いついたようにノートパソコンを操作して、表示されたウェブサイトをナンシーに向ける。

「ダイレクト・パブリッシングって聞いたことありますか？　アマゾンとかグーグル、アップルなんかの巨大プラットフォームはどこも力を入れてるんですけど……」

勇は、米国の大手情報企業がこぞって普及を推進している電子書籍について、関連するウェブページを示して説明を始めた。

「『キンドル』とか『Ｋｏｂｏ《コボ》』それから『ｉＰａｄ《アイパッド》』は聞いたことありますよね。日本では、タブレットとして情報端末のように使われてるけど、元々は電子書籍のリーダーとして開発されたんですよ。それぞれの企業が独自の電子書籍マーケットを展開していて、例えば、アメリカのキンドル・ストアでは、二百万タイトル以上がラインアップされている一大市場になってるんです」

「で、それがダイレクト・パブリッシングとどう関係があるっていうの？」

ナンシーの勇に対する態度は相変わらず高圧的だ。心にシャッターを下ろしている感すらある。

「電子書籍の最大の特長って紙の本と比較して出版が手軽ということですよね。だから、ほとんどのプラットフォームが零細出版社や個人からも書籍を受け付けてるんです。それが、ダイレクト・パブリッシングです。日本では、自己出版などといわれてます。じつは、おれも自分のサイトの記事を電子書籍にして出版するつもりで準備してるところなんですよ」

「でも、日本では期待されてたほど普及してないじゃない、電子書籍って」

「だからこそ、ナンシーさんの特技が活《い》きるんですよ！　元祖バイリンガル・アイドルとしての」

勇は、ナンシーの著作マンガを英語に翻訳し、電子書籍化して各プラットフォームで発売するというアイデアを提案した。

「ちょっとした手続きだけで取引のアカウントを取得できるし、ＥＰＵＢ《イーパブ》という汎用フォーマットへの変換もそれほど難しくない。どうです、この案？」

「悪くないかも」

空気が少し変化した。

勇は続ける。

「それに翻訳は、テキストデータを取り扱うわけだから、スキルさえあれば、スクリーンリーダーで対応できますしね。つまり、目が見えなくなっても続けられるってことです。もちろん自作のマンガだけじゃなくて、他の作家さんのマンガや小説の翻訳出版を手がけることも可能です」

「……口の中、甘々になっちゃったわね。この辺の名物で串焼き蛤《はまぐり》っていうのがあるんだけど、召し上がる？」

ようやく心の扉をこじ開けることに成功したようだ。

「ピンポン」

やっと和んだ空気に水を差すドアチャイムの音。

ナンシーのオーラが再び輝きを失う。

「ぼくが行ってくるよ！」

村中が勇んで階下の玄関へ駆け下りて行く。

「まったく！　Ｌサイズのピザを十枚も注文するなんて考えられないよ」

押し問答の末戻ってきた村中の捨てゼリフが、ナンシーをさらに落ち込ませる。

勇は、そんな彼女を鼓舞し励ますために、米国の出版事情を披露する。

「アメリカでは、日本のマンガは相変わらず人気があるみたいです。取材で知り合った出版関係者が、マイナーなホラーコミックを五十タイトルほど向こうで翻訳出版したら、その内の六タイトルに映画化の契約書がすぐに送られてきたって言ってましたよ。さらに、フランス、イタリア、ロシアとかブラジルなんかから、二次翻訳の出版のオファーが舞い込んでホクホクしてました」

景気のいい話もナンシーには通じない。

「でも、いずれにしても初期投資が必要になるわよね。いまの私には、やっぱり無理よ……そんな資金、まったくないもの」

話が振り出しに戻ってしまう。

「そうだ！　ネット通販でいいもの見つけたんでプレゼントするために持ってきたんだ！　車から取ってくるからちょっと待ってて」

村中が、とっておきの名案を思い出したように飛び出して行く。

五分ほどすると全力疾走したらしく息を切らした村中が、両手に装置のようなものを抱えて戻ってきた。

「それ何ですか？」

視覚補助に関連する機器に興味のある弘子が、すかさず質問する。

「これは、デスクリーダーっていうんだ。ドイツのシュナイダー社製だよ。川ちゃんなら知ってるよね、このデバイスのこと」

それが勇の知っているデスクリーダーと同一のものだとしたら、とんでもない代物だ。

「少し触らせてください」

勇は、テーブルの上に置かれたその装置を両手で確認した。みるみるうちに怒りが込み上げてくる。

「こんなもの、いまさら何の役にも立たないっての！　なんでこんなクズみたいなもの買ってくるんだよ!!」

勇は、先輩後輩という関係を忘れて村中を怒鳴りつけてしまった。

村中の持ち込んだデスクリーダーとは、かつてごく短い期間、ロービジョンの視覚障害者のための読書補助機として利用されたこともあったが、デジタルレンズを使用した「拡大読書機」の誕生と同時にその役割を終えた装置だった。

三十センチ四方の天板の先端に、凸レンズを取り付け自由アームを組み合わせた、要は巨大な虫メガネだ。百歩譲って弱視者の読書の手助けはできるかもしれないが、いまのところ生活に支障のない視力のナンシーには、何の役にも立たない。


ナンシーは、実家への帰り支度のために自室に引っ込んでしまった。村中は汗まみれになったジャケットを脱ぎひどく落ち込んだ様子で、ソファに腰を下ろして未練がましくデスクリーダーのレンズを弄んでいるという。

丸テーブルに取り残された勇と弘子は、沈みきった雰囲気に包まれている。

「気持ちはわからなくはないけど、さっきはちょっと言い過ぎだったんじゃない？　どうせ仲直りするんだから、さっさと謝っちゃいなさいよ」

そんな空気を打開するように、勇は弘子から村中に声をかけるように促された。

「村さん、さっきはすみませんでした。言い過ぎました」

弘子に介助されてソファに近づくと勇は謝罪の言葉を口にした。

「こっちこそごめん。形状とか機能を考えたら、必要ないものだって気がつかなければだめだったよね」

村中は、そう言うと、膝の上にあったデスクリーダーを出窓に移動させたようだった。勇の歩行の邪魔にならないように、床に置かずにそうしてくれた配慮に、村中へのいつもの信頼感を取り戻した。同時に、ソファの方向から子どもの頃から慣れ親しんだ香りが漂ってくるのを感じた。

やがてナンシーがボストンバッグを手に戻ってくる。

「私もごめんなさい！」

リビングでのやり取りが耳に入っていたのだろう。

「目の前のトラブルのことを考えると、どうしても情緒不安定になっちゃうことがあるの。そんなに簡単に解決するわけないのにね。でも、今日は電子書籍の話を聞けてありがたかったわ。将来の希望が湧いてきた感じ」

勇も最後に救われた気分になる。

「ナンシーさんのご実家ってどちらなんですか？」

弘子が興味深げに問う。

「埼玉県の戸田《とだ》市なの。お二人は赤羽にお住まいなんですってね、そう遠くないわよね」

「車だったら、二十分もかからないよ。だから、今日は、赤羽の〈まるます家《や》〉で鰻《うなぎ》でもつついて帰ろう！　ぼくが全員におごるよ」

村中が景気づけに場を盛り上げたことで、いまのところは皆の気分からネガティブなものが払拭されたと勇は感じた。

タントの車中。今日は勇が助手席に座り、女性陣は、チャイルドシートをラゲージスペースに片付けた後部座席に腰かけて話に花を咲かせている。

「ナンシーさんて確かハワイの出身でしたよね？」

「そうなの。でも十五歳の時に日本にやってきて、それからはずっとこっちにいるのよ」

「一人暮らしは長いんですか？」

「高校生だった時にハワイ出身の実母が亡くなってね。私は、その後すぐに仔猫組のメンバーになって寮生活を始めたの。父が再婚した人と折り合いが悪くて、長年疎遠になっていたんだけど、最近は何でも話せるくらい仲がいいのよ。今日も『母』に会っていろいろと相談しようと思ってるの」

リアシートの二人は同世代ということもあり、意気投合しているようだ。

そんな二人に気取られないような小声で村中が勇に話しかける。

「例の件、上からストップがかけられたよ」

「え！　どういうことですか？」

「ご婦人方に聞かせるようなことじゃないから、明日また川ちゃんのところへ行くよ」

気持ちのアップダウンの多い一日に、勇は心の中で大きく息を吐いた。

6

翌朝の十一時に、村中は第一龍神荘の一〇二号室に現れた。編集部に一度顔を出し、すぐにこちらに向かってきたという。

村中からは、いつになく爽やかな香りが漂ってくる。

「昨日はごちそうさまでした。あれ？　村さん、もしかして今日は珍しくいつものジャケット着てないんですか？」

「ああ、昨日ナンシーの家に置き忘れちゃったんだよね……」

飄々《ひょうひょう》とした様子で、村中がパソコンデスクの隣のベッドに腰をかける。

「それで、上からストップってどういうことなんですか？」

勇が、ペットボトルのジャスミン茶を手渡して尋ねる。

「ウチの雑誌には珍しいことなんだけど、どこかから圧力がかかってるみたいだ」

村中は、声を低くして応じる。

「神田の差し金ですかね？」

「わからない。でも、奴のことだから、何らかの策を講じたのかもしれないね」

「『パンツの中から国会まで』がキャッチフレーズの週刊キュリオにかける圧力なんて、おれには想像できませんよ。タブーがほとんど存在しない雑誌じゃないですか」

「でも、以前にも川ちゃんのスクープがボツにされたこともあったじゃないか」

束の間の沈黙。二人は、あらゆる可能性に思いを巡らせる。

「とにかく『魔と眼』で、神田の糾弾キャンペーンを始めますよ」

先に口を開いたのは勇だった。

「そう言うと思った。しかし、佐藤さんの例を考えるとそれはかなり危険だよ」

「でも、このまま悪の権化《ごんげ》を看過するわけにはいきませんし」

勇は、言いながらパソコンを起動させる。

「村さんだって、これを見たことありますよね」

勇は、サーチエンジンの検索ボックスに「神田龍介」と入力してリターンキーを押した。すると、「神田龍介＋暴力団員」「神田龍介＋振り込め詐欺」「神田龍介＋高級車窃盗グループ」などといった正義からかけ離れた関連キーワードがサジェスト表示され、スクリーンリーダーがそれらを読み上げる。

「ところが、いつもの巨大掲示板には神田に関するスレッドが一切ないんですよ」

勇は、左眉を顰《ひそ》めてさらに話す。

「たまに、スレッドが立ち上げられてもすぐに削除されてしまう。神田自身が表舞台から微妙に距離を置いているし、奴がいかに巧妙にネット対策、メディア対策を実行してるかってことになります」

「そうなんだよ」

同じ考えの様子の村中が続ける。

「それが、今回の『楽円市場』の計画は、仔猫組を巻き込んで大々的に露出を図ろうとしている。

これはつまり……」

　勇が結論を引き取る。

「この仕事を最後に海外逃亡なんかを企てている！」

「やっぱり、川ちゃんもそう思う？」

「掘り下げて考えると、その結論にしか行き当たりませんよね」

「でも、そうなったら、損をするのは仔猫組だけだ。そんなことぼくが絶対に許さない！」

　村中が驚くほど声を荒らげる。

「だから、『魔と眼』で先行して……」

「だけど、サーバ業者に手を廻してサイトごと削除でもされたら元も子もないじゃないか。それに、命の危険だってあるとぼくは思ってる」

「政治家の力でも借りられませんかね？」

「奴のことだから、そちらの方面にも手は打ってるだろうね。疑惑は多いけど、いま現在、社会生活を送れているわけだから、行政の介入なんかもあまり期待できないな」

　二人は、三時間近く論議を重ねた。しかし、効果的な方策は見つからない。

　村中が何かを覚悟したかのように宣言する。

「ぼくにちょっと考えがあるんだ。任せてくれないか。仔猫たちを不幸にさせないっていうぼくの決意が揺るがないのは、川ちゃんだって知ってるだろ？　だから、ぼくを信じて少しだけ時間をくれないか」

　そこまで言われると勇に異論を唱える気はまったくない。村中は話し終えると携帯電話を取り出して時刻を確認したようである。

「もうすぐ二時になるんだけど、再放送のドラマに渡部睦美《わたなべむつみ》が出演してるんだ。出席番号二十一番の。自宅のビデオで録画予約はもちろんしてるけど、休憩代わりにちょっとテレビ観ないか？」

村中がリラックスしてジャスミン茶に口を付けたことが液体を嚥下《えんか》する音で伝わってくる。

勇は、目まぐるしく変化する村中の気性に半分戸惑い、半分苦笑しながらテレビの電源をオンにした。

「確か、睦美さんは検事役で出てるんでしたよね、このドラマに」

「そう！　よく覚えてるね。川ちゃんも中々の仔猫組マニアだよね」

「それほどでもないですけど……」

その時、ニュース速報を知らせるジングルが流れた。

「何があったんですか？」

アナウンサーが読み上げるものならまだしも、テロップのみで表示される臨時ニュースは、視覚障害者である勇には届かないのだ。

「……『タレントの鵠沼ナンシー美香さんの自宅が全焼』だって」

「えええええええーーーーー!!」

すぐにＮＨＫにチャンネルを切り替えると、詳細が報じられていた。ヘリによる空撮で生々しい映像が中継されているという。

「今日午前十時四十五分頃、元仔猫組メンバーでタレントの鵠沼ナンシー美香さんの自宅から出火。火は二時間経って鎮火しましたが、約九十五平方メートルの家屋は全焼。出火原因は現在調査中です。鵠沼さんは昨夜から留守にしていて、ケガ人はありませんでした。通報が早かったため延焼もくいとめられ……」

しばしの間、勇は絶句した。

「あの美味しかった串焼き蛤も一緒に燃えちゃったんでしょうね？」

やっと口をついた言葉は間抜けなものになってしまった。

「ナンシーが無事で何よりだよ。電話するのは取り込んでいて迷惑だろうから、お見舞いのメールを送っておくよ」

村中は意外と落ち着いている。

勇もようやく正気を取り戻した。携帯電話を取り出して、短縮ダイヤルに登録している番号に連絡を入れる。

「はい、こちら、赤羽なんでも相談室です」

「和久井さん、川田です。この間相談したサイバーストーカーが、ついに事を起こしてしまったみたいです。鵠沼さんの自宅が……」

勇は、これまでの経緯を改めて説明し、出火の原因がサイバーストーカーによる放火の可能性が高いという推理を伝えた。

「了解。県警に情報提供しておくよ。今回も捜査へのご協力感謝します」

勇は携帯電話のフラップを閉じて、残っていたジャスミン茶を一気に飲み干した。

「前にも言いましたけど、和久井さんの調整能力はハンパじゃないから、きっと犯人はそう遠くない未来に検挙されるはずですよ」

勇は、ナンシーの一件を和久井に知らせていたことを、ファインプレイと自画自賛したい心境だった。

村中から同じ趣旨の言葉をかけられる。

「警察を巻き込んでおいたのは、ナイス判断だったね」

そして、村中は確信に満ちた口調で持論を展開した。

「でも、僥倖《ぎょうこう》ってあるんだねえ。だって、ナンシーには火災保険しか残っていなかったのに、それが役に立つことになるんだからね。角地だし通報も早かったみたいで、延焼もなかったってことだからご近所にも迷惑かけてないし。もっとも仔猫たちは幸運な星の下に生まれてきた人たちなんだから、ぼくなんかが手を貸すまでもなく、不幸にならないことは運命づけられているんだよ」

勇は、この発言に多少の違和感を覚えたが、村中はそんなことを気にすることなく続ける。

「ちょっと調べたんだけど、長期一括払いの火災保険契約は、年数が経過していても、全焼時には契約時の保険金額が支払われるらしいんだ。ナンシーがあの家を買った時は、あの一帯は人気があったからね。不動産価格も高値だったたから、事業の負債を完済してもまだおつりが……」

勇は喉の奥に小骨が突き刺さったような感覚に襲われた。

7

お盆休みを過ぎても暑さが弱まることはない。

龍坂の上り下りは、勇にとって大きな障壁だが、この季節の昼下がりは特に神経と体力を奪われる。

　やや西に傾いた太陽が、階段から玄関口に至るまで、日陰を作ることを一切許さずに照りつけているのだ。

　しかし、西友赤羽店のタイムサービスのこの時間帯を逃すと、プラス五パーセントのポイントをもらい損なうことになるのだから致し方ない。

　左手首に食い込むキリン一番搾りロング缶でいっぱいになったレジ袋と、右手が握っている弘子の左肘に汗が滴ってくるのが、不快指数をさらに向上させる。

　一〇二号室の扉に辿り着く頃には、全身が汗にまみれて、一刻も早くシャワーを浴びたいということしか考えられなくなる。

「弘子さん、お疲れ様でした。また明日よろしく！」

　弘子も同じく不快な思いに苛まれていることは、痛いほどわかる。エアコンから吹き出すギンギンの冷風を浴びながら、缶ビールで乾杯したいのは山々だ。だが、視覚障害者とガイドヘルパーという関係の一線を越えたくない勇は、弘子を居室に招き入れたことはほとんどなかった。

「お疲れ様です。それじゃあ、明日の十時に。今日は、これで失礼します」

　弘子も同様のようだ。ただし、深層では、男と女を意識する心理がやや過剰に働いていることもあるだろう。

「あ、電気料金の請求書が来てるんだった！」

　勇の事情を認識したほとんどの関係者が、文書による通信を、スクリーンリーダーで読み上げ可能な電子メールに切り替えてくれた。だが、その対応に時間を要する業者がいくつか残っていたのだ。

「弘子さん、最後にもうひと仕事お願いします。東京電力からの請求書を読み上げてほしいんだけど」

「お安いご用よ！」

弘子は、階段のすぐ脇に設置されている集合ポストから封書を取ってくると、開封して読み上げてくれた。

「えーと、今月の請求金額は……」

判読に勇の想像をはるかに超える時間を費やしている。

「どうしたの？」

暑さも手伝い、イラッとした声で尋ねてしまう。

「最近、ちょっと細かい文字が見えにくくなって……」

どうやら弘子は、ペンダント型ルーペでも使って請求書を読んでいるようである。

「それだと読みにくいでしょ？　メガネを使えばいいのに。老眼鏡っていうと抵抗を感じるのわかるけど、英語だとリーディング・グラスといって、書店のレジ横なんかで売られて……」

紙が燃える匂いがする。弘子のルーペが集光して、請求書の用紙を焦がしてしまったようだ。

その時、勇の頭の中でスパークするものがあった。

喉の奥に突き刺さった小骨が取り除かれるような感覚と同時に、激しい眩暈《めまい》に見舞われた。

「弘子さん、ちょっと聞きたいんだけど……」

勇は倒れそうになる身体を無理矢理に踏ん張って、弘子に質問した。

「二度目にナンシーさんの家に行った時、村中さんは脱いだジャケットをどこに置いていたか覚えてる？」

弘子はようやく勇の変調に気がつく。

「どうしたの？　顔色悪いけど」

「いいから、教えて！」

「えーと、確か、出窓の下のソファの肘かけの部分に置いていたはず。金ボタンが光ってたから覚えてるの。普通はハンガーに吊るすじゃない？」

「で、デスクリーダーは出窓に置きっぱなしになってたんだよね？」

「そうだった、と思う。でも、どうしたのよ⁉　さっきから少し変よ」

勇はしばし逡巡したが、思い切って弘子に声をかけた。

「弘子さん、部屋に上がってくれ」

勇は弘子をベッドに座らせるとエアコンのスイッチを入れた。もはや暑さなど感じなくなっていたが、弘子のためにそうした。

そして、パソコンデスクの椅子に腰を下ろすと、気づいてしまった事実について語り始めた。それは、一人だけで抱えていることが困難なものだったのだ。

「村さんの仔猫組に対する意識の強さは知ってるよね？　おれたちもそれを意気に感じてナンシーさんの件では協力したじゃないか。視覚障害に対する不安を取り除いてあげればいいと思ってたけど、彼女は他にも複数の深刻な悩みを抱えていた」

「それが、どうしたの？」

「まあ、最後まで聞いてよ。ナンシーさんの最大の悩みは『お金』に関することだった。事業の負債と不動産価格の暴落。色々と話し合ったけど、すぐに問題解決に結びつくアイデアは見つからなかった。そして、間の悪いことに火災保険以外の保険は解約してるという」

「だから何なのよ！　まさか、村中さんが放火したとでも言うの？　それはないわよ！　だって、あの人、あの日は午前中からこの部屋にいたんでしょ⁉　勇ちゃん自身がそう言ってたじゃないの」

勇は、レジ袋からぬるくなってしまった一番搾りを一本取り出して、半分ほど一気に飲み上げた。アルコールの力を借りなければ最後まで話せないと思ったのだ。

「あの人は仔猫組以外のことでは優秀な人間だ。デスクリーダーなんていう役に立たないものを持ち込んできたけど、本来はそんなオッチョコチョイな失敗をする人じゃない。弘子さんも覚えてるだろ？　初めての訪問の帰り、着火剤の話をしたよね。村さんは、ジャケットの内ポケットに着火剤をしまっていた。そして、二度目に訪ねた時、ソファの方から子どもの頃から慣れ親しんだケミカルな匂いがしてくるのを、おれは感じていたんだ。きっと、内ポケットの中にチューブを絞り出していたんだよ。巨大な凸レンズでしかないデスクリーダーが着火剤に向かって集光したら、どうなると思う？」

「……！」

プルトップを開き、液体が喉を通過する音が響く。

弘子もビールを取り出して同じように飲み上げているのだろう。

「……どうするの？　和久井さんに相談するの？」

「わからない。この推理が当たっているかどうかも不明だし。まずは、本人に話を聞いてみないと」

その時、勇の携帯が着信を告げた。

勇の携帯電話のボイス機能は、着信履歴は読み上げるが、着信中のコールを音声にすることはない。画面を弘子に向けて発信者を確認する。

「金子って表示されてる。あの金子刑事ね」

勇は赤羽南署の金子に、神田龍介に関する警察情報を洗ってもらっていたのである。

「はい、こちら川田」

会話をするような気分ではなかったが、無視するわけにもいかない。

「あ、川田さん。たったいま本庁から緊急速報の打電があったんですけど、例の神田龍介が死にましたよ」

勇は、この日最大の眩暈に襲われた。

「どういうこと？　順序立てて説明してよ」

「はい。首都高速道路三号線下り車線を走行中に前方を走る車に追突したみたいです。もう記者発表も済んでるはずですから、ネットニュースには配信されてると思いますよ」

勇は、礼を述べて電話を切り、最後の力を振り絞ってパソコンを起動した。弘子も何かを察知したようで、背後から覗きこんでくる。

「若手企業家、首都高速で衝突、二人死亡」

見出しの読み上げを耳にしただけで気が遠くなりそうだった。

「本日午後2時30分頃、東京都世田谷区の首都高速道路三号線下り車線で、企業経営者でタレントの黒野ちなみさん（45）との婚約を発表したばかりの神田龍介さん（35）が運転する大型乗用車が、前方を走行する軽自動車に追突して死亡した。軽自動車を運転していた会社員村中覚さん（45）に時速30キロ超の速度違反で突っ込んだと見られる。村中さんの軽自動車には、大量の着火剤が積み込まれており、これが惨事につながった模様。

19日　午後3時5分配信

——フラッシュニュースｗｅｂ」

勇は、意識が薄れていくのを感じた。

弘子が何かを大きな声で叫び、肩を揺すっているようだったが、そのことを実感することはできなかった。

8

元々は、勇から知らせるように頼まれていたのだが、村中の「死」に関連する連絡は、木下弁護士の方から届けられた。

村中は、遺言書を作成して木下弁護士に送付していたのだ。その冒頭で、勇は木下弁護士と共に遺言執行者に指定されていた。その結果、村中の遺志を引き継いで仔猫組メンバーたちの動向に目を配ることとなったのである。

遺言書には、村中の全財産を元金として仔猫基金と称するファンドを創設し、仔猫組メンバーの資金需要に応じてほしいということがしたためられていた。それは、仔猫組に籍を置いた経験のある四十二名ならば、その在籍期間にかかわらずごく低利子で融資可能とする、村中の思想を見事に反映したものとなっていた。

生命保険金が一億五千万円、有価証券、自宅その他の不動産を売却した二億三千万円に加えて、死亡交通事故の損害賠償金一億円の、計四億八千万円を木下弁護士知己のファンドマネジャーが運用する手筈となったので、資金が枯渇することは考えられない。仔猫たちが今後、「お金」に関することで頭を悩ますことはなくなるだろう。予期しないトラブルに見舞われたとしても資金面のサポートが万全ならば、心配の種もグッと軽減するはずだ。使途に制限を設けなかったことも村中らしい。

遺言書に記されていた日付は、勇の自宅で村中が考えがあると宣言した翌日だった。手詰まりになりかけている諸問題を自己犠牲をもって解決しようと考えたのかと勇は想像した。「楽円市場」が公表されることなく頓挫《とんざ》したのは、村中の最後の行動のお蔭であることは間違いない。しかし、それはあくまでも想像の域を脱していないので、勇は誰にも打ち明けていない。ナンシー宅の出火原因を追及することもしなかった。警察と消防によって自然失火と判断されて滞りなく事後処理されたものに波風を立てる必要なしと思ったからだ。村中が生きていたら、きっと賛成してくれたことだろう。

ナンシーといえば、全焼した自宅を処理した後、英訳した自作マンガを勇も手伝って電子出版した。その作品は英語圏を中心とする各国で話題を呼び、ハリウッド映画のプロデューサーの目に留まった。急展開で話は進み、制作予算百億円という規模の大作として、映画化が決定した。よくしたもので、ベーチェット病も小康状態を保っているという。現在は、翻訳書籍、電子書籍を制作する新会社の設立を計画中。仔猫基金の利用第一号となりそうだ。

長山ルミ子は、村中による度重なる増額、新規契約が奏功して地域マネジャーに昇格した。管理職なので、一介のセールスレディの頃よりは融通が利くようになるはずだから、俊くんと過ごせる時間も増えるに違いない。

また、黒野ちなみは、婚約者の死を乗り越えた悲恋のヒロインとして好感度がアップ。体験談を基にしたスペシャルドラマの主演と損害保険会社との広告契約が決まった。

そもそも仔猫組のメンバーは、オーディションを勝ち抜いてきた強運の持ち主揃いであり、その上、ファイナンス面での心配がなくなるのだから、これからも大きい不幸に見舞われることはないだろうと勇は思った。

「もしも何かあっても村さんの魂が執念で解決するだろうな」

モニター画面に向かって、勇は真面目な顔でそう呟いた。

スクリーンリーダーにナンシーの著作『Witching《ウィッチング》 Honey《ハニー》』を読み上げさせながら、勇は村中の妙に発達した下アゴを思い返していた。

梅雨に降る生徒たち

立木《たちぎ》 十八《じゅうはち》

【著者自身によるプロフィール】

東京都出身。二〇一四年、第十二回北区内田康夫ミステリー文学賞にて大賞を受賞する。受賞作は『友情が見つからない』。元書店勤務。そのかたわらで劇団や芸能事務所に所属し、舞台に立つなどしていた。賞に応募したきっかけも、大賞作品が舞台化されると聞いたため。ダンス、殺陣、アクション、格闘技などの経験あり。新陰流という古流剣術を長年続け、現在は［新陰流直毘会］という稽古会を主宰。研究と指導を行っている。以前に猫を飼っていたことがある。機会があれば、また飼いたいと思っている。できれば二匹。名前はまだ決めていないが、動物病院で呼ばれても恥ずかしくないようなものにしたいと思っている。牡羊座。

「……あっぶな」

伊尾菜穂《いおなほ》は傾きかけた体勢を、窓ガラスに手をついて咄嗟に支えた。放課後の廊下で足を滑らせ、危うく転びそうになったのだ。

足下を見れば床は濡れたように光沢を帯びている。急ぐあまり、そんなことも目に入っていなかった。

窓の外はどんよりとした鉛色の雲が低く垂れ込め、小粒の雨がひっきりなしに表面を叩いていた。天気は朝から、ずっとこの調子だった。

季節は六月も半ば。ニュースが梅雨入り宣言を伝えていたから、この先はしばらくこんな空模様が続くのだろう。

雨粒の滴るガラス窓には、うっすらと菜穂の姿が映っていた。

部活用の黒いジャージに、後ろでゆるく結んだ長い髪。困ったような八の字を描く眉の下には、小ぶりな三日月型の目が納まっている。菜穂は、濡れる瞳をのぞき込み、自らに言い聞かせた。

しっかりしろ。

速度をゆるめてふたたび歩き出す。

菜穂は女子テニス部の副主将だ。今夏にはインターハイ、個人の部シングルスに出場も決まっている。そんなことはこの紅葉山高校創立以来の快挙だった。先日など全校生徒の前で、壮行会まで行われたほどである。壇上に立つのは気恥ずかしかったが『目指せ、全国制覇』の横断幕が広げられた時は感動のあまり泣きそうになってしまった。

菜穂にしても三年目でようやく摑んだチャンスだ。自分の実力でどこまで通用するかはわからないが、こうまで応援されて無様な試合は見せられない。高校生活の集大成として、万全の状態でのぞみたかった。

なのに。

このところ、調子が落ちる一方だった。自分の体が思うように動かない。最悪だ。ただの思い込みではない。それは他の部員から見ても明らかだった。その結果、周囲に気を遣わせてしまっているのが、また気まずい。

こんな時こそ練習を重ねて調子を上げなければならないはずが、この天気ではストレスがたまる一方だ。

屋内コートなどという恵まれた環境を持たないため、雨の日は練習場所にも困る。校内にはジム設備の揃ったトレーニング室もあるが、広さには限度がある。特にこんな日は、他の運動部員たちも使用するためかなり混み合うのが常だった。

それを緩和するためか、どの運動部も一年生には、校内の空きスペースで基礎トレーニングなどをやらせるのが暗黙のルールとなっていた。それらしき生徒らが、地味な練習で汗を流す光景が、校内のあちこちで見られた。

女子テニス部も例外ではない。新入部員は、一般教室棟一階の東階段脇にある非常口前で集合と決まっている。

ただし一年生だけでは練習にならない。サボらせないためにも監督役が必要だ。その役目は上級生が持ち回りで担当するが、今日は菜穂の当番だった。もうみんな集合しているころだろう。菜穂は、我知らず早足になっていた。

しかし、ふたたびよろけてしまい、壁に手を突く。

いったい、どうしてしまったのだろう。気圧のせいで頭がぼんやりとしているのか。それとも。

さっきも教室で、教壇の角に足を引っかけて、仰向けに倒れそうになったばかりだ。クラスメイトに助けてもらったが、恥ずかしくてろくにお礼も言わず出てきてしまった。あのキノコのような髪型の男子はなんという名前だったか。なにか言いたそうにしていたようだけど。ええとたしか。

おっと、それどころではない。早く集合場所に行かないと。

三年の教室が並ぶ二階の廊下を渡りきり、ようやく東階段にさしかかった。転ばないよう慎重に一段ずつ足を下ろす。

すると階下から学校指定の緑色のジャージを着た、太めの男子生徒が上ってきた。息が荒い。きっと野球部だ。

毎年この時期恒例の、階段ループと呼ばれるトレーニングをやらされているのだろう。部活の終了時間まで、階段を上から下まで延々と往復させられる過酷なものだ。足腰の鍛錬にはなるかもしれないが、彼の体型にはかなり辛いだろう。すでに腰が折れ、手すりにすがりつきながら上っている。毎年、梅雨時には何人か辞めるというが、雨のたびにこれでは、それも納得だ。

邪魔にならないよう踊り場でいったん壁際に寄り、すれ違った。その瞬間、クリーム色の壁に目が奪われる。高い位置にある窓の端から白い筋が、曲がりくねった川のように走っていた。

埋め立て地に建てられた校舎のためか地盤沈下や地震の影響を受けやすい。築年数はさほどでないものの、校舎の内外にはすでに何カ所ものひび割れが入っていた。白い筋は、その補修跡だ。先端が幾筋かに分かれ、遠目に見ると、まるで白く細長い手が、こちらに向かって指を広げているようだった。

そう言えば――。

放課後になると、この白い手が壁から抜け出て、通りがかる生徒の肩を叩くという。

そんな噂話がいつの間にか生徒の間に広まっていた。もちろん菜穂は信じていない。

信じてはいないが。

なんとか壁から目を引き離し、振り返る。すると、さっきすれ違った男子が階上からこちらを見下ろしているのに気がついた。彼は菜穂と目が合うと、さっと目線を外して、行ってしまった。なんだろう。

まさか。

ふたたび背後の壁を見た。そこには先ほどと変わらず、白く粉っぽい補修跡があるだけだった。

考えすぎか。でも、もしかしたら。

急に壁の白い手から目が離せなくなる。背を向けた途端に抜け出てくるのでは。そんな想像に少し背筋が寒くなった。壁から目を離さないよう、少し後退りする。菜穂はそのまま階段に足をかけた。

階下からテニス部員らの話し声が聞こえてくる。聞き慣れたその声に安堵し、振り向いた瞬間――。

足下には階段がなかった。

支えを失った体は、宙に投げ出された。

必死に伸ばした手は、空を掻いた。

そして菜穂は、階段を転がり落ち、固い床へと叩きつけられた。

＊＊＊

「こう雨が続くと困るよ」

豊福吉祥《とよふくきっしょう》は、四階談話スペースの有様を見るなり、そうぼやいた。手には折りたたみ式の将棋盤を持っている。それをうちわ代わりにし、開襟シャツの胸元を扇いだ。気温はさほどでもないが、やけに蒸す。それとも目前の光景に暑苦しさを感じているだけだろうか。

放課後の談話スペースでは、緑のジャージを着た一年生の集団が、腕立て伏せやスクワットといった筋力トレーニングにせっせと励んでいるところだった。普段使っている丸テーブルと椅子は、隅に片づけられてしまっている。

これでは将棋部の活動ができそうにない。

「ねえ、お菊さんや」

「うん」

吉祥の呼びかけに隣にいた菊池遙《きくちよう》が小さく頷く。その拍子に目をすっかり隠すほどの前髪が揺らめいた。普段からナヨタケのような外観だが、今日は空気が湿っているせいか、傘を開いたように広がっている。手には駒箱の他にチェスクロックを抱えていた。普段から時間制限など決めてはいないが、これを置いていないと、ただ遊んでいるものと誤解されかねない。そのため将棋部の数少ない備品のひとつにして必携の道具でもあった。

将棋部といっても、部員は彼らふたりきりである。名簿上は数人の幽霊部員を加え学校側から承認されてはいるが、部室などは与えられていない。そのため当初は活動場所を探し放課後の校内をさまよい歩いていたが、近頃はそれすら面倒になり、この談話スペースにどっかり腰を下ろし根城としていた。

だが、ついに梅雨の時期がやってきてしまった。

雨の日は毎度この調子で活動場所を探すのに苦労する。外で活動する運動部員らが屋内のあちこちで練習を行うため、いつも使っている談話スペースはすぐに埋まってしまうのだ。あぶれたふたりは、その都度、またしても校内うろつく羽目になる。

「とりあえず、いつものルートで見て回ろうか」

「うん」

談話スペースは、二階から四階までの、一般教室棟と特別教室棟が丁字に交わる場所にそれぞれある。そこを上から見て回るのが定番の順路だった。こうした場所取りは先着順なため、すでに出遅れた感が否めないが。

通りがかった東階段では野球部の一年生が、延々と上り下りを往復させられていた。名物の階段ループだ。

つい先日には女子生徒の転落事故があり救急車まで呼ぶ騒ぎになったというのに、自粛する気はないらしい。幸い大した怪我にはならなかったようだが、件の女子はテニスでのインターハイ出場が決まっていたというから、学校側としては冷や汗ものだったろう。

なにせ文武両道を謳っているが、どちらの道も目立った実績はほとんどない。せっかく設置した校長室のガラスケースは、空隙ばかりで寂しい状態。そこに現れた希望の星である。校舎にかけられた『祝・全国大会出場！』という垂れ幕からも期待の大きさがうかがえた。

四階から二階まで見て回ったが、やはり談話スペースはすべて埋まっていた。

「どうする?」と遙に目で訊ねる。

「この下の階段脇に非常口がある。そこの前ならどうだろう」

抑揚に乏しく囁くような声ではあるが、彼にしては積極的な提案だった。たしかにあそこなら自販機やベンチも置いてある。人通りも少なく、なかなか快適そうだ。

わずかな望みをかけて階を下りるが、すぐに女生徒のかけ声が聞こえてきた。

やはり非常口前のわずかなスペースでさえも、女子テニス部の一団に占拠されていた。まるで近づく者を牽制するかのように、ラケットを手に素振りをしている。

「となると、後は……」

気はすすまないが、卓球部が活動する生徒ホールの端で、ボールの跳ねるリズミカルな音に集中力を乱されながら指すか、図書室の隅で本を衝立にして、できるだけ音を出さないように指すしかないか。どちらも過去に経験があるが、いつにもまして人の目が厳しい。

吉祥がうなだれるのと同時に、階段の方から「うわあっ！」という叫び声が響いた。

続けて、どさり、と重い荷物を落としたような音。

吉祥の場所からでは、手すりが壁になっていてなにが起きたか見えない。急いで階段下へ回り込むと、緑のジャージを着た男子生徒が、右の足首をおさえて横たわっていた。

階段ループをしていた野球部員が足でも踏み外し転げ落ちたのか。

「だ、大丈夫か？」

吉祥は様子を見に近寄った。物音を聞きつけたテニス部の女子らも集まってくる。

囲まれた男子生徒は震える手で、階上の踊り場を指さした。

反射的にそちらを見上げるも、人の姿はない。

「だ、誰かが押しやがった……」

苦しげな呟きに、息を呑むような音が続く。

見れば女子部員らの視線が、うずくまる男子生徒の背中に集中している。吉祥もそれを追う。

彼の背中には白く、粉っぽい汚れがついていた。まるで、手のひらのような形の——。

「同じだ……伊尾先輩の時と……」

テニス部員らの、ひそひそ声が耳に入る。

「同じって、なにが？」

「先週事故にあった伊尾先輩の背中にも、白い手形があったんです！」

「そ、そうなんだ」

「きっとあの白い手が、押したんだ……」

彼女の目は、階上にある壁の白い補修跡を凝視していた。

「保健室に先生がいるか、確かめてくる！」

そう言い残し、別の女子生徒が、走り去った。

「とりあえず……保健室まで運んだほうがいいのかな？」

言ってはみたが、男子部員はなかなかの体格をしている。身長はさほどでもないが、せり出したお腹がジャージの生地をめいっぱいに伸張していた。ポジションはキャッチャーだろうか。いや、それは偏見というものか。

「そうだね」

遙が同意をするが、自ら動く気配は感じられない。彼に力仕事を期待する方が間違っていた。あたりを見回しても、明らかに平均体重を大幅に超えているだろう男子生徒を、持ち上げられそうな屈強な人物は見当たらない。

仕方ないな。

持っていた将棋盤を遙にあずけると、吉祥は男子生徒の側にかがみ込んだ。

背負うのはさすがに無理だが、肩を貸すぐらいならできるだろう。

「どうだ？　歩けそうか？」

痛そうに顔をしかめながら、頷く。幸い痛めたのは右足だけらしい。

男子の右腕を首の後ろにまわし、脇の下に左肩を入れて支える。腰のあたりに手をかけて、上体を引っ張り上げた。吉祥は彼より背が高いため、かなり腰を折る格好になる。なかなかに辛い体勢だ。

それでも彼は、足をかばいながら、なんとか歩き出した。

「よし、がんばれ。保健室は、すぐそこだ」

吉祥は男子生徒にではなく、すでに悲鳴を上げ始めた自らの背骨と腰に、そう言い聞かせた。

＊＊＊

「ほんとうに、しょうがないな、君らは」

ため息まじりの声が、消毒用アルコールの匂い漂う保健室に響いた。

吉祥は声の方向に目をやった。遙も機械的な動作で首を回す。

「不思議そうに見るんじゃない」

保健室のドアの前に、養護教諭の塩原飛鳥《しおばらあすか》が腕組みをして立っていた。保健の先生というと白衣のイメージだが、彼女はどちらかと言えば典型的な体育教師のようである。ベリーショートの髪に、ほどよく日焼けした肌。足下はスニーカーで、紺のスウェットパンツに白のポロシャツとスポーティーな格好。半袖から露出した二の腕は引き締まっており、盛り上がった筋肉に血管が浮き出ている。

言われたふたりは入ってすぐの長机に向かい合って座っていた。机上には将棋盤を広げている。つまり将棋部の活動を、こんなところで始めてしまっていた。傍らには対局中を主張するチェスクロックまで置いてある。

「どうでしたか？　野球部との話し合いは？」

吉祥は苦言など聞こえないふりで、話題をすり替えようと試みた。

「ああ、今後いっさい階段ループを禁止にさせた。ついでに他の運動部にも、トレーニング室以外での練習は自粛するようかけあってきたところだ」

言いながら飛鳥は窓際のスツールに腰を下ろした。彼女のデスクにはさきほどからスマートフォンが置きっぱなしになっている。留守中、何度か着信があったようだが、飛鳥は気に留める様子もない。

「それにしても驚きましたよ」

「こっちは君らの厚かましさに驚きだ」

ついさっき、吉祥が汗のにおいと腰の痛みに耐えながら野球部員を運び込むと、飛鳥は「またか」と露骨に眉根をしかめていた。聞けば、あの階段での転落事故は、梅雨入りしてからこれで三件目だという。しかも野球部だけで、すでにふたりが事故にあっているのだそうだ。

野球部員は特に外傷も見当たらなかったため、念のため病院で診てもらうよう言いつけ、松葉杖を持たせて帰したが、今後も再発されてはたまらない。飛鳥が野球部部長や顧問に直接かけあうため、保健室を出る際に、彼らが留守番を申し出たのだ。

まさか彼女も戻ってみたら、ふたりが将棋を始めているなど思いもしなかっただろう。いや、悪い予感ぐらいはしていたかもしれない。

なにせ将棋部のふたりは教師の間でも『ぎぶ』というあだ名で有名である。もちろん悪い意味で。『しょう』がない『しょうぎぶ』で『ぎぶ』というわけだ。ギブアップ、という意味までかかっているが、実際そう思われているのは確かなので反論のしようもない。

「それで？　どっちが勝ってる？」

心底興味のなさそうな口調で、飛鳥が訊ねる。本当は特に聞きたいわけでもないのだろうが。

先手は吉祥。相も変わらず飛車を中央に配置する『中飛車』という戦法だ。昔は『下手の中飛車』と揶揄されたそうだが、今では研究も進み、プロの対局でも盛んに見られる戦型である。残念なことに、それと吉祥の勝率にはなんら関係がない。

　慎重な出だしを心がけるも、相手の角筋を見落とすという初歩的なミスをしてしまった。すかさず後手の角が、吉祥の陣地に成り込む。順調に香車と桂馬を奪われて、早くも大きな駒損。それを取り返そうと功を焦るも、うっかり跳ねた桂がまた討ち取られた。現在、その二枚の桂が急所に打たれ、吉祥の玉を脅かしている。桂馬の動きは他の駒を飛び越えることができるので、場合によってはかなり防ぎにくい。将棋の格言に『三桂あって詰まぬことなし』とあるそうだが、吉祥は今まさに身を以て体感していた。

　まだまだ玉のまわりに守り駒はいるものの、その壁が決壊するのも時間の問題だった。

「そんなわけで、もうちょっとで投了の予定です」

「あっそう。終わったら、さっさと出て行くように」

　許可なく勝手に始めたのだから、最後まで指させてもらえるだけありがたいと思うべきか。

　デスクのスマートフォンが、また着信を知らせた。飛鳥はそれを一瞥しただけで、さわりもしない。デスクには、他に飲みかけらしきカップがふたつ置いてあった。誰か来客でもあったのだろうか。

　飛鳥がそのカップを手に立ち上がった。洗い場でさっと流すと、今度は白いケトルに水を足した。お茶を煎れなおすようだ。

「あ、お構いなく」

「変な気を回すな。構うつもりは毛頭ない」

言いながら、飛鳥はケトルをガスコンロにかけた。

部屋の奥はパーティションで仕切られて向こう側は見えない。天井につり下げられたクリーム色のカーテンの向こうには、ベッドがあるはずだ。

「ところで、先生は知ってました？　例の階段の噂って」

「噂？　ああ、あれか、壁にある白い手が抜け出して、通りがかった生徒の背中を押すとかいう、怪談まがいの……あんな話、誰か信じてるのか？　まったく高校生にもなって情けない」

飛鳥はそう吐き捨てるように言うが、吉祥としては気になることもある。

「でも、さっきの野球部員も、誰かに押された気がするって言ってましたよ」

その後、付き添いに現れた部員も、前回と同じだと気味悪がっていた。

それに。

「背中に白い手形みたいな汚れがあったじゃないですか？　噂をまるきり信じるわけじゃないですけど、たまたまにしては、できすぎてるんじゃないかなって――」

「くっだらない」

ばっさりと切り捨てられた。だが、偶然にしてはおかしな共通点が多いのも事実である。

「さっきテニス部の女子から聞きましたけど……先週事故にあった伊尾さんって人も同じように背中に白い手形が残っていたらしいし。先生だって現場で見ているはずですよね？」

急須の茶殻を流しに捨てていた飛鳥だが、伊尾の名前が出た途端に顔を上げた。普段から厳しい目つきの彼女だが、さらに険しさを増している。

「まあ、そうだな……たしかに背中には汚れがあった。で、それがなんだ？　あんなもの、ただの白い粉だ。チョークか石灰をまぶした手を押しつければ、いくらでもできる。そしてそのふたつとも、校舎の中にはありふれているし、生徒が手に触れる機会も多い。つまりは偶然でもおかしくはないというわけだ。それで納得できないか？　なら君の言う通り、壁の手が抜け出て、生徒たちの背中を押していたとしよう。だったら解決方法は簡単だ。あの杜撰な補修跡を綺麗に塗りつぶせ」

飛鳥の剣幕に気圧されながらも、吉祥は反論する。

「さすがにそうは言わないですけど……でも、同じ階段で転落事故が三件。この一週間で立て続けですよ？　しかもそのすべての生徒の背中に、白い手形が残っているなんて。偶然にしてはちょっと変かなあって……」

「では君の考えはどうなんだ？　なにか自説でもあるのか？」

「いや、ないですけど」

返事の代わりに、飛鳥が深いため息を漏らした。デスクに戻ると、書類に目を通し始める。

慌てて吉祥は考えを巡らせる。雨の日であれば階段や床は特に滑りやすい。転倒や転落事故は増えるのは当然だが、それがすべて同じ踊り場で、というのはあまりにも不自然だ。それに被害者に共通する、背中に残された手形はなんなのか。

「もしかして……誰かが、白く汚した手で、次々と生徒の背中を押しているんじゃ……」

「誰かって、いったい誰が？」

飛鳥はこちらを見向きもしない。

「それは……わかりませんけど、これだけ共通点の多い事故が連続するなんておかしいですよ。誰か犯人がいるって考えたほうが自然じゃないですかね。そうすれば野球部員の言っていた、誰かに背中を押されたっていう証言も辻褄が合いますし」

「では聞くが、その犯人がわざわざ背中に手形を残すのは、なんのためだ？」

「えっと、たとえば、署名的行動っていうのはどうですか？　犯人が自分の仕業だと誇示するため、あるいは誰かに対するメッセージとか」

「それなら動機は？　目的は？　なぜ、そんなことをする？」

「や、やっぱり怨恨とか復讐とか……ですかねえ」

とりあえず思いつくまま言ってみたのだが、飛鳥に鼻で笑われてしまう。

「犯罪の動機としてはありがちだな。しかし伊尾は誰かに恨まれたりするような生徒じゃないぞ。責任感が強く、部内でも人望は厚い」

伊尾菜穂。最初に事故にあった女子テニス部員だ。幸い大した怪我はなかったらしいが、事故以来部活に顔を出さない、と部員らが心配していた。彼女は今夏のインターハイに出場が決まっていたから、その活躍を妬んで、とは考えられないだろうか。

そんな吉祥の思いつきを先回りするように飛鳥が続ける。

「仮に彼女の才能や功績に嫉妬してのこととしよう。ではそれ以外、野球部のふたりに関してはどうだ。彼らはどちらも、ただの新入部員だ。すでにレギュラーというわけでも、未来の有望株でもない。そんな人間を、誰が怪我をさせるほど羨むというんだ。それでいったい誰が得をする？」

飛鳥の言う通りである。例年、地区予選初戦突破が目標の部活で、そうまでしてライバルを蹴落とす必要があるとも思えない。部員たちの実力から考えても、他人を引きずり落とすより、普通に練習した方がよほど効率的だ。

そうなると、犯人は運動部員全般に恨みを抱いていたのかもしれない。例えば雨天時の屋内練習のせいで活動場所を奪われた文化系部員の仕業とか……。

吉祥はたった今思いついたアイデアを、即座に消去した。これでは、わざわざ自分から犯人であると名乗るようなものだ。

飛鳥はそんな吉祥の心の内にかまわず、自説を続ける。

「そもそも、現場は踊り場だ。階段を下りる途中には、いったん振り返る格好になる。誰か近づく人間がいたら、すぐに気づきそうなものだ」

たしかに、踊り場に立てば、上下両方の階段が視野に入る。その人間の背後にこっそり回り込んで突き落とすのは難しいか。

「だいたい三件ともに、それらしき怪しい人物を目撃した者はいない。階下にはテニス部員らがいたし、階上にも野球部員がいた。たまたま目撃されなかったのかもしれないが、それが三件も、というのは偶然が過ぎないか?」

さきほど吉祥も、事故直後に階上の踊り場を確認したが、なんの人影も見かけなかった。目撃情報もまったくない、とすると。

「じゃあ、やっぱりあの壁の白い手が?」

吉祥の結論に、飛鳥はふたたび嘆息を漏らした。

「堂々巡りだな」

まったくである。立て続けに起きた転落事故。背中の手形に奇妙な噂。偶然のひと言で片づけるには不審な点が多すぎる。怪談話を真に受けるならば説明は簡単だが、そんなことは信じられるわけがない。

なにか裏がありそうだが、それがなんなのか。

濡れた窓から見える景色は、ぼんやりと霞み、薄墨を溶かしたような空が覆い被さっている。言葉の途絶えた室内には、そぼ降る雨音が徐々にその存在感を増しつつあった。

「違う」

かすかな声が保健室に響いた。雨音にすらかき消されそうな、か細い声音だった。

吉祥は飛鳥と顔を見合わせた。この部屋にはもうひとりの人物がいる。ふたりとも、そのことをすっかり忘れていた。

菊池遙が、将棋盤の向こうでふたたび口を開いた。

「と思う」

前髪にすっかり隠れて表情は読めないが、普段から極端に口数の少ない彼の言葉だけに、重みがあった。

「え？　違うって、なにが？」

「噂のとおり、白い手が三人を突き落としたわけではない」

「俺だって、そんなこと信じてるわけじゃないよ」

しかし白い手形は現に彼らの背中に残っていたのだ。吉祥もこの目で見ている。あれはどう説明をつけるつもりなのか。

「あの手形はぼくのものだ」

直後、お湯の沸騰を知らせる笛の音が室内に鳴り響いた。

＊　＊　＊

吉祥は、遙がなんのことを言っているのかわからず、呆気にとられていた。飛鳥も、彼女にしては珍しく、驚きの表情でこちらを見ていた。ケトルの口からは蒸気が吹き出している。飛鳥は一瞬の躊躇の後に、さっと立ち上がり火を止めた。それとともに笛の音も止む。

「……なにを言ってるんだ？　さっきお菊さんは一緒にいただろう？　彼の背中を押せるわけがないじゃないか」

存在感も気配も同じ人間とは思えないほどの薄さの彼だが、さすがに誰にも気づかれずそんなことができるほどではない。

「……誤解をまねく言い方だった。言い直す」

遙は少し考える様子を見せてから、口を開いた。

「伊尾さんの背中にあった手形に限定した話をする。あれは、ぼくがつけたものだ。もちろん彼女を階段から突き落としたりはしていない。話せば長くなるけれど……」

遙の話は以下のようなものだった。

伊尾と遙とは同じクラスだった。彼女が事故にあう直前、遙はクラスの掃除当番で、黒板消しをクリーナーにかけていたところだった。そこに部活前の菜穂が教室に戻ってきた。忘れ物でも取りに来たのだろう。すると教壇の前で、足をどこかに引っかけたのか、不自然によろめいて、そのまま倒れそうになった。その時、背中を支えて助けたのが遙だった。その手はチョークの粉でだいぶ汚れていて……。

「おそらく手形は、その時についたものだ」

もし、それが事実だとすれば話は変わってくる。転落する前すでに、彼女の背中には手形があった、ということだ。白い手や、犯人がつけたのではない。では彼女の言っていたとおり、あれは純然たる事故だったのか。

「それは本当なのか？」

飛鳥が急須を傾けながら、いぶかしげな顔で聞く。

遙はこくりと頷いた。

「ってことは？　他の二件はどうなるんだ？　まさかそれもお菊さんが？」

吉祥の問いに遙は淡々と答える。

「さっきも言った通り、ぼくの手形は、伊尾さんの場合だけだ。他の二件についてはいっさい関与していないからわからない……だけど……推論はある」

「それだけ言っておいて、聞かせない、なんてことはないよな」

遙は腕時計をちらとのぞくと「じゃあ、なるべく手短に」と言った。

飛鳥もついに興味が湧いたのか、湯気の立ち上るカップを手に、スツールを長机まで寄せた。

「その前に確認したいことがある。先生、事故の詳細について、いくつかうかがっても？」

「ああ、いいぞ、プライベートな情報以外なら」

そう言うと茶を一口すすって質問に備えた。

「まずひとつめ、伊尾さんの事故についてです。その日も雨で、放課後にあの階段の踊り場から転落した。すぐ脇の非常口前ではテニス部員らが練習をしていた。彼女らが伊尾さんの背中に白い手形が残されているのを目撃した。ここまでは合っていますか？」

「そうだな。私もその手形は見た。でもあれは君のものなんだろう？」

「はい。それで彼女の様子はどうだったんですか？　聞いた話だと大きな怪我はなかったそうですが」

「ああ、打ち身やかすり傷はあったが骨折などはしていないようだった。あの後、病院での検査結果がどうだったかは知らないがね」

「次にふたつ目の事故ですが、伊尾さんの時と比べて違う点はありますか？」

「まず……性別が違う。所属している部活も。それ以外は同じだな。やはり背中に白い手形があった。ああ、それと野球部のふたりは誰かに押されたと言っていたか」

「怪我の程度はどうですか？」

「膝を擦りむいた程度だな。簡単な手当ですんだ。一応病院で検査してもらうよう言ってはおいたが、たいしたことはないだろう」

「最後に三件目。これはぼくらも現場に居合わせていたから確認の必要はない。二件目とまったく同じと言ってよい。背中を何者かに押された、という証言も同じ。三つを並べると、これらの事故には類似点が多すぎる。特にあとのふたつは、不自然なまでに、まったく同じだ。こうなると誰かの作為を感じざるをえない。事実、吉祥はそう考え、犯人の存在を指摘した。しかし、三件のうち一件目の手形については出所が判明している。あれはぼくのものであり、偶然の産物だった。だが、ここから新たな疑問が生まれた。なぜ他のふたりにも同様の手形がついていたのか。同じような偶然が三度続くとは思えない。とすれば誰かが意図的につけたと考えるのが自然だ。そこである仮説を立ててみた」

遙は一度言葉を切ると、ふたたび語り出した。

「二件目、三件目の事故は、一件目の模倣だったのではないか」

「もほう？　それはえっとつまり……真似したってことか？　でも、いったいなんのために？」

「目的を推察する前にまず、そんなことが可能だったのは誰なのか。その人物を特定できれば自ずと目的も見えてくるはずだ。吉祥と先生が指摘した通り、実際に背中を押した犯人がいるとは考えにくい。しかし彼らの背中には手形が残っていた。そして事故が偶然ではなく、意図的なものだとすると――」

「あの野球部員らが、自分らで手形をつけて、わざと飛び降りた、と言いたいのか？」

飛鳥が遙の後を継ぐように言った。

「でもそれはあくまで仮説なんだろう？　裏づけるような証拠はあるのか？」

吉祥の問いに遙は軽く頷く。

「確証はない。ただし吉祥のおかげで、ひとつわかったことがある。ここまであの重そうな部員を運んだだろう？」

その通り、誰かさんが手も貸してくれなかったおかげで、明日は筋肉痛を控える身だ。だがそれでなにがわかるというのか。

「あの時、吉祥は相手の右側に回って左肩を貸した。なぜ、そうしたのか覚えている？」

「え……いや、なんとなくだけど、右足を痛めていたみたいだから、かばうなら右側を支えたほうがいいかと思って……」

「先生だったらそんな時、どちらの肩を貸しますか？」

「相手の左側に回るから……右肩だな。松葉杖と同じ要領で考えれば」

体を動かしながら、飛鳥が答える。

「あれ、そうなの？」

「そう、ぼくも経験があるから知っていた。杖は痛めた足と反対側でつくのが楽だとされている。けれど吉祥は知らずに、右側を支えた。そのまま立って歩こうとすれば、重心の位置は自然と両者の間に移り、体重の多くが痛めている右足にかかってしまう。怪我の程度にもよるが、事故直後のあの様子では、かなりつらかったはずだ。それでも歩こうと思ったら、吉祥にほとんどの体重を預けるような格好になってしまう」

「そ、それは悪いことをしたな。あれ……でも、そこまで重くはなかったと思うけど」

思い返してみると、あれだけの体重を吉祥ひとりが支えて歩けるとも思えない。

「そう。彼は痛そうに、足を引きずってはいたものの、普通に歩けていた。帰る時もやはり右手で松葉杖をついていた。痛みはあるが、歩けないほどではなかったのかもしれない。でも背中の手形と合わせて考えると、疑念も増す。もしかしたら彼は事故になどあっていないのでは、という」

そういえば叫び声と倒れる音は聞いたが、事故の瞬間は、吉祥を含めその場の誰も見ていない。

「なるほど……では仮に、彼らの事故が狂言だったとして、背中の手形まで真似したのはなぜ踊り場からではなく、その途中から落ちたふりをすることも可能だ。

だ？」

「実際に怪我はしたくはない。しかし怪我もなく自己申告だけでは、事故があったとは認めてもらえない可能性もある。そこで目撃者が必要になる。その点、あの場所はうってつけだった。彼らは、いつも階段脇でテニス部が練習しているのを知っていた。ただしここで問題が生じる。同じ場所で三件もの事故が立て続けに起きるという不自然な状況を疑問に思う人間は必ず出てくる。さっきの吉祥のように。その疑いを、まず噂話と結びつけて考えるように誘導するための手形だった。背中を押されたと証言したのも同様の理由からだと思われる」

「ふむ、実際に犯人捜しをされたら、色々と調べられ、そのうち嘘だとばれてしまう。だったら、最初からありえない噂話のせいにして煙に巻こうということか……うーん、わからんなあ。そうまでして、なにをしようとしていたんだ、奴らは」

いつの間にか、飛鳥はカップを握りしめ身を乗り出している。

「では最後に目的についてです。彼らは一度ならず二度も同じ偽装事故を繰り返した。それも短期間のうちに。そんなことをすれば余計に疑いは強まるはずなのに。ならば事故を偽装するという行為そのものは目的ではない。もしそうなら疑いの目が向かないよう、もっと期間を空けて行うはずだ。おそらく彼らの目的は他にあり、事故はそれを達成するための行為だったと考えられる。それなら連続して起こした理由にも納得がいく。一回目では思ったような結果が得られなかったのだろう。そこで間を置かずに、二回目を決行した」

「えっと……じゃあ、その目的達成のために、彼らはこれからも事故を偽装し続けるっていうのか?」

吉祥の問いを遮るように、飛鳥が言う。

「馬鹿を言うな。どっちみち階段ループはもう禁止だ。狂言だかなんだか知らんが、これ以上あんな騒ぎを起こされてたまるか」

「いえ、それは逆なんです」

「逆？　なにがどう逆なんだ」

「塩原先生にしてみれば、事故が起きたから階段での練習を禁止させたんでしょう。でもそれは逆だったんだ。階段での練習を禁止させるために、事故を偽装したんです。彼らの目的は、はじめからそれだった」

室内に静寂が訪れた。吉祥も、そして飛鳥も、遙の言葉を頭の中で反芻していた。

「何人が関わっているのかは不明ですが、少なくとも野球部のふたりは共犯者です。経緯は説明するまでもないと思うけど……」

この梅雨時に、野球部の慣例となっている階段ループ。それは新入部員にとってはかなり過酷な練習だ。毎年辞める部員も出てくる。しかし彼らは部を辞めるわけにはいかなかった。野球が好きだからか、それとも内申に響くことを嫌ったのか、どちらにせよ部を辞めずに、この練習そのものを中止にする方法を彼らは考えていた。

「そんな折りに、伊尾さんの事故が起こった。彼らは、あの日も階段で上り下りを繰り返していたから、事故前の彼女の背中に、すでに汚れがあったのを見ていてもおかしくない。そして噂話から着想を得てこの偽装事故を思いついた。同様の事故が起これば練習が禁止になるのでは、と踏んで」

実際に怪我はしないよう低い段から、派手な音をたてて床に倒れ込む。その瞬間を目撃されないように、上の階では他の部員らが見張っていた。階段の手すりに遮られるため、非常口前のテニス部員に見られる心配はない。手形状の汚れを作る白い粉は、飛鳥も指摘した通り、校内で容易に調達できる。

「こうして彼らの思惑通り、ひとつの事故と、ふたつの偽装事故は、噂話によって結びつけられたせいで、傍から見るものを混乱させる結果となった。それを鎮めるためには階段での練習を禁止させるしかなかった。これでもう同様の事故は起こらない。だがそれは練習を禁止させたからではない。彼らが目的を達成したからです」

飛鳥は遙の推理を頭の中で吟味しているようだったが、やがて口を開いた。

「その話が本当だとすれば……」

声が一段と低くなる。

「本当かどうかはわかりません。ただの推測です」

「どちらでもいいさ、本人たちに直接確認すれば、すむ話だ」

カップを握りしめる手の甲と前腕に、くっきりとした青筋が浮いていた。今にも握りつぶしてしまうのではないかと思うほど、小刻みに震えている。

ただの確認ですめばいいが。吉祥は野球部員らが少し気の毒に思えた。

「もうこんな時間だ。行こう、吉祥」

突然、遙はそう告げると、駒を片づけ始めた。

「え、ちょっと」

「大丈夫、盤面は覚えている」

遙がそう言うなら、かまわないが、急にどうしたというのだろうか。

なかばオートメーション化された動きで駒箱とチェスクロックを抱えると、遙はドアへと向かった。吉祥は慌てて、それに続く。

その途端、くるりと遙が振り返った。

「うわっと」

ぶつかりそうになり、たたらを踏む。そんな吉祥にもかまわず、遙は飛鳥に声をかけた。

「ところで、先生」

「ふん！　ん、なんだ？」

ワンツーからフックの練習をしていた飛鳥が勢いよくこちらを向いた。

「症状として、足下がふらついて体が支えられなくなる、というのは、どんな原因が考えられますか？」

いつになく張りのある声で、遙が訊ねた。

「藪から棒だな……ちょっと漠然としすぎていて断定はできないが、脳や三半規管の異常か……もっと単純に考えるなら、足そのものに問題があるんだろう」

「そうですか、では足に問題があるとして、日常的に膝が急に、がくっと崩れたりするような症状は？」

「ああ……それだと膝の前十字靭帯を損傷している可能性があるかな……」

「え、それって歩けるものなんですか？」

遙がなんのことを指しているのかわからないが、ついつい吉祥も話に乗る。

「日常的には痛みも少ないし、動けないことはないな。ただ、自然に治癒することはないし、放っておくと半月板損傷など、他の障害に繋がることもある。少なくとも激しい運動などはできないだろう」

「それは治療できるものですか？」

「ああ損傷した靭帯の再建手術をすれば……そうだな、リハビリも含めれば、長くて一年はかかるだろうが、競技に復帰することも可能だ。最近は技術が向上しているから、失敗することはまずないはずだよ」

「では……大事な大会を間近に控えている選手が、もし同様の怪我をしていたとしたら、先生はどうアドバイスされますか？」

なにか思い当たる節でもあったのか、飛鳥はしばらく遙を凝視していた。

「……もちろん、大会は諦めるように言うさ……それが高校三年間の集大成だったとしてもね。人生はまだ続く。チャンスはこれきりってわけじゃない。そうだろ？」

飛鳥の最後の言葉は、遙にではなく、どこか別のところへと投げかけているようだった。

「僕もそう思います。ありがとうございました」

遙は頭を下げると、足音も立てずに保健室を出て行った。

＊　＊　＊

外はまだ雨が降り続いているようだった。しとしと、という水音は絶えることがない。伊尾菜穂は、もうずいぶんと長い間、ベッドのヘッドボードに背をあずけている。足下は上履きのままだ。四方はカーテンに遮られ、部屋の様子はわからない。

室内にドアの閉まる音が響いた。

「行ったよ」

しばらくすると塩原飛鳥の声が、パーティションの向こうから聞こえた。

菜穂はベッドのカーテンを開くと、一歩ずつ確かめるようにデスクの前まで歩き、両手で体を支えながら、長いすに腰をかけた。

デスクに置き忘れていたスマートフォンを確認する。

画面上には未読のメッセージが入り乱れていた。

そのほとんどはテニス部の仲間からのものだった。菜穂が部に顔も出さないので心配しているという内容。それから野球部員の事故について。菜穂の手前、好奇心丸出しというほどではないが、白い手について書かれたものもちらほらあった。そしてその真相は、おそらくキノコ頭の彼の……遙の推理通りだろう。

「それで、話っていうのは？」

飛鳥がそう訊ねる。

菜穂は、あることを飛鳥に相談しに来ていたところだった。

なかなか話を切り出せずにいたら、例の騒ぎである。保健室前で飛鳥を呼ぶ声が聞こえた。テニス部の一年生だ。部活に出ていないこともあり、彼女らとは顔を合わせづらく、逃げるようにベッドへと隠れてしまった。そこへけが人が担ぎ込まれ、将棋部のふたりが飛鳥の留守中に対局を始めてしまい……そうこうするうち、出るに出られなくなってしまったのだった。

「先生……やっぱり諦めないといけませんか?」

返事は聞くまでもない。

一ヶ月前、他校との練習試合でのことだ。クロスラリーが続く中、相手の深めのクロスをストレートに打ち返そうとした瞬間、隣のコートのミスショットが菜穂の顔面目がけて飛んできた。スイングの途中だったが反射的に避けようとして、左の膝を内側に捻ってしまった。その途端、乾いた木の枝を折るような音がして、菜穂は膝から崩れ落ちた。

すぐに練習を中断しコールドスプレーで応急処置を施した。それほど痛みはない。腫れてはいるが、歩けはする。練習もできないことはない。なにより大会までは間がない。軽い捻挫だ。テーピングで固定すればなんとかプレイはできる。動きながらでも治せるだろう。

その一方で、こうも考えた。すぐに病院で検査するべきだと。

だが菜穂は恐れていた。もし病院で診断された結果が最悪のものだったら。ならばこのまま大会が終わるまで黙っているべきなのでは。周囲からの期待も大きい。今更、辞退などするわけにはいかない。菜穂の頭の中を様々な考えが渦巻いた。

時々、膝の抜けるような感じはあったが、他はなにも変わりはない。大丈夫、大丈夫と、必死に言い聞かせ、びくびくしながら練習を続けていた。

だがあの日。階段から転げ落ちたのは、他の誰のせいでも、ましてや白い手のせいでもない。自分のせいだ。菜穂の左膝は、すでに自身の体重すら満足に支えきれなくなっていたのだ。

病院に担ぎ込まれ検査を受けた結果、膝の前十字靭帯断裂が判明した。当然、医者からもこのままではテニスは続けられない、と告げられた。インターハイ出場などもっての外だと。

菜穂は必死で涙をこらえた。それでも滴は頬を伝い流れ落ちる。この涙の百倍、千倍以上の汗を流してきたのに。それなのに……。

「校長や役員連中には、私から説明してやる。もし言いにくかったら部員らにも……」

菜穂は涙を拭ったその手で、飛鳥の提案を遮った。

「いえ、自分で……言います。インターハイは辞退するって……最後の大会だったけど……でも、諦めたわけじゃない。きっと……きっと治して……」

震える声で、そう告げたが、涙はとめどなくあふれ出て、彼女の頬を濡らす。

「えらいぞ」

飛鳥が菜穂の隣に座り、彼女の肩をそっと抱いた。

菜穂は飛鳥の胸に顔を埋めると、声を殺して、泣いた。

その雨だれが、いつか石を穿つと信じて。

＊＊＊

「落ち着くねえ」

長旅からようやく我が家に帰ってきて、お茶を一杯すすった後のような声が漏れ出た。もちろん丸テーブルの上には茶などない。将棋盤とチェスクロックが置かれているだけである。吉祥の向かいにはいつも通り、遙が姿勢良く座っていた。

そんな普段と変わらない放課後を、将棋部のふたりは取り戻していた。

窓の外は相変わらずの空模様だが、止まない雨はないのである。梅雨明けだって、そう遠くはないだろう。

あれからすぐに、野球部を含めた各運動部に正式な通達があった。雨天時、校内の空きスペースを利用した練習を禁止する、と。おかげで、吉祥らはこの馴染み深い談話スペースに戻ってこられたというわけだ。

まさに雨降って地固まるというところか。ちょっと違う気もするが、まあいい。

結局、菜穂は全校集会の壇上で頭を下げ、大会を辞退すると発表した。そこまでする必要があるかと思ったが、本人がそうしなければ納得できなかったのだろう。夏休みの間に手術を行い、以後はリハビリに務めるそうだ。在学中の復帰は無理だが、卒業後もテニスは続けるという決意表明をしてみせた。自然と拍手もわき起こった。誰よりも応援していたであろうテニス部員らは、彼女の心情をくみ取り、暖かく迎え入れた。

そう、これこそまさしく雨降って地固まるというやつだ。

「そういや、あの垂れ幕はどうするんだろうな」

学校側の誤算といえば、早々に作ってしまった垂れ幕だろうが、それはそっちの勇み足。だいたい、そんな予算があるなら将棋部に回して欲しいものだ。そうすれば、もう少し良い将棋盤も買えるのだが。

湿り気を帯びた駒音が談話スペースに響いた。

「台風が来る前に、業者に撤去してもらうそうだよ」

「そりゃそうか」

設置するにも撤去するにも費用はかかる。他にも壁の補修など、いくらでもやることはあるだろう。こちらに予算が回ることはなさそうだ。

「まあ、いいんだけどね」

吉祥は盤面から目を離すと、頭の上で手を組んだ。一般教室棟の方に目をやれば一年の教室が並んでいる。

七月に入ればすぐ期末テスト。行き交う生徒らの、試験範囲についての会話が漏れ聞こえてくる。すると廊下の向こうから見覚えのある、太めの一年生が力ない足取りで来るのが見えた。例の野球部員だ。

その後、飛鳥と野球部の間にどんなやり取りがあったのか、吉祥は知らない。風の噂によれば、飛鳥考案のスペシャル減量トレーニングメニューが、一部の部員に強制執行されているそうだが。

彼の体型にさしたる変化はないものの、その目つきや顔色からして、精神的には効果絶大なようだ。

ふと光を失った目が、こちらを向いた。吉祥は思わず顔をそらしてしまった。遙および将棋部が彼らの計画を見破り、飛鳥に注進したなどと知れたら、恨まれるに決まっている。いや、もしかしたら、もうすでに。

「ま、まさかあっちに知られてないよな。お菊さんが計画を暴いたなんて」

顔を寄せ、声を殺して言う。

「大丈夫だと思う。塩原先生がうっかり口を滑らせていなければ」

こんな時、遙は普段から囁き声なので安心だ。

「けどさ、なんかこっちを見る目つきが、どことなく恨みがましかったような気がするんだけど……」

それを聞いた遙は、唇の端をわずかに上げた。

ように見えた。

笑った、のか。彼の笑顔を見るなど珍しい。そんなこと今までにあっただろうか。いや、ない。

しかし続く言葉は、吉祥にとって笑えないものだった。

「階段では、後ろに気をつけて」

「怖いこと言うね」

地下鉄の鏡

内《う》田《だ》康《や》夫《お》

【プロフィール】

一九三四年十一月十五日、東京都北区生まれ。軽井沢在住。コピーライター、テレビCM制作会社経営を経て、一九八〇年に『死者の木霊』でデビュー。「第十一回 日本ミステリー文学大賞」を受賞。旅情ミステリー作家の代表的人物として知られる。代表作である「浅見光彦シリーズ」はドラマ・映画・漫画化をされている。著作数は、未完のまま発表した『孤道』で一六三冊。二〇〇七年に著作累計部数が一億冊を突破。浅見光彦が登場する作品は一一六事件を数える。二〇一六年、軽井沢に「浅見光彦記念館」をオープンした。

1

国道二〇号線にあたる、通称「甲州街道」の起点は、皇居のお堀端・半蔵門前である。そこから西へ、四谷、新宿を通り、笹塚、調布、府中、立川と、その辺りまではほぼ真西へ一直線に進む。

ここ二十年足らずのあいだに、新宿以西、高井戸付近までの街道沿いの風景は、それ以前と一変した。

かつての素朴な住宅や、ちっぽけな商店に代わって、周辺にはマンションが建ち並び、道路のど真中を首都高速の高架線が走る。歩道を歩いていて空を見ようとすると、ひと苦労だ。まさに、東京には空が無い——のである。

表通りに面したところでは、終日、高速道路と下の国道を走る車の騒音に悩まされる。

とりわけ、初台から笹塚辺りまでは、高架道でふたをされたような具合だから、ビルの谷間のような街道には、自動車の排気がこもってしまう。生活環境がいいとはお世辞にも言えない。

その夜、浅見光彦は京王線の幡ケ谷駅で降りて、甲州街道を笹塚方面へ向かって歩いていた。

京王線は笹塚と幡ケ谷の中間で地下に潜り、新宿駅で都営地下鉄との相互乗り入れになっている。したがって、幡ケ谷駅では地下鉄と同様、階段を上がって外へ出る。

出たとたん、ウオーンという騒音が押し寄せてきた。騒音の基準をいう時、よく、地下鉄なみ——などというけれど、ここのはそれに近い。

もっとも、道路に面したところでなければ、この辺りは住環境として申し分ない。騒音も排気ガスも表通りのマンションや商店が犠牲になって、全部引き受けてくれるというわけだ。

ある雑誌の編集長の家がこの先を少し行って、右に入ったところにある。そこで今夜、新しい企画の打ち合わせかたがた、新年会めいたことをやろうということになっていた。

夜に入って気温が下がり、雪もよいだというのに、街はまだ、お屠蘇気分の抜けきらない人々で賑わっていた。

店先にはみ出した商品や自転車、街路樹、植え込みなどで、ただでさえ狭い歩道だ。浅見は足元に気をつけながら、人の往来を縫うようにして歩いて行った。

いきなり、黒い巨大な塊が十メートルばかり先の植え込みに落ちた。「ドサッ」という鈍い不快な響きが伝わってきた。寸前に「キャーッ」という悲鳴が降ってきたのも聞いたような気がする。

前方を歩いていた数人の人たちがワッと飛びのいた。

「落ちた」「人間だっ」

浅見の背後から声が上がった。間近にいた者より、少し離れたところからの目撃者のほうが、何が起こったのか、事態をよく把握しているようであった。

ワラワラと駆け寄る野次馬が、浅見を押し除けるようにして、脇を通り抜けた。浅見も一瞬遅れて、彼等に続いた。

道路の端にある植え込みはツツジである。その中に沈み込むように、女が倒れていた。ピクリとも動かない。

野次馬は一、二メートルの距離をおいて彼女を囲み、恐る恐る覗き込む。誰も手を差し延べて助け起こそうとはしない。もっとも、すでに死んでいると思っているせいかもしれない。

浅見は人の輪を潜り抜けるようにして、女に近寄った。

不自然な恰好に投げ出された腕を取って、脈を計る。弱々しいけれど、脈はまだ打っていた。

「誰か119番をお願いします」

背後の野次馬を振り返って言った。それに応じて、二人が走り去った。

女の体はほぼ上向きだが、頭部は植え込みの底の地面に叩きつけられた際のショックで首の骨が折れたのか、ねじ曲がった状態になっている。

「しっかりしなさい」

浅見は尖った枝先で目をつつかれないように注意しながら、女の上に屈み込んで、大声で叫んだ。ネオンの明かりで、女の苦しそうな表情はかなりはっきりと見える。不規則ながら、呼吸もまだある。

(助かるかもしれない――)

浅見は思い、もう一度呼びかけた。

女はふと目を開けた。焦点の定まらない、幼児のような黒い目であった。苦痛が消えたのか、顔の筋肉が緩んでいる。

死の兆候だ――と浅見は思った。

女の唇が動いた。

「なんですか?」

浅見はいっそう屈んで、女の口に耳を寄せた。

「……ちかてつのかがみでみた……」

女は平板な口調で、かすかに言って、最後に大きく口を開くと、そのまま息を止めた。

2

救急車はまもなく到着したが、すでに死亡していることを確認して、そのままの状態で警察の検視を待つことになった。

幡ケ谷駅前派出所の巡査が現場の保存にあたり、目撃者の確保と聞き込みを始めた。

目撃者の中にはもちろん浅見もいる。浅見は編集長の家に電話を入れて、少し遅れる旨を伝えたが、本心はすでに、会合に出席するつもりがなくなっていた。

少なくとも十数人はいるはずの目撃者のうち、現場に残って警察に協力したのは六名だけであった。あとは関わりあいになるのをいやがって、パトカーが到着する頃には、どこかへ消えてしまった。

目撃者は多いが、女が地上に落下する以前のこととなると、まったく見ていない。混雑した道路を歩くのに、上を見ながらでは危なくてしようがない。第一、空は真っ暗だし、見えるものといったら、圧迫するような高速道路の広がりだけである。要するに気がついた時には、女が天から降ってきたということで、それ以外の目撃談は出なかった。

最寄りの代々木警察署からの捜査員と、サツ回りの新聞記者が、合わせて二、三十人あまりやってきて、現場はがぜん慌ただしくなった。

道路の通行を一時ストップさせ、野次馬を遠ざける。鑑識と記者のカメラが競うようにフラッシュを光らせる。

やがて検視と実況検分を済ませ、女の遺体を救急車が運んで行った。

その頃になると、目撃者は浅見ともう一人——二十五、六歳の男を除いてすべて引き上げていた。浅見もそうだが、もう一人の男もよほどの暇人か、あるいはよほどの物好きにちがいない。

女が「落ちた」場所は『幡ケ谷ダイヤモンドマンション』というたいそうな名前のマンションの前である。その十二階建のビルは三階までが店舗と事務所、四階と五階が駐車場になっている。女はどうやら五階の駐車場から転落したらしい。

というのは、それ以上の各階は壁面が約二メートルほど引っ込んでいて、うまく飛べばいいけれど、そうでないと下の駐車場の床か手摺に激突してしまうことになるからだ。さらに二、三メートルばかり先、道路の端にある植え込みまで飛ぼうとすると、かなりの跳躍力が必要になるだろう。それを裏付けるように、五階駐車場の手摺の下に、ポシェットが落ちていた。

女が落下してしばらく生きていたのは、運よく植え込みに落ちたことと、五階というあまり高くないところからの転落であったためと考えることができる。

警察は二人の目撃者にはかまわず、ひととおりの鑑識作業を終えると、引き上げはじめた。あと数人の刑事が残って、付近の聞き込みに入る様子である。

その一部始終を、浅見は見学していた。

もう一人の若い男も興味深そうに眺めていたが、さすがに根が尽きたのか、警察の主力が引き上げるのと一緒に、どこかへ立ち去った。

野次馬もいなくなり、街はふたたび、いつもどおりの風景に戻ってゆく。

浅見は、ずっと捜査の指揮にあたっていた、たぶん代々木署の刑事課長と思われる私服の人物に近づいた。

「失礼ですが、刑事課長さんですか？」

「ん？」

胡散《うさん》臭い目で振り返って、「そうですが」と言ってから思い出した。

「ああ、あんたは目撃者の一人でしたね」

「ええ、浅見といいます」

「どうもお世話さま、住所はたしか、お訊きしましたな？　だったらもう帰ってもいいのですよ」

「はあ」

浅見は軽く頭を下げてから訊いた。

「これは、自殺でしょうか？　それとも他殺でしょうか？」

「は？……」

刑事課長は妙なことを——と言わんばかりの目で浅見を見た。

「それはまだ分かりませんよ。これからいろいろ調べて、結論を出すのです」

「なるほど……」

浅見は素人っぽく頷いて、

「じつは、あの女性ですが、息を引き取る直前、おかしなことを言ったのです」

「ほう」

刑事課長ははじめて興味を抱いた顔になって、体ごと浅見のほうに向き直った。

「おかしなこととは、どういうことを言ったのです?」

「よく聞き取れなかったのですが、たしか、『地下鉄の鏡で見た』と言ったように思います」

「地下鉄の鏡?……」

刑事課長は手帳を出して、メモを取った。あらためて浅見の名前を聞き、『地下鉄の鏡で見た』という言葉を書き、もう一度それを読んで確認した。

「何のことでしょうなあ、地下鉄の鏡とは?……。それ以外には何か言ってませんでしたか?」

「いいえ、何も」

刑事課長は首を振って、「や、どうもありがとう。現在は意味が分からなくても、何かの参考にはなるかもしれません」と言い、どうぞお引き取りください、と頭を下げた。

「じつは、僕はルポライターのようなことをやっている者ですが」

と浅見は言って、肩書きのない名刺を出した。

「たまたまこの事件に関わったのですから、事件が決着するまで付き合ってみたいと思っているのです。構いませんか?」

「はあ……」

刑事課長は迷惑そうに、名刺を眺めた。

「そりゃまあ構いませんが、特別に便宜をはかるというようなことは出来ませんよ」

「それは承知してます。ただ、警察の調べの進展状況だけ教えていただければありがたいのですが」

「いいでしょう。もっとも、大抵のことはブンヤさんたちに発表しますから、新聞やテレビを見れば分かると思いますがね」

3

マスコミの報道によると、どうやら幡ケ谷の転落死亡事件に関する警察の捜査は結局、自殺ということで決着がついたらしい。

「自殺」したのは、彼女が転落したダイヤモンドマンションの裏手にあるアパート・西風荘に住む、駒村ひろ子という、滋賀県出身、二十三歳のＯＬであった。

駒村ひろ子は、郷里の高校を出て、単身上京、東京の短大に入った。短大を卒業すると、品川区にある中堅の電子機器メーカーに入社、その五年の間ずっと、西風荘での独り暮らしを続けている。美人で陽気な人柄――というのが、彼女を知る人たちの共通した感想であった。

自殺の動機については、アパートの自室にきちんとした遺書があった。

それによれば、直接の動機は失恋であったようだ。社内に好きな男性がいて、ひろ子としては結婚できるつもりで交際していた。ところが、相手の男性が別の女性と結婚することが分かり、絶望して死を決意したというものである。

「自殺」という公式発表を新聞で読んで、浅見は漠然と違和感をおぼえた。

浅見は自殺という、そのこと自体にはべつに疑義を挾む意志はなかった。しかし、例の奇妙な言葉――地下鉄の鏡で見た――とは、いったいどういう意味なのだろう？　そのことについては、どの報道も何も触れていない。警察が発表しないのか、それともまったく問題視しなかったのか。いずれにしても、浅見の中でその疑問が解明されないまま、不完全燃焼の状態で残っていた。

あの死んだ女性が言い残した言葉は、もちろん浅見に向けたものではない。彼女に意識があったかどうかも疑問だ。しかし彼女が死際に発した「通信」の、自分は唯一の受信人なのだ。

それに、彼女が息を止める寸前に見せた、あの、不可解そのもののような目の表情が、浅見の関心を捉えて放さない。彼女の表情からは、死を覚悟した者の諦めといったものは感じ取れなかった。それどころか、彼女は自分の死の意味を理解できなかったのではないだろうか？

（なぜ、私が？――）という問いかけを、迫りくる死に向かってしているような、疑惑と困惑のない交ざった目の表情だった。

その混濁の中で、最期の一瞬に何かをキャッチしたのが、あの短い言葉になったのではないか――と思う。

浅見は愛車を駆って、事件現場へ行ってみた。

事件のあった歩道の植え込みの脇には、牛乳びんに挿した黄菊がしおれていた。

ダイヤモンドマンションのパーキングに車を乗り入れる。ここは居住者のほか、一般の外来客も利用することができるらしい。係員の指示に従って、リフトの中に車を入れる。慣れない一見の客と見て、係員はリフトに一緒に乗ってきてくれた。

「このあいだ、ここから飛び降り自殺があったのだそうですね」

浅見は世間話のように言った。

「そうなんですよ、五階の駐車場からですがね、警察がいろいろ調べて、えらい迷惑でした」

「このマンションに住んでいる人じゃないのでしょう？」

「ええ違います、裏のアパートの人です」

「というと、駐車場には自由に出入りできるのですか?」

「できますよ、ここは四個所の出入口がありますからね、その気になれば、誰にも気づかれないで出入りできるのです。ただ、あの女の人の場合は、エレベーターに乗っているのを見たっていう人がいたそうですがね」

「エレベーターがあるのですか」

「そりゃ、ありますよ、十二階建のマンションなんですから」

リフトが停まり、ドアが開いた。そこはもう四階駐車場であった。浅見が車を出すと、係員は「どこでも空いているところに駐めて、あっちのエレベーターで降りてください」と言い、そのままリフトに乗って降りて行った。

フロアの中ほどに車を置き、浅見は駒村ひろ子が飛び降りた五階の駐車場へ行ってみた。構造は四階とまったく変わらない。出入口はリフトとエレベーターのほかに、それぞれ独立した階段へ通じるドアがフロアの三隅にある。設備の整ったマンションだ。

浅見はひととおり見て回ると、駒村ひろ子が住んでいたアパートを訪ねた。

ひろ子の部屋の窓からだと、ちょうど正面に見上げるように聳え建つダイヤモンドマンションとは較べようもないが、こぢんまりとした、なかなか感じのいいアパートだ。

管理人に訊くと、駒村ひろ子という女性はアパートや近所で評判の美人だったそうである。

「この辺の若い男なら、大抵、駒村さんに目をつけていたんじゃないですか」

管理人のおやじは愛想よく話してくれた。

「だけど、いくら目をつけたって、あの人には恋人がいて、しょっちゅう遊びにきてたみたいですからねえ。喫茶店なんかで仲のいいところを見せつけられて、頭にきたなんて言ってるのもいましたよ。もっとも、最後にはその男にふられて、それであいうことになっちまったのだけど」

管理人は気の毒そうに眉をひそめた。

その喫茶店にも行ってみた。「エーデルワイス」といういかにもコーヒーの味にうるさそうなマスターと、女の子が一人いるだけの小さな店だ。客は若者が数人、マンガ本を読んだり、駄弁《だべ》ったりしている。

浅見はカウンターに坐って、マスターに訊いた。

「このあいだ自殺した駒村さんという女性は、お宅によく、恋人と一緒にきていたそうですが、その男性のこと、憶えていますか?」

「ああ、沢田とかいう人でしょう、仲良かったみたいですよ」

「ほう、名前まで知っているのですか」

「ええ、狭い店だし、ちょくちょく来てくれましたからね、二人で話しているのを聞いてる内に、いつのまにか憶えちゃったんですなあ。しかし、暮ごろからプッツリこなくなって、どうしたのかなと思ってたら、あれでしょう、驚きましたよ」

「失恋したんだそうですね」

「ええ、何もね、死ぬことはないと思うんですがねえ、この辺にだって、彼女にお熱の若い男はいくらでもいるんだし」

マスターは店内を見回して、いたずらっぽく笑ってみせた。

4

車をダイヤモンドマンションに置いたまま、浅見は代々木署まで歩いて行った。幡ケ谷から代々木署のある初台までは、京王線でひと駅だが、距離はそれほどでもない。

代々木署には、捜査本部を開設した形跡もなく、彼女の死は、すでに過去の事件として扱われている様子だ。

浅見がせっかく伝えた「ダイイングメッセージ」も、結果的にはあまり重視されなかったようだ。

「大した意味はないんじゃないですか」

代々木署の刑事課長はそう言っている。

「なにしろ、遺書がちゃんとしたものでしたからねえ」

アパートの部屋には、郷里の両親に宛てたものと、あと、会社の上司宛のもの、親友に宛てたものの三通の遺書があったという。

「彼女の会社の人たちも、失恋の事情を知っていましてね、会社を無断欠勤した時点で、もしかすると――とは思っていたのだそうですよ。だから、彼女が自殺したと聞いた時、ほとんどの人間は驚きはしたが、それほど意外とは感じなかったらしいですな」

「ということは、意外だと思った人もいたわけですか？」

揚足を取るような浅見の質問に、刑事課長は苦笑した。

「そりゃね、中にはそういう人もいますよ。しかし、遺書の存在を知ってから後、それでもなお疑問を表明したのは一人だけだったそうですな」

「えっ、遺書があっても、まだ疑問があるというのですか?」

「ああ、駒村ひろ子さんの最も親しく付き合っていた同僚の一人が、どうしても自殺とは思えないと言い張りましてね、いまも来て、いるのだが……」

刑事課長は隣の部屋にチラッと視線を走らせて、苦い顔をした。

「警察に、もっとちゃんと調べるようにと注文をつけて、うちの刑事たちを悩ませていますよ。しかし、そう言われたって、こっちとしてもやるべきことはやったのだし、なんといっても遺書があるのですからねえ」

「その人はなぜ、自殺じゃないと言っているのでしょうか?」

「なんでも、駒村さんから、自殺を思いとどまったという電話をもらったのだそうです。しかし、なんたって情緒不安定な状態なんだから、それから後でまた気が変わったということはあり得るわけですよ」

「それはまあ、そうですねえ」

浅見が相槌を打った時、隣との仕切のドアを荒々しく開けて、若い女性が半分泣き出しそうな顔で現れた。フレヤーのたっぷりした薄い茶系統のスカートに、それより濃いめの同系色のブルゾンを着ている。ドアの前でワインカラーのマフラーをクルッと首に巻きつけた。

「彼女ですよ」

刑事課長が浅見に囁いた。

若い女性はこちらには目もくれず、刑事課を出て行った。そのあと、隣の部屋からは、女性の応対をしていた刑事が二人、いかにもうんざりしたと言わんばかりに、肩をすくめて出てきた。

「参りましたよ、どうしても自殺じゃないって、きかないんですからね」

課長に泣き言を言っている。

浅見は立って、「じゃ、僕はこれで失礼します」と、挨拶もそこそこに女性のあとを追った。

警察の玄関を出て、三十メートルばかり行ったところで、浅見は女性に追いついた。

「失礼ですが……」

浅見が呼びとめると、女性はキッとした顔で振り向いたが、歩みを止めようとはしなかった。

「私ですか？」

「ええ、そうです、駒村ひろ子さんのお友達だそうですね？」

浅見は女性の歩調に合わせて歩きながら言った。女性としてはかなりの歩速だ。

「そうですけど？」

「僕はこういう者です。フリーのルポライターのようなことをやっています」

浅見の差し出した名刺を見るために、女性はようやく立ち止まった。

「どういうご用件でしょうか？」

「じつは、僕は駒村さんが亡くなった時、現場に居合わせた者なのです」

「まあ、そうですか……」

女性の表情が少し緩んだ。しかし、警戒の色は失わない。

「それで、その時に駒村さんの最後の言葉を聞いているのです」

「えっ？　ひろ子が何か言い残したのですか？」

「なるほど、すると警察はその件については何も言わなかったのですね？」

「ええ、聞いていません。ひろ子は何て言ったのでしょうか？」

浅見は周囲を見回して喫茶店を見つけた。

「立ち話もなんですから、ちょっとあそこの店に入りませんか」

女性は黙って頷く。店は空いていて、周りに客のいないテーブルにつくことができた。

「失礼ですが、お名前を聞かせていただけませんか？」

コーヒーを注文してから、浅見は恐縮そうに訊いた。

「あ、すみません、申し遅れました。平野哲子といいます、ひろ子と同じ会社に勤めています」

きちんと挨拶した。死んだ駒村ひろ子と同じ、二十二、三歳だろうか。近頃の若い女性としては珍しい、折り目の正しい喋り方も好感が持てる。「ひろ子」という呼び方は、社内の人間だからというのではなく、親しい間柄を表しているのだろう。

「あの、それで、ひろ子は何て言ったのですか？」

「その前に、平野さんは、警察に駒村さんの死は断じて自殺じゃないと主張なさったのだそうですね？」

「ええ、そうです、そう信じていますから」

「しかし、遺書が発見されているのですよ。そのことについてはどう思われますか？」

「それは、たしかにいったんは自殺を決心して、遺書も書いたのですけれど、気持ちが変わったのです。ひろ子がそう言って電話してきましたから」

「その電話があったのは、いつですか？」

「一月十一日です、ひろ子が殺される前の日の夜です」

哲子は「自殺する」とは言わなかった。

「どういう内容の電話でしたか？」

「ですから、自殺を思いとどまったと……」

「ええ、それは分かりましたが、もっと細かく、どういう言い方でそう言ったか教えてください」

「最初からですか？」

「ええ、なるべく駒村さんの言葉を忠実に知りたいですね。最初は『もしもし』でしょうか？」

「ええ、そりゃまあ……」

哲子はかすかに苦笑を浮かべた。

「それから何て言いました？」

「それから『哲子？　あたし、いまどこにいるか分かる？』って……」

「ちょっと待ってください、その口調だと、なんだか、ずいぶん陽気そうに聞こえますけど？」

「そうなんです。少し前から、彼女、死にたいみたいなこと言ってましたし、会社を無断欠勤しましたし、とても心配していたんですよね。それで、ひろ子があまり陽気な喋り方をするもので、もしかすると、頭がどうにかなってしまったんじゃないかって思ったくらいです」

「それは、沢田さんとかいう男性に失恋したショックで……ということですか？」

「ええ……、あ、そのこと、ご存じなんですね、そうなんです、ひどい話なんですよね、たしかに」

哲子は、まるで目の前にいるのが沢田某でもあるかのように、悔しそうに唇を噛んで、浅見を睨んだ。

5

駒村ひろ子が無断欠勤したのは一月九日のことである。正月を郷里で過ごし、六日から業務が始まったばかりであった。

同じ課にデスクを並べる平野哲子は、何度かひろ子に電話をかけた。上司からそうするように言われたし、彼女自身、前夜のひろ子の電話が気になっていた。電話では、恋人の変心を切々と訴えて、「死んでしまいたい」とも言っていたのだ。

「ばかねえ、つまらないこと考えるんじゃないわよ」

哲子は笑い飛ばすように言った。「あんな男、さっさとくれてやっちゃえばいいじゃないの」とも言った。いつもなら何か反撃してきそうなのに、ひろ子は黙っていた。

ひろ子が結婚を信じて疑わなかったのは、沢田智幸という、ひろ子より三つ歳上の男である。まあ、かなりのハンサムといえるし、スタイルも悪くない。面食いのひろ子が夢中になっても不思議はなかった。大学もいいところを出ているし、勤務態度も真面目だ。

もっとも、哲子の目から見ると、沢田のようにギトギトした、出世至上主義みたいな男は、あまり好みとはいえなかった。

かといって、ひろ子の恋にケチをつけるつもりは、哲子には毛頭なかった。沢田とひろ子との仲はうまくいっているように見えたし、事実、当人同士、結婚を前提とした交際をしているのだ――

と、ひろ子からノロケ半分に聞かされていた。むろん肉体的な交渉もあったにちがいない。

それが、去年の暮近くから、雲行きが怪しくなったらしい。社の技術部長が、娘の結婚相手として、沢田に白羽の矢を立てたのである。一説によれば、沢田のほうからうまくとりいったのだそうだ。

それでも、当のひろ子は「まさか」と笑っていたのだが、正月休みが明けたその日のデートで、沢田は無情に別離を宣告した。

「おれを愛してくれるなら、別れてくれるよね」という、お定まりの安っぽい科白《せりふ》を聞いて、駒村ひろ子は言い返すこともしなかったそうだ。

その夜、ひろ子は哲子に泣きながら電話をしてきた。知らぬはひろ子ばかりなり——だったのだから、いまさら驚くことはなかったのだが、それでも哲子は義憤を抑えることができなかった。

「頭にきちゃうわねえ、部長のところへ行って、何もかもバラしちゃえばいいのよ」

哲子がけしかけると、

「そんな、彼が可哀相よ」

と、ひろ子は怒ったように言った。

「それに、そっちの話をぶち壊したって、戻ってきてくれやしないでしょう」

その口振りではすっかり諦めているということになる。そのくせ本心は猛烈なショックで悩んでいるのだろう。翌日とその次の日、会社に出てくることは出てきたものの、幽霊のような顔で、一日中ボーッとしていた。

その挙句《あげく》の「自殺宣言」とも受け取れる電話であった。

三十分ぐらい話して、結局、「死にたい」というひろ子を翻意させることはできなかったらしい。

翌朝、会社へ行って、ひろ子の姿が見えないと知ったとたん、哲子は胸騒ぎがした。

結局、何度電話しても通じないので、哲子は会社の帰りにひろ子のアパートに寄ってみた。

ひろ子は依然、不在であった。アパートの管理人に訊くと、朝、いつもより遅い時間に部屋を出てゆくひろ子を見ているということであった。

「なんだか元気がなかったもんでね、どこか具合が悪いのって訊いたんだけど、黙って行ってしまって、ふだんが陽気な人だから、ちょっと気になったんですよ」と言っている。

もしかすると、何か連絡してくるかもしれないと思い、哲子は急いで自宅に帰ったが、その夜はついに連絡がなかった。

翌日もひろ子は欠勤し、沢田とのことをうすうす勘づいている女子社員の中には、哲子に向かって「彼女、死ぬ気じゃない？」などと、冗談で噂する者もいたりした。

「変なこと言うもんじゃないわ」と窘《たしな》めたけれど、哲子自身、その心配でいても立ってもいられない想いだった。

その日が金曜日で、明日から二日間が休みになる。もしその間に連絡がつかなかったら、警察に捜査願でも出そうかしら——と、真剣に考えもした。

その日も何の音沙汰も無く、ひろ子からの電話が入ったのは、明くる日の午後九時を回った頃である。

——もしもし、哲子？　あたし、いまどこにいるか分かる？

いきなり、陽気なはずむような調子で、一気にそう言った。

「ばか、心配したじゃない、どうしちゃったのよ」

哲子は本気で怒鳴った。怒鳴りながら涙が出た。

――ごめん、死ぬつもりだったの。

ひろ子は急に悄気《しょげ》た声になった。

――死ぬつもりで札幌まで来たの。

「札幌？　じゃあ、いま札幌なの？」

――そう、テレビ塔のそば。

「ばかばか、ひろ子、あんたねえ、死ぬなんてそんな……、とにかく帰ってらっしゃい」

――大丈夫、もう死ぬのやめたから。

「え？　そうなの？　ほんとなの？」

――うん、ほんとよ、ほんとにやめたの。フェリーに乗って、海に飛び込もうと思ったりして、結局、それもできなくてとうとう北海道まで来て、今夜こそ死のうと決めたんだけど、でも、ついさっき、やめることにしたの。あたしは若いし美しいし、まだまだ死んでたまるかって思ったの。まことにご心配おかけしました。

「あんたねえ、そんな、ふざけてる場合じゃないでしょうに」

――ふざけてなんかいないわ、ほんとにごめん。でも、もう大丈夫、やり直す自信がついたから。

たしかに、その言葉どおり、ひろ子の口調には以前のような張りが戻っていた。

――札幌に来てよかった。死神のやつ、あのインチキ野郎と一緒に、どこかへ飛んで行っちゃったわ。

ひろ子は景気よく言って、「せっかくだから北海道見物して帰る。月曜日、会社で詳しい話をするわ」と電話を切った。

6

「その時は正直、少し腹が立ったんですけど、でもひと安心しました。だから月曜になって、彼女が死んだって聞いた時は、嘘——て思ったんです」

平野哲子は、気持ちの高ぶりを抑えるように、時折、コーヒーを啜《すす》りながら語った。

「ひろ子自身がそう言ってたように、彼女、死神から脱出できたと思うんですよね。あの時の電話からいっても、絶対、自殺するようなことはないと断言できます。それなのに、警察は遺書があるからって……。だからそれは北海道へ行く前に書いたものだっていうのに、分かってくれないんですよね」

悔しそうに唇を一文字に結んだ。

「なるほど……」

浅見は腕を組んで、首を傾《かし》げた。

「お話を聞いたかぎりでは、たしかに駒村さんは自殺を思いとどまったように思えますねえ」

「そうですよ、やめたんですよ。彼女、本気で死ぬ気で、フェリーに乗って、結局、死ねなかったんでしょう?　そこまで思いつめていても、なかなか死ねないのに、いったんやめたって決めてしまったら、もう死ねるはずがないですよね、人間の心理として」

「そうですねえ、あなたのおっしゃるとおりだと思います」

浅見は感心して頷いた。若いのに、ずいぶんしっかりした女性だ——と思った。

「そうすると、平野さんとしては、駒村ひろ子さんは殺されたのではないかと考えるわけですね？」

「ええ、そうなんです」

哲子はようやく理解者に巡り逢えたというように、大きく頷いた。

「警察にもそのことは言ったのですか？」

「言いました、でもぜんぜん相手にしようとしないんです」

「そうでしょうね、警察にしてみれば、立派な遺書もあるし、その他の状況からいっても、自殺と断定して問題はないと思ったのでしょう。それはそれなりに妥当な判断だと思いますよ」

「まあ……」

哲子の目に、たちまち失望と軽蔑の色が宿った。

「浅見さんもやっぱり、あの人たちと同じなんですのね」

「いや、そうではありませんよ」

「じゃあ、他殺だと？」

「それは分かりません」

「私、失礼します」

言うなり、哲子は席を立った。浅見は慌てて手を挙げて制止した。

「まあ待ってください、僕のほうの話を聞いてもらっていないじゃないですか」

哲子はしぶしぶ腰を下ろした。

「話って、何ですか?」

「平野さんは『地下鉄の鏡』という言葉をお聞きになって、何か思い当たることはありませんか?」

「地下鉄の鏡?……、何ですの、それ?」

「じつは、これは駒村ひろ子さんが最後に言い残した言葉なのです」

「ひろ子が?……」

「正確に言うと、『地下鉄の鏡で見た』と言ったのですがね」

「何かしら?」

「思い当たることはないですか」

「ええ、ひろ子とはしょっちゅう駄弁ったりしてましたけど、そんな話題は出たことがありません。……でも、それ、いわゆるダイイングメッセージというんじゃないですか?」

「まあそういうことになりますね」

「だったら、その言葉から犯人の手掛かりが摑めるんじゃないですか?」

「ええ、推理小説ですと、大抵はそうなりますが、しかし、それはあくまでも、殺人事件と仮定しての話ですよ」

「まだそんなことを……」

哲子は憤懣やる方ない——という顔をしたが、今度は席を立たなかった。

「僕は警察でもないし、駒村さんの友人でもありません。だから客観的な立場で言うんですが、この事件は現在までのところでは、自殺とも他殺とも断定しかねると思います。正直なところ、どちらかといえば、自殺と決めてしまうほうがたやすいかもしれません。能率第一主義の警察が自殺説に傾いたのは、そのためでもあるわけですよね。しかし、友人である平野さんの確信も否定できません。何しろ、僕には否定すべき材料がないのですからね。そこで、頼りになるものといえば、唯一、駒村さんが残したダイイングメッセージだというわけです」

「じゃあ、その意味が分かれば、殺人事件であることが立証されるわけですね?」

「あるいは、やはり自殺であった——ということがですよ」

どこまでも冷静な浅見に、哲子ははじめて女性らしい、恨めしそうな目を見せた。

「だけど、地下鉄の鏡だなんて、私には何のことかさっぱり分かりません」

「まあそう言わずに、一緒に考えてみてください」

浅見はポケットからヨレヨレになったキャビンを出して、「煙草、吸ってもいいですか?」と訊いた。

「ええ、私も吸いますから」

哲子はバッグから外国煙草を出した。

「地下鉄の鏡という言葉からは、どう考えてみても、地下鉄の鏡以外のものは連想できないのです」

浅見は言いながら、喫茶店のマッチで不器用に煙草に火をつけた。

「でしょうねえ……」

哲子は少し呆れた表情で、浅見を眺めた。浅見は平気な顔で煙を吐いて、言った。

「地下鉄には鏡はありましたよね」

「ええ、たしか、広告の入った鏡が、駅の構内なんかにあったと思いますけど」

哲子は華奢《きゃしゃ》な手つきで煙草を操りながら、思案ぶかく目を細めて言った。

「一般的に言うとですね」と浅見は言った。「ダイイングメッセージというのは、犯人の重要な手掛かりとして、被害者が必死の思いで残す言葉であるわけです」

哲子は、当たり前じゃない──と言いたそうな目をした。

「もし、これが殺人事件だと仮定して、犯人が駒村さんの知っている人物であるなら、駒村さんはダイイングメッセージとして、犯人の名前を言ったにちがいありません」

「……」

「そうしなかったということは、つまり駒村さんは犯人をまったく知らなかったか、相手が誰か見極める間もなく殺されたかのいずれかだと思いますよ」

「そうですね」

哲子はようやくこの男の話に、まともに耳を傾ける気になってきた。

「それで、駒村さんは『地下鉄の鏡で見た』と言った。これは意味のない、ただのうわ言だとは思えません。彼女としては文字どおり、必死の想いと犯人への恨みを籠めて遺した、言葉だったはずですね」

「ええ」

「したがって、もし彼女の死が殺人事件であるなら、われわれは『地下鉄の鏡で見た』という言葉の謎を解けばいいわけです」

「そうですね……」

頷きながら、哲子は浅見が「われわれ」と言ったことに気づいた。

「われわれって……、じゃあ、浅見さんは本気で、ひろ子の死の真相を調べてくださるつもりなんですか？」

「ええ、そうですよ」

浅見はこともなげに言った。

「余計なお世話でしょうか？」

「いえ、そんな……、とても嬉しいですけど……。でも、警察が何もしてくれないのに、どうやって？……」

「ですから『地下鉄の鏡』の謎を解くのですよ。いまのところ、われわれの手の内にはそれしかありませんからね」

「はあ……」

哲子は浅見の顔をマジマジと眺めた。年齢は三十ぐらいだろうか。上品な、坊ちゃん坊ちゃんした顔立ちで、精悍さなどかけらほどもなく、なんとなく頼りない感じだ。

恐ろしい殺人犯を追い掛ける——というイメージは、到底、湧いてきそうになかった。

7

「一つだけ確認しておきたいのですが」

浅見は煙草を揉み消して、言った。

「駒村さんは電話で、『ついさっき、死ぬのをやめた』と言ったのでしたね?」

「ええ、そんな風に言いました」

「つまり、それまでは一途に死ぬことだけを思いつめていたのに、なぜか突然、死神を蹴飛ばしたというわけですか」

「ええ」

「そんな風に急転直下、気が変わるというのは、いったい、駒村さんに何が起こったというのでしょうかねえ」

「もしかすると、新しい男性にめぐり会ったのじゃないでしょうか?」

「なるほど。白馬に乗った王子様が現れたというわけですか。女心となんとやらですね」

「失礼ですわ、そんな軽薄な感じで捉えないでください。ひろ子はそんな浮わついた女じゃありませんよ」

「困るなあ、たったいまそう言ったのは、たしかあなたですが」

「あ……」

哲子は顔を赤らめた。

「じゃあ訂正します」

「ははは……」

浅見は笑った。

「そうでないとすると、何だろう?……」

浅見は難しい数式を解くような顔になった。今度は哲子も黙りこくって、深刻に考え込んだ。

「もう一度、駒村さんの電話の様子を確かめさせてください。たしか『死神のやつ、あのインチキ野郎と一緒に吹っ飛んだ』と言ったのでしたね？」

「ええ、そうです」

「それから『私はまだ若いし美しい』と」

「ええ」

「つまり、自分の若さと美しさを再発見して、それで、あんなインチキ野郎のために死ぬのは馬鹿らしい——と気がついたというわけですよね」

「そうだと思います」

「それで、鏡かなあ……」

「え？」

「いや、そういう自分を再発見するには、やっぱり鏡を見たのだろうなと思ったのです」

「あ……、そうですねえ」

「そういえば、札幌にも地下鉄はあるし」

「じゃあ、『地下鉄の鏡で見た』っていうのは、そのことなのでしょうか？」

「うーん……、しかし、自分の美しさに見惚れて、それがダイイングメッセージになったというのは、辻褄が合いませんねえ。もしそういうことなら、あなたなど、毎朝、死ななければならない」

「まあっ……」

怒ろうとして、哲子は思わず吹き出した。ひろ子の事件以来、はじめて、心から湧き上がった笑いだった。

「ともかく、僕は札幌へ行ってみることにしますよ」

浅見は真顔になって、言った。

「駒村さんを死神から解放した原因は札幌にあるのだから、そこからスタートしなければ、謎は解けそうにありません」

「あのォ……」と、哲子は言いにくそうに訊いた。

「札幌へいらっしゃるのだと、ずいぶん費用がかかるのじゃありませんか？」

「そうですね。しかし、やむを得ません」

「でも、どうして……」

「あははは、物好きだと言いたいのでしょう？　性分だから仕方がありません。それと、こんなこと言うと怒られそうだけど、そういう趣味でもあるのです。つまり、不思議大好き――というやつですね。しかし、あなたの信念を知らなければ、ここまでのめり込むことはなかったのでしょうがねえ」

「すみません」

哲子は謙虚に頭を下げた。

「いや、そんな……、弱ったな、僕はべつに正義の騎士ではなく、ただの野次馬根性の持主なんですから。それより、もう一つ疑問があるのですが」

「はあ、何でしょうか？」

「駒村さんはなぜあのマンションの駐車場などへ行ったりしたのでしょう。それについてはどう思いますか?」

「分かりません」

「彼女はもちろん車を持っていないし、第一、よその駐車場なんかには用はないはずです。その用のない場所へわざわざ行ったというのは、自殺する目的しかないではないか——というのが警察の考え方です。しかし、僕は必ずしもそうは思いません。そこで平野さんに訊くのですが、駒村さんの恋人——沢田さんは車を持っていますか?」

「ええ、持っていますけど」

「それなら、ひょっとすると、駒村さんのアパートを訪ねる時には、あの駐車場に車を置いて行ったのかもしれませんね。あそこは、マンションの居住者用の駐車場であるのと同時に、一階の商店に来るお客など、外来者用の有料駐車場になっているそうですから」

「あっそうなんですか。じゃあ、ひろ子を殺したのは沢田さん……」

「可能性としてはそういうことも考えられますが、しかし、たぶん違うでしょう」

「どうしてですか?　だって、もしひろ子が、沢田さんの結婚相手に過去のことをバラす——と言って沢田さんを脅したとしたら、沢田さんには殺人の動機があるわけじゃありませんか」

「駒村さんがそんなことをしたと思いますか?」

「……」

「札幌からの電話だと、駒村さんは過去のことを一切忘れて、新しい人生にスタートするような口調だったのでしょう?　死神と一緒にインチキ野郎が飛んで行ったという言葉は、何もかも吹っ切れた気持ちを表現していると思いますが」

「それはそうですけど……。じゃあ、どうして?」

「まあ、現在のところ、それも謎としか言いようがありませんね。宿題にしておきましょう」

浅見は伝票をつまむと、「では」と言って立ち上がった。哲子にしてみれば、なんだか物足りない、あっさりした別れであった。

8

札幌は道路以外の地上は一面の銀世界。日中の最高気温が氷点下六度の寒さだったが、天気のほうは小雪が舞う程度で、時には青空さえ覗いた。

駒村ひろ子が電話してきたという、〔テレビ塔のそば〕とは、むろん有名な札幌大通り公園の周辺と考えられる。その直下に札幌市営地下鉄の「大通」駅がある。

もし札幌で『地下鉄の鏡』を見て、「ついさっき、死ぬことをやめることにした」という電話をかけたのだとすると、駒村ひろ子がいたのは、この場所の最寄り駅——大通駅——である可能性が強い。そこにはたして『地下鉄の鏡』はあるのだろうか?——。

浅見はビックリ箱の蓋を開けるような気分で、地下鉄の階段を降りて行った。

そこで浅見ははじめて知ったのだが、札幌には「南北線」「東西線」の二本の地下鉄が走っているのであった。それらはこの大通駅で上下二段になって交差している。そのために、広い構内であるにもかかわらず、かなりの賑わいであった。

出札も改札も自動化が進み、プラットホームに出ても、駅員の姿は一人あるかないかといったところだ。南北線が昭和四十六年、東西線が五十一年の開業だから、東京や大阪の古い地下鉄に較べると車両も施設も新しく、気持ちがいい。

そして、札幌の地下鉄が何よりも特徴的なのは、車輪にゴムタイヤを用いているところであった。したがって、地下鉄特有の、例のゴウゴウという騒音がない。車内もゆったりした感じで、乗ってみたくなる。

しかし、浅見は何も札幌の地下鉄を見物に来たわけではなかった。目指すは『地下鉄の鏡』である。上下二段の大通駅を、まるで駆け足なみのスピードで歩き回ったが、東京の駅ならどこでも見掛ける、広告入りの鏡のスタンドがさっぱり見当たらない。

駅事務所へ行って、受付窓口を覗き、「この辺に鏡はありませんか?」と訊いてみた。

「鏡ですかァ?」

駅員は妙な顔をして、付近を見回し、「鏡なら、トイレについていますが」と言った。

「なるほど、それはそうですね」

浅見は一応、感心して、「それ以外にはどこかにありませんか?」と訊いた。

「そうですなあ……、ないんでないかなあ」

駅員は首をひねり、背後の同僚に「どこかにあったかなや」と訊いている。「ねえな」と、同僚はすげなく答えた。

「ないですな」

若い駅員も復唱するように言った。

「あの、妙なお願いですが、女子トイレの鏡を見せていただくわけにはいかないでしょうか?」

「はあ?……」

若い駅員は胡散臭い目をして、浅見を睨んだ。変質者か何かかと思ったらしい。

「べつに怪しい者ではないのです。ただ、女子トイレの鏡はどんな風になっているものかと思いまして」

「そんなもの、男子トイレと同じですよ」

「はあ、そうでしょうねえ……」

それはそうだろうな――と、浅見は苦笑するしかなかった。直観的にいっても、駒村ひろ子の言った『地下鉄の鏡』がトイレの鏡であるという感じはしない。それならたぶん『トイレの鏡』と言っただろう。『地下鉄の鏡』はやっぱり、地下鉄そのものに密着した存在の鏡でありそうな気がする。

「そうですか、トイレ以外に鏡はありませんか……」

浅見はがっかりしながら、さらに粘ってみた。

「ほら、よく広告が入った、スタンド型の鏡があるでしょう。ああいったやつですが、ありませんかねえ」

「ええ、ありません。東京辺りだと、やたら広告入りのが置いてあるみたいだけど、札幌は観光都市ですからねえ、あんまし美観を損なうようなのは置かないのです」

誇らしげに言う。

「しかし、お客さん、トイレの鏡ではいけないのですか?」

「ええ、それではだめなのです」

浅見は礼を言って、事務所の窓口を離れかけた。

その時、奥の方にいた駅員が「あ、お客さん」と呼んだ。「ちょっと待って」とこっちへ手を振っている。

浅見が戻ると、窓口の脇にある事務所のドアを開けて、中へ入るように手招いた。

「忘れていたのですがね、あるにはあるのですよ、鏡が」

「えっ、あるのですか？　どこにです？」

「ホームです」

「ホーム？　しかし、さっき覗いて見たのですが、それらしいものは見当たりませんでしたよ」

「それはね、ふつうに見たんじゃ気がつかないかもしれないのです」

「？……」

「ホームの最後尾——いちばん後ろまで行ってみましたか？」

「いいえ、階段を降りた辺りからでも、だいたい見通しがききますから」

「それじゃだめです。もっと先のほうまで行ってみなければ」

「そうでしたか、とにかく、もう一度行ってみます、どうもありがとうございました」

事務所を飛び出して、浅見はホームへ走った。プラットホームへの階段は、ほぼホームの中央付近に出る。前も後ろもほぼ見通すことができて、ホーム上には鏡のようなものは見えない。

しかし浅見は、今度は言われたとおり、最後尾まで行ってみた。行けども行けども、それらしいものはない。（おかしいな——）と思いはじめた時、『地下鉄の鏡』は目の前にあった。

なんと、最後尾も最後尾、乗降口を示す目印のところから、さらに先へ行ったところの壁面に、姿見のような大きな鏡が貼りつけてあったのだ。

（なんだって、こんなところに？——）

浅見は呆れた。こんな誰もこないような場所に貼るくらいなら、もっと中央寄りに設置してくれたほうが、どんなに役に立つか知れないだろうに——と思う。

鏡の前に立つと、比較的長身の浅見でさえ、膝から上のほぼ全身が映るほどの立派な鏡だった。

（これはまさに地下鉄の鏡だなあ——）

浅見はついでに服装の乱れをチェックしながら、つくづくそう思った。

駒村ひろ子は、この場所にこんなふうに立って、この鏡を見たのだろうか？——。

——私は若いし美しい——

ひろ子が電話で言ったという言葉が思い浮かぶ。たしかに、ここに映る自分の姿を見れば、そのことを再発見できたかもしれない。浅見ですら、まんざら捨てたものではない——という感想を抱いたくらいだ。

そうして、ひろ子は死ぬことの愚かさに思い当たったというわけか——。

浅見はかなり長いこと、そこに突っ立って、鏡を眺めていた。その間に電車が到着し、発車した。乗客たちはおそらく、折角きた電車に乗りもせず、まるでナルシスのように己が姿に見惚れている男を、薄気味悪く思ったにちがいない。

もっとも、ここは乗車口を外れているので、近くには乗降客は一人もこない。だから、浅見本人としては他人に見られているかどうかさえ、気がつかなかった。

（なんだって、こんなところに？——）

あらためて、その疑問が頭に浮かんだ。

浅見はもう一度、駅事務所を訪れた。

「あったでしょう、鏡」

最前の駅員が、浅見の顔を見るなり、どういうわけか脅えたような目をして言った。

「ええありました。立派な鏡ですねえ」

「ああ、まあ……」

「ところで、ちょっと疑問に思ったのですが、あんなに立派な鏡を、どうして誰もこないような場所に設置したのでしょうか？　あそこでは、お客さんにあまり利用されないような気がしましたが」

「まあ、そういうことですなあ」

駅員は下唇を突き出すようにして、憮然とした顔になった。

「じつはですね、あまり大きな声では申し上げられないのだが、あの鏡はいわくがありましてねえ」

「いわく、ですか？」

「はあ……」

言うべきか言うまいか、さんざん迷った挙句、駅員は浅見の熱心さに根負けしたように、小声で言った。

「あれはですね、自殺予防のために設置した鏡なのです」

「自殺予防？……」

浅見はあまりにも話の筋書がピッタリ符合したことに驚いて、背筋がゾクッとした。

9

札幌の地下鉄は前述したように、ゴムタイヤの車輪を使用して騒音・振動の軽減を図ったり、そのほか、地上部分にはシェルターというトンネル様の覆いを被せるなど、都市交通機関としては最先端技術を駆使している。

数多い観光名所と並んで、地下鉄はいまや札幌市民の自慢の一つでもあるわけだ。

ところが、このスマートな地下鉄にも悩みがある。

その一つが、投身自殺なのだ——と、駅員はうんざりした顔で言った。

「開業して五、六年の間は、それでも年間、二、三人だけだったのですが、五十四年度から急激に増えて、年平均七、八人の自殺者が出ておるのです」

書類入れから引っ張り出した統計表によると、三十三駅の内、二十二の駅で「事故」が発生している。まあ「まんべんなく」と言ってよさそうだ。

昭和六十年九月現在までの累計で、五十八件五十九人が電車に向かって飛び込んだことになっている。

「というと、二人一緒ということもあるのですか?」

「ええ、息子さんを抱いた父親というケースがありましてね、この時は息子さんだけが助かったのですが……」

その時の情景を思い出したのか、駅員は肩をすくめ、ブルブルと震えた。

「とにかく、あまりにも多いので、交通局としてもいろいろな対策を考えました」

電車の最前部に排障器を取りつけたのが昭和四十九年。五十一年には全駅のホームに安全柵を設置。その他、電車の侵入部に照明をつけたり、道床を改良したりしたが、いっこうに効果が上がらない。

「要するに、設備の問題じゃないのですよ」

と駅員が嘆いた。

「いくらこっちが用心しても、向うがその気になれば、防ぎようがないのです。要はご本人の心の問題であるわけですよ」

「それはそうでしょうねえ」

浅見も同情を込めて、頷いた。

「そこで、交通局は自殺志願者の心に訴える方法を考えたのです。まず最初にポスターを掲出しました」

「ポスター、ですか……」

浅見は驚いた。

「大島の三原山や熱海の錦ケ浦にある立札みたいに、『ちょっと待て』とでも書いたのですか?」

「まさか、そんなもの掲出できるわけがないじゃありませんか」

駅員は呆れ顔をした。

「そんなんじゃなくて、ほかのポスターの下に、ごくさりげなく『悩みごとがあったらお電話ください』と書いたビラを貼ったのです。それと同時に『命の電話』というのも開設しましてね、その電話番号を大きく印刷しました」

「なるほど……、それで、効果はあったのですか?」

「うーん……、あったと思いますが、決定的とは言えなかったみたいですね。それで、最後の決め手として、例の鏡を設置したというわけです」

「なるほどなるほど、あれは効果があったでしょう」

浅見は勢い込んで言った。

「あった、と思います。事実、今年度の事故は、まだ二件しか発生していませんからね。わたしらにはどうしてそうなるのか分かりませんが、心理学の先生に言わせると、そういうものなのだそうです。つまりその、死のうとしている人には、周りからいくら、そんなつまらないことはやめろって言ってもだめなんで、本人が心の底からそう思わなけりゃ、またいつか病気が起きるっていうのです。それには、自分の姿を鏡で見せてやるのが、いちばん手っ取り早いっていうことなのでしょうかねえ」

それまでは死ぬことばかり思いつめて、客観的に自分を見つめ直す余裕がなかったのだが、鏡の中の自分の姿を見て愕然とする。その瞬間、死神の手から解放される――ということは、たしかにありそうな話だ。

現に、駒村ひろ子がそうだったのではないだろうか――。

「しかし、それはそれとして、さっきお尋ねした点はやっぱり疑問が残るのですが」

浅見は言った。

「は？　何でしたっけ？」

「鏡の設置場所ですよ。そういう効果があるのでしたら、なおのこと、ホームの真中あたりに置いて、利用しやすくすればいいのではありませんか？」

「いや、それは素人さんの考えることで」

駅員は少し得意そうな顔をした。

「この統計でも分かるように、自殺者の八十パーセント近くは、ホームの電車侵入側付近で飛び込んでいるのですよ。目撃者なんかの情報をまとめますと、ずいぶん長いこと、その場所でじっと考え込んでいるのだそうです。まあ、最後の決心を固めているのでしょうねえ。だから、そこに鏡を置くのが最も効果的なわけなのです」

「なるほどねえ……」

浅見の脳裏に、ホームの隅に佇み、鏡に見入っている駒村ひろ子の姿が浮かんだ。

――地下鉄の鏡で見た――

そこで彼女が見たものは、死神に取りつかれた自分の姿だったのではないのか？――。もっとも、まさか現実に死神が見えたわけではないだろうけど――。

（死神か――）と、浅見は胸の内で呟いた。札幌で死神から逃れたひろ子を、東京でまた、死神が摑まえた。

（その死神を、彼女は札幌の地下鉄の鏡で見たと言ったのだ――）

「つかぬことをお訊きしますが」と浅見は駅員に言った。

「この十一日に、地下鉄で何か事件が起きたというようなことはありませんか？」

「いや、今年に入ってからは、まだ飛び込みはありませんよ」

「そうでなくて、ほかの事件はどうでしょうか?」

「そりゃ、スリだとかひったくりだとかいった事件なら、いろいろ起きていますがね。そんなのはここの地下鉄でなくたって、雑踏にはつきものでしょう」

だが、駒村ひろ子が立っていた鏡の付近は、雑踏なんかではないのだ。その誰もこないような場所で、ひろ子は鏡の中に何を見たというのだろう?――。

10

代々木署の刑事課長は浅見の進言に渋い顔で答えた。

「いまさらねえ、あの事件をひっくり返してみたところで、何もありゃしないですよ」

「しかし、一応、アリバイ調査だけでもしてみたらいかがでしょうか?」

「アリバイって、誰のアリバイを調べろって言うんです? 第一、何度も言うようだけど、あれは自殺ですよ、ジサツ……」

「そうおっしゃらないで、せめて駒村ひろ子さんの関係者だけでも、あの晩、どこで何をしていたかぐらい確かめたっていいと思うのですが」

「あんたねえ……」と、課長はホトホト参ったと言いたそうに、大きく吐息をついた。

「警察がいったん自殺と断定した事件ですよ。何か新事実が出たとでもいうのならいざ知らず、ホトケさんが札幌で地下鉄の鏡の中に何かを見たんじゃないか――なんて、そんなくだらない憶測だけで、このクソ忙しいのに動けるわけがないでしょうに。もういいかげんにしてくださいよ」

いまにも泣きそうに眉を顰《しか》めているが、これ以上浅見がしつこくしようものなら、たちまち怒りだすにちがいない。

浅見はこの壁のような相手を説得することは、諦めざるをえなかった。

その夜、銀座にある出版社へ行った帰りに平野哲子と落ち合って、食事をした。

「そうですか、だめなんですか……」

哲子はひどくがっかりして、浅見への労《ねぎら》いの言葉さえ、しばらく忘れているほどであった。

「警察って、ほんとうに頭が固いんですね。いくらあの遺書は違う、あれから後でひろ子の気持ちが変わったんだって説明しても、いったん自殺と決めたら、天地がひっくり返らないかぎり、考え直そうとしないんですもの」

「そのとおりですよ。ですから、もしあなたの中学生時代の日記に『死にたい』などと書いてあったら、いまの内に消しておくべきでしょうね。そうでないと、あなたが老衰で死んでも、自殺と断定されてしまう」

「まあっ……」

哲子はスープを吹き出しそうになって、目を白黒させ、それから苦しそうに笑った。

「浅見さんて、真面目人間なのか、それともひょうきん族なのか、さっぱり分かりませんわ。どこまで信用していいのかしら?」

「そりゃ、信用しないに越したことはありませんよ。僕自身、自分を頼りないと思っているのですから」

「でも、ひろ子の事件のことは本気で取り組んでいるのでしょう?」

「もちろんですとも。もっとも、僕の怖いおふくろに言わせると、そういう野次馬根性が抜けないかぎり、一人前にはなれないのだそうですがね」

「じゃあ、マザコン?」

「たぶん、でしょうね。おまけにブラコンときている」

「なんですの、それ?」

「兄がいるのですよ、歳の十四も離れた兄が。これがまた偉い兄で、頭が上がらない存在なのです」

「何をなさってるんですの?」

「国家公務員ですが……、まあそんなことはいいとして……」

浅見は急いで話題を変えることにした。兄が警察庁の刑事局長だなんて、この相手には金輪際言いたくない。

「とにかく、警察がどんなにこっちの進言を無視しようと、駒村さんが札幌の地下鉄で鏡を見たことはまちがいないと、僕は確信しました」

浅見は力強く言った。

「彼女が『地下鉄の鏡で見た』というダイイングメッセージを残したのは、その時、鏡の中に映った何かを見た、まさにそのことを言ったとしか思えないのです。そしてその何かとは、駒村さんをビルから突き落とした人物のことかもしれないのです」

「そうかもしれませんけど、でも、それが何なのか、誰なのか、どうすれば知ることができるのかしら？」

「それを知る手掛かりは、僅かながらあるにはあるのですよ」

「ほんとですか？　どういうことですか？」

「それはですね、前にも言ったことですが、駒村ひろ子さんがなぜ、あのマンションの駐車場へ行ったのか——という疑問と結びつくと思います」

「ですから、それは沢田さんが犯人だという証拠じゃないのですか？」

「いや、沢田さんが犯人なら、ダイイングメッセージでそう言ったでしょう」

「でも、ひろ子が沢田さんを庇《かば》ったのかもしれません」

「それじゃ、あのダイイングメッセージは何だったのか、説明がつきませんよ。しかしまあ、いいでしょう、沢田さんも犯人候補の一人に数えるとして、僕が挙げる犯人候補『X』の条件は四つあります」

浅見は外国風に、握りこぶしの小指から順に指を開いていった。

「まず第一に、一月十一日の夜、札幌にいた人物であること。第二に、あのマンションの駐車場を知っていること。第三に、十二日の夜——つまり、駒村さんが死んだ夜のアリバイがないこと。第四に、駒村さんが知らない人物であること」

「三つ目までは分かりますけど」と哲子は首をひねった。

「犯人『X』がひろ子のぜんぜん知らない人物だとしたら、ひろ子を殺す動機なんかありえないと思いますけど」

「なるほど。では、もう一つ条件を追加しておきましょう。『X』はひろ子さんをあの駐車場まで誘い出すことのできる人物です」

「だったら、ますます矛盾するのじゃないかしら？　だって、あんな夜更けに、人気のない駐車場なんかに、見ず知らずの人に誘い出されるなんて、とても考えられませんもの、ひろ子の場合」

「そのとおりです」

浅見は大きく頷いた。

「そのことから結論が引き出せます。つまり、犯人は二人である——駒村さんを誘《おび》き出した人物と、突き落とした人物は別人である、ということです」

「あ……、そうか……」

「もちろん、駒村さんを突き落とした犯人は、駒村さんの知らない人物ですが、駒村さんはほとんど無意識の内に、その人物を地下鉄の鏡の中で見ていたのでしょうね。最後の一瞬に、彼女はそのことを思い出した。しかし、その人物になぜ殺されなければならないのかは、最後の最後まで分からなかった——。『地下鉄の鏡で見た』と言った時の彼女の目は、いかにも不思議そうな印象でしたよ」

「それじゃ、陰で糸を引いていた真犯人は、ひろ子がよく知っている人物だったというわけなんですね？　そうして、その『地下鉄の鏡』の人物は殺し屋……」

哲子は愕然となった。

「だったら、やっぱり真犯人は沢田さんっていうことになるわ……」

「いやいや、そんな風に短絡して考えないでください」

「でも、沢田さん以外に、ひろ子を殺さなければならない動機を持つ人物なんて、考えられませんもの。そうじゃありません？　それとも、浅見さんはひろ子がどういう理由で――それも見ず知らずの人物に――殺されたのか説明できるのですか？」

「想像はできますよ」

「どんな風に？」

「要するに、駒村さんがその人物『X』を見てしまったからです。もちろんもう一人の、駒村さんが知っている人物もそこにいたのでしょう。しかし、駒村さんはその人物のことは見ていなかった」

「もしそうだとしても、ただ見られたという、それだけのことでどうして？……」

「それはたぶん、彼等がその時、見られては具合の悪いことをしていたからでしょうね。早くいえば、犯罪行為です」

「だけど、そこは地下鉄のホームなんでしょう？　衆人環境の中で、どんな犯罪行為ができるというのですか？」

「いや、プラットホームの端っこなんてものは、衆人環視という場所ではありませんよ。むしろ、乗客もあまりこないし、電車が発車した直後など、ホームそのものに人気がなくなってしまいますからね」

「それにしたって、ひろ子がいたじゃありませんか」

「ですからそこが問題なのです。犯人たちは駒村さんがいることに気づかなかったのじゃないかと思うのですよ。鏡の前に立つ位置が柱の陰になっていて、たとえば、反対側のホームなどから、駒村さんのいたところから死角になって、見えなかった可能性はいくらでもありえます。しかも、駒村さんはできるだけ人目につかないように、暗がりでじっと息をひそめるようにしていたでしょうから、なおさらです。ところが、駒村さんの側からは、鏡に映るその人物が見えていた。ことによると、駒村さんは、その人物が立ち去るのを待っていたとも考えられます。もっとも、いままさに死のうとする駒村さんの目には、見える物も見えないのと同じで、鏡の中の自分の姿だけがすべてだったかもしれませんがね。そして突然、死神にとりつかれている自分の愚かさに気がついた。そんな時、人はどういう行動を取るのか、僕には経験がないので分かりませんが、たぶん、彼女は走りだしたのじゃないでしょうか。一刻も早くその場所から逃げだしたくなったにちがいありませんよ。そうは思いませんか?」

「ええ、思います」

哲子は浅見の弁舌に圧倒されるように、頷いた。

「その時になって、犯人たちははじめて彼女がいたことに気づいたわけです。思いがけないところから、突然、人が走りだしたら、彼等はどんな風に思ったか……。おそらく『見られた』と、愕然としたでしょうね」

「そうですね」

哲子にも、その時の情景をまざまざと脳裏に浮かべることができた。

「しかも、その内の一人は駒村さんを知っている人物だった。このまま生かしておいたら、自分たちの破滅に繋がる——と思ったにちがいありませんよ」

「でも、そんなふうに思うなんて、いったいどんな犯罪行為を、その人たちはしていたっていうんですか?」

「さあ、それは分かりません。もしかすると麻薬の取引きかもしれないし、べつの殺しの相談かもしれないし、あるいは産業スパイかもしれない」

「あっ、それだわ……、それです」

哲子は叫んだ。

「沢田さんならそういうこと、やりかねません。あの人、プログラミングに関係しているし、ソフトを持ち出して、どこかの会社に売ろうとしたんだと思います」

「あははは、また沢田さんですか、よくよく憎らしいんですね」

浅見は笑ったが、哲子は怖い顔をしたままだった。

11

会社では、駒村ひろ子の自殺の原因が、沢田智幸に対する失恋であることは、部内のおおよその人間がうすうす勘づいていた。三通の遺書の内容を見れば一目瞭然なのだが、もちろん遺書は公開されてはいない。しかし、そんなものがなくても、ひろ子と沢田のあいだが、ただの関係でないことぐらい察しがついている。

だが、社内でおおっぴらにその噂をする者はいなかった。それは沢田の婚約者が、いまをときめく技術部長の娘であるためだ。

当の沢田は——といえば、そう思って見るせいか、かつての恋人の死を悼むどころか、目の上のたんこぶが落ちてせいせいした、といわんばかりの顔をしている。

哲子は腹が立ってならなかった。

(あのインチキ野郎の化けの皮をひん剝いてやらなくちゃ――)

浅見が何と言おうと、沢田がひろ子を殺害した犯人であることは、哲子の気持ちの中では九割がた決定的なものだ。直接手を下したのではないにしても、後ろで糸を引いた、いわゆる教唆犯であることはまちがいない。

哲子はいつかそのことを確かめようと、沢田に接触するチャンスを窺っていた。

そのチャンスは存外早く、やってきた。社員食堂でたまたま沢田と隣あう席に坐ることができた。それも、哲子のほうから沢田の傍に坐ったのではなく、同僚と食事をしていると、偶然、沢田があとから仲間と一緒にやってきたのだ。

沢田は坐りかけてから、哲子に気がつくと、露骨に(しまった――)という顔をした。しかし、いまさらよその席に移るわけにもいかない。

(やはり避けていたんだわ――)と、哲子はいっそう沢田が憎らしくなった。

「沢田さん、お元気そうですね」

哲子は食後の煙草を燻らせながら、さり気なく言った。

「ああ、まあね……」

沢田は用心深い口調で答えた。ひろ子のことを言い出されるのではないかと、ビクビクしているのが分かる。

「そうそう、このあいだ、羽田空港で沢田さんを見掛けたんですけど」

「えっ?　いつさ、おれ、羽田になんかしばらく行ってないけど」

「十一日の土曜日です。夜、親戚を迎えに行った時、たしか沢田さんだと思ったんですけど、違ったのかしら?」

「ああ、だったら違うね。十一日はおれ、東京にいなかったから」

「あら、ご旅行でしたの? 伊豆のほうへ」

「ん? ちょっとね、伊豆のほうへ」

沢田はちょっと言い淀んでから、言った。

「ふーん、伊豆へですか……」

伊豆なら飛行機の旅行にはなりっこない。そういう場所を選んで答えたことにも、哲子は沢田の狡猾な作為を感じてしまう。

「北海道じゃないんですか?」

ズバリ、切り込んでみた。

「北海道?……」

沢田は哲子がなぜそんなことを訊くのか、質問の意図が分からない——という目でこっちを見て、それからふいに、ハッとしたような微妙な目の動きを見せた。

「どうして北海道だなんて言うんだい?」

「べつに、ただ、私が沢田さんらしい人を見掛けたのが、北海道行きの搭乗ゲートを潜る人波の中でしたから」

「そう、それ、十一日の夜の何時ころ?」

「九時過ぎ頃だったかしら」

ひろ子からの電話は十時頃だ。九時頃の居場所がはっきりすれば、アリバイは成立するだろうと思い、とっさに、それに合わせるような時刻を選んで、そう言った。

「九時過ぎに搭乗ゲートをねえ」

沢田はいっそう意味ありげに哲子を見つめて、それからさり気なく首を横に振った。

「やっぱり違うね、おれじゃないよ」

「そうですか、だったらいいんです」

さすがにそれ以上の突っ込みはできなくて、哲子は席を立った。

夕刻近く、社内電話で、沢田から「帰りにちょっと、お茶でも飲まないか?」という誘いがあった。

「ええ、いいですけど」

すぐに答えてから、哲子は心臓がドキドキした。待っていた――という気持ちと、恐ろしさが半々であった。

銀座に出て、哲子が知らない高級な店に入った。飲物のメニューもふつうの店の倍近く高い。沢田だって、ひろ子とのデートでは、もっとランクの下の店へ行っていたはずだから、部長の娘との婚約が決まって、嗜好まで変わったということなのだろう。

「ずいぶんいいお店を知ってるんですね」

哲子は皮肉っぽく、言った。

「うん、最近、開発したんだ」

沢田はいくぶん得意そうであった。

「部長のお嬢さんと来たんでしょう?」

「まあね」

(いけしゃあしゃあと――)

哲子は悔しくてならない。

「ひろ子、可哀相でしたわね……」

「うん、気の毒なことをした」

「沢田さんのせいでしょう」

「どういう意味だい、それ?」

「さあ、どういう意味かしら。彼女、沢田さんのこと恨んでいましたよ」

「そんなこと言われたって、困るよ。彼女とのことは過去の話なんだから」

「ひろ子にとっては現在進行形のつもりだったのじゃありませんか? 少なくとも、部長のお嬢さんのお話が出るまでは」

「関係ないさ、そんなこと。彼女とのことは終わったのだ。そこへ部長の話が出たのは、単なる偶然でしかない」

「でも、ひろ子の遺書にはあなたとのことが原因だっていう風に書いてあったわ」

「だから、それは迷惑だったよ。二人で話し合って別れたことは事実なんだから。現に、結婚している夫婦だって別れるじゃないか。恋人同士が別れることなんか、珍しくもなんともない。ただ、たまたまその直後に、部長の娘さんとおれとのことを聞いたものだから、彼女もきみと同様、騙されたとでも思い込んだんじゃないかな」

「卑怯だわ」

哲子は唇を嚙んで言った。

「卑怯？　そういう言い方は失礼だろう。いや、しかし今日はそのことを蒸し返すつもりできみを呼んだんじゃないのだ。それより、きみは何だっておれと羽田で会ったなんていう、出鱈目を言ったりするんだい？」

「出鱈目じゃありません、たしかに沢田さんそっくりの人を見掛けたから……」

「それは嘘だね」

「嘘じゃありませんわ」

「いや、嘘だ。だってきみは、九時過ぎ頃、北海道行きの搭乗者の中におれを見たって言っただろう？」

「ええ、事実そうなんですもの」

「だからそれが嘘だって言うんだ。夜の九時過ぎに出る便なんてないからね」

「あ……」

思わず、哲子は口を開けて声を出してしまった。（しまった）と思った瞬間、平常心を失って、顔から血の気が引くのが分かった。

「なんだってきみは、そんな、人を引っ掛けるような嘘をついたんだい？」

「……」

何か弁解しようと思いながら、哲子は言葉を失っていた。

「十一日の午後九時に、いったい何があったというんだい？」

沢田は畳みかけるように詰問した。彼の蛇のように執拗な眼に射すくめられ、哲子は必死の想いを込めて、言った。

「ひろ子が死のうとしていたんです」

「ひろ子が?……」

沢田は思わぬ逆襲に出会って、たじろいだ。

「ええ、北海道で死のうとして、札幌で、地下鉄に飛び込むつもりで……、でも、死ぬのをやめて、私のところに電話してきて……、それがちょうどその頃だったんです」

夢中で、バラバラのセンテンスを並べるような言い方をした。

「しかし、ひろ子が死んだのは十二日の夜だよ。それも東京でだ」

「ですから、ひろ子は自殺なんかじゃないんです。あれは殺されたんだっていうことを、私はちゃんと知っているんです」

「ばかばかしい、警察だって自殺と断定しているじゃないか。それに、どっちにしたって、十一日におれがどこにいたのかなんて聞いても、まるで意味がありゃしない。いったいきみは何を考えているんだ?」

「十一日には、本当に札幌には行ってなかったんですか?」

「行ってなんかいないよ、それとも、きみの嘘みたいに、ひろ子が電話で、おれを見たとでも言ったのかね」

「そうじゃないですけど……。でも、死ぬ前に『見た』って言ったんです。札幌の地下鉄で見たって」

「このおれをかい?　ばかばかしい」

「そうとは言わないけど、知ってる人が何か犯罪行為をしているのを見たことはたしかです」

「犯罪行為って、何だい?」

「たぶん、ソフトか何か、会社の秘密を売ろうとしていたんじゃないのですか?」

「何をくだらないことを言ってるんだ、推理小説を読みすぎて、頭、おかしくなったのと違うか?」

冷笑されて、哲子は唇を噛んだ。

「それなら訊きますけど、沢田さんは十二日の夜はどこにいたんですか?」

「今度は十二日か。え?　きみィ、何を言ってるんだ?　まさかおれがひろ子を……」

沢田は恐ろしい眼で哲子を睨んだ。それから急いで周囲を見回して、テーブルの上に屈み込むようにして、声をひそめた。

「おれがひろ子を殺《や》ったとでも思ってるんじゃないだろうな?」

「違うんですか?」

「ばかなっ……」

沢田は醜く顔を歪めて笑った。

「知らない人が聞いたら、本気にするぞ」

「知ってる人が聞いたら、やっぱりって思うんじゃないかしら」

「いいかげんにしろ!」

沢田は立ち上がり、もう一度、坐り直して言った。

「いくら親友が死んだからって、血迷うにもほどがある。そんなデマを飛ばして、もしおれが失脚したら、ただじゃすまないぞ」

「殺すとでも言うんですか？」

「ああ、そうするかもしれない。女のきみなんかには分からんだろうが、男は必死だ。チャンスがあったら、しがみついてでも階段を登るしかないんだ」

沢田の両の拳が震えている。哲子はゾッとした。この男、本気で私を殺すかもしれない――と思った。

12

正直なところ、会社の連中のやっかみ半分の羨みとは逆に、このところ、沢田は不安でならなかった。駒村ひろ子の自殺以来、技術部長の、沢田に対する様子に変化が兆しているような気がしていたからだ。

じつは、娘との縁談を持ち込んだ時点で、部長は沢田とひろ子との関係を、ぜんぜん知らないわけではなかった。大事な娘の相手だ、興信所を使って、ひととおりの身上調査はやっている。それを承知の上で、沢田にひろ子との関係を清算することができるのかどうか、確認した。

「きみほどの男に、彼女の一人や二人いるのは当然だ、あと腐れなく別れることが可能なら、べつに問題はない」

ずいぶん太っ腹といいえばいいえるが、それくらいに、娘が沢田に惚れているということであった。

沢田はひろ子との付き合いを何もかも正直に話した。

「彼女とはとおりいっぺんの恋愛関係です。その証拠に、彼女のアパートに車で送って行ったことはありますが、泊まったりはしていません」

「あははは、そのことも知っているよ。興信所というのは、商売とはいえ、よく調べるもんだねえ。あそこのマンションの駐車場は十二時までが営業時間で、それギリギリに帰ってゆくきみを見ているそうだ」

部長はどこまでも太っ腹に笑ってみせた。沢田は感激して、必ずひろ子との関係を清算すると確約し、そのとおりに実行した。

だが、さすがに、若い女性が自殺したという事実は重い。そこまで彼女を追い詰めた沢田の道義的責任を思えば、いくら惚れた相手とはいえ、部長親娘の気持ちも鈍ることは当然、考えられた。

このままでは、婚約どころか、会社での地位も怪しくなりそうだ。それこそ札幌かどこかへ左遷の憂き目を見るかもしれない——と、沢田は気が気でなかった。

そんなところへ、平野哲子が奇妙な話を持ち込んだ。哲子としては、沢田への疑心を確かめるつもりだったのだが、沢田はそこから重大なヒントを得た。

（一月十一日には、技術部長が札幌に行っていたはずだ——）

そのことは、伊豆へのドライブの際に、部長の娘から聞いた。

「今日、パパ、札幌なんです」

その時はべつに何とも思わなかったが、哲子の話を思い合わせ、さらに社内で囁かれている「頭脳流出」の風聞を思い合わせると、「ソフトを売ろうとして」と言った哲子の言葉が、がぜん重大な意味を持っているように思えてくる。

（おれだって、部長の秘密を摑んでいるのかもしれない――）

沢田は思った。これまで一方的に部長の思いのままに操られていたけれど、これからは対等――いや、それ以上の付き合いができるのかもしれない。

数日後の夜、沢田は部長を誘って、銀座に飲みに出た。誘いに乗ることは乗ったが、気のせいか、やはり部長の態度には以前のような親しみは見られなかった。へたをすると、こっちが話を切り出す前に、向うから別れ話を持ち出されそうな不安を、沢田は感じた。

「部長は一月十一日、札幌に行かれたそうですね」

沢田は言った。

「ああ、行ったよ」

「じつは、部長のことを見たという者がおりましてね」

沢田は意味ありげな視線を部長に送りながら、言った。

「ん？　私をか？……」

ギクッとしたように、部長は沢田を見た。手応えあり――と沢田は思った。

「ええ、部長が人と会っていらっしゃるところを見たそうです」

「なに？……」

部長は薄笑いを浮かべている沢田の顔を、恐ろしい形相で睨みつけた。

沢田は予想以上の効果に驚きながら、すっかり気をよくしていた。獲物をいたぶる猫のような快感すらいだいた。

「き、きみは、何が言いたいのだ?」

「いえ、べつに何という……。ただ、未来のお父上の秘密を知っているほうが、何かと話が通じやすいと思いまして」

「なんだと、まだきみにお父上などと呼ばれる筋合はないぞ。それより、きみは駒村君のことで責任を感じないのかね」

「それはもちろん、責任を感じてはいますよ。しかし、人間、誰しも過ちはあるんじゃありませんか? 部長だって、札幌で……」

「黙りたまえ、失敬なやつだ」

部長は大きな声を出した。近くの客がいやな顔をして、こっちを見た。

「私が何をしようと、きみの知ったことではないだろう」

さすがに声のトーンを落として、言った。

「そんなことで、自分の罪を正当化しようという、きみの根性が気にいらんな」

「しかし、道義的責任のことをおっしゃるなら、ご自分だって……」

「何を言うんだ。きみのケースと同じレベルで批判するなんて、とんでもないぞ。札幌の女性は、しかるべき筋を通して、いずれは私の後添になるかもしれないという関係だ。娘が片づくまでは秘密にしておこうとしているだけで、やましい点は一つもない。私のプライベートな問題に、余計な口出しはせんでくれ。しかも、それを脅しに使おうとするなんて、見下げ果てた男だな。不愉快だ、娘とのことはこれっきりにしてもらおう」

一万円札を三枚、テーブルの上に放り捨てると、部長は荒々しく席を立って、店を出て行った。

ガーンと打ちのめされ、沢田は目が眩んだ。何がなんだか、分からない状態といってもよかった。その混乱した頭の中で、ただ、技術部長の女婿になり損なったことと、クビそのものがあぶなくなったという事実だけは、はっきり確認できた。

13

待ち合わせ場所の喫茶店に、浅見が時間どおり行くと、平野哲子はすでに来ていた。浅見がコーヒーを注文するのを待ち切れないと言わんばかりに、哲子は言った。

「ニュースなんです。あのね、沢田さん、会社辞めるみたいなんです」

「ほう、どうしてですか？　出世街道まっしぐらだったはずじゃないですか」

「そうなんですけどね、急になんだかノイローゼみたいになっちゃって、めちゃくちゃなことを口走ったりするんですよね。あれ、やっぱり、ひろ子を殺したたたりじゃないかって思うんですけど」

「あははは、まだそんなことを言っている」

浅見はおかしそうに笑った。

「沢田さんは犯人なんかじゃないって言ったでしょう」

「でも分かりませんよ。真犯人が誰だか分からない以上は」

「いや、犯人はもう分かっているのですよ」

「えっ？」

哲子は驚いて、浅見の笑顔を眺めた。

「ほんとですか？　それじゃ、犯人は捕まったんですか？」

「いや、まだ逮捕まではいってないけれど、時間の問題でしょうね」

「いったい誰なんですか？　犯人は」

「それはいま言うわけにはいきません。まだ警察にも教えてないんだから」

「え？　え？……」

哲子はさらに驚いた。

「それじゃ、犯人を見つけたのは警察じゃなくて、浅見さんなんですか？」

「ええ、そうですよ。だって、警察は駒村さんの死を自殺と断定してしまったじゃありませんか」

「それはそうだけど……でも、どうして？　どうして犯人が分かったんですか？」

「それはこのあいだ僕が言ったでしょう。犯人を特定する要素がいくつかあるって」

「ああ、そういえば何かおっしゃってましたわね」

「やれやれ、あまり熱心には聞いていてくれなかったみたいですね」

浅見は苦笑した。

「まあいいでしょう。それじゃ、記憶を新たにするために復習しますよ。要するに、犯人の条件は第一に、一月十一日の夜、札幌の地下鉄駅にいた人物であること。第二に駒村さんのことを知っている人物であること。それも、単に顔見知りという程度ではなく、かなり詳しく——たとえば沢田さんとのことも知っている人物ですね。第三にマンションの駐車場のことも知っていること。それから、これが肝心なのですが、その犯人のことは、駒村さんはほとんど知らなかったということです」

「それがおかしいですよねえ」

哲子は疑問を投げた。

「犯人側がひろ子のことを詳しく知っているのに、ひろ子は犯人のことを知らないなんて、そんなこと、あるかしら?」

「それは、そういうケースはいくらでもあるでしょう。たとえばあなたにしてもです」

「えっ? 私が?」

「そうですよ。あなたほどの美人なら、きっと、通勤電車の行き帰りで出会う人や、近所に住んでいる人の中に、ひそかに想いを寄せている男性は何人もいるにちがいない」

「いやあだ、気味が悪い」

「ははは、ひどいことを言うなあ。まあそれはそれとして、そういう片想いの男性が、あなたの名前や住所、それに勤務先や恋人のことを調べたとしても、ふしぎはありませんよね。ところが、あなたのほうはそんなことはちっとも知らない」

「じゃあ、そういう片想いの人が、ひろ子にもいたっていうことですか?」

「たぶんそうだと思って調べたら、やはりいましたよ。それも一人でなく、何人もね」

「でしょうねえ、彼女、美貌だし、プロポーションだってかっこよかったもの。それで、その中の一人が犯人だっていうわけなんですか?」

「そういうことです」

「でしたら、早く警察に届けて捕まえたらいいじゃありませんか」

「ところが、証拠がないのです。証拠もないのに、その男が犯人だと言い立てたところで、警察は相手にしてくれませんからね」

「それはそうでしょうけど……でも、だったら犯人が分かったというのも、ただの憶測にすぎないってことじゃないんですか?」

「そう言ってしまうと身も蓋もないけど、僕が言うのは状況証拠はあるという意味なんですよ。しかし、それだけでは警察は動かないでしょうね」

「じゃあ、いくら犯人だと分かっていても、状況証拠だけじゃどうすることもできないんですか?」

「いや、まったくないわけではない」

「どうするんですか?」

「犯人が動きだせば、自然に道が開けるものです。いまのところ、犯人はじっと息をひそめて、ほとぼりの冷めるのを待っていますけど、いずれ動かないわけにはいかないでしょうからね」

浅見はすずしい目をして、哲子に微笑みかけた。

14

ダイヤモンドマンションの五階駐車場に、駒村ひろ子の幽霊が出るという噂が流れはじめたのは、ひろ子が「自殺」して二週間ほどたった頃である。

マンションの住人の中には、実際に幽霊を見たという者がかなりいた。

「リフトで上がってきて、車を奥のほうへ入れようと走っていたら、見たのよねえ、あの女の人が飛び降りた辺りから、下を覗くようにして立っているのを……」

その噂は、ひろ子がよく行っていた喫茶店『エーデルワイス』でももちきりだった。

「おれなんかさ、幽霊でも何でもいいから、彼女に出てきてもらいたいんだけどなあ」

そういう威勢のいい客もいる。

「ははは、そういうお客さんは多いんじゃないのかな」

マスターも調子を合わせた。

「ねえ坂本さん、おたくなんかもそのクチじゃないの？」

「よせよ、くだらねえ冗談は」

坂本と呼ばれた男は、面白くなさそうに仏頂面で応じた。

「だってさあ、坂本さん、彼女にはかなりイカれてたんじゃないの？　いつもマンションの部屋から、双眼鏡で彼女のアパートを覗いていたとか、自慢してたじゃない」

「そうそう、坂本さんはあのマンションの七階だっけ。そういや、彼女が死んだすぐ上にいたってことだよねえ。彼女、もしかしたら、自殺した時、おたくのこと考えて、助けに来てくれないかしら——なんて思ったかもしれないな」

「そういえば、おたくの後ろに女の影が立っているみたいだ。背後霊じゃないかな」

「やめろって言ってるだろ！」

坂本は椅子を蹴飛ばすようにして立ち上がり、真剣になって怒鳴った。

「そんなにマジになって怒ることないじゃない」

からかっていた客も白けた。

坂本はテーブルの上に放り出すようにして金を払うと、荒々しくドアを押し開けて帰っていった。

ダイヤモンドマンションのエレベーターは二台ある。坂本はいつもその右側のに乗ることに決めていた。ゲンをかつぐという、あれである。

エレベーターは七階まではせいぜい二十秒ほどしかかからないが、坂本はその二十秒が不安でならない。エレベーターの中に永久に閉じ込められてしまうのではないかという、恐怖心に駆られるのだ。

坂本はエレベーターが動きだすと、イライラと足を踏んでリズムを取った。

ふと、そのリズムに合わせるように低い声が聞こえるのに気がついた。

——南無妙法蓮華経、南無妙法蓮華経……。

あきらかにお経を唱えている声だ。

(どこだ?——)

坂本はエレベーターの中を見回した。音の発生源が分からないうちに、エレベーターは七階に停まった。

坂本は転げるように廊下に出て、七〇四号室へ走った。ドアに鍵を差し込もうとするのだが、慌てているのでうまくいかない。

やっとの思いで中に入ると、電話が鳴っていた。

坂本はほっとした気分であった。相手が誰にもせよ、この際は人の声が懐かしかった。

「もしもし、坂本です」

「……」

電話の中は無言である。

「もしもし、もしもし……」

電話の奥の闇に向かって、坂本は叫んだ。

(ん？——)

ふいに、坂本は女のすすり泣きの声を聞いた。闇の中から、かすかに、そして次第に大きくなるしのび泣きだ。

坂本がゾーッとした時、すすり泣きの女が言った。

——札幌で見たわよ。

「なにっ？」

——札幌の地下鉄で見たわよ。

坂本はほとんど取り落とすように受話器を置いた。

急いで双眼鏡を摑み、窓に駆け寄った。

カーテンの隙間から駒村ひろ子のアパートの部屋を覗いた。ひろ子の部屋は雨戸が閉ざされたままのはずだ。

その雨戸が開いていた。誰か入居者がきたのかもしれない——と、坂本は無理に思い込もうとした。

向こうの窓は半開きになっていて、白いレースのカーテンが揺れて、隙間から部屋の中が見える。

そこにブルーのワンピースを着た女が立っていた。坂本には見憶えのある服だ。駒村ひろ子がお気に入りらしく、沢田とかいう恋人と『エーデルワイス』に現れる時は、いつもその服を着ていた。

（まさか、そんなばかな――）

駒村ひろ子は死んだはずである。警察が来て死体を運んで行ったし、新聞の記事にもなった。

（何を怖がっているんだ――）

坂本は自分の臆病を嘲笑した。

カーテンを閉じた時、また電話が鳴った。ギクリとした。すぐには受話器を取る気になれなかった。十度鳴らしてやめなければ取ろうと思った。

ベルは十三度、鳴った。十四度めに受話器を取った。

――なんだ、いたのか。

いきなり食ってかかるような男の声であった。背後でパチンコ屋らしい騒音がしている。逆に、声のほうは無理に抑えた感じの、野太い声で聞き取りにくい。

それでも幽霊の声よりはよほどマシだ。坂本はほっとしながら答えた。

「いま戻ってきたところなんです……ええと、どちら様ですか？」

「どちら様ってことはないだろう、大変な仕事をさせておいて」

野太い声は、よくテレビのニュースで、インタビューしている相手の声を「音声は変えてあります」とスーパーが入る、あれによく似ていて、声だけでは相手が誰なのか、坂本にはピンとこなかった。

「ああ、じゃあ根岸さんですか？」

「そうだ、根岸だ」

「どうも、なんだか声が違うみたいだったもんで。失礼しました」

「それはいいけどよ、あんた、いったいどうなっているんだ?」

「どうなって……と言いますと、何がどうなったと?」

「サツが来たんだよサツが」

「えっ? 警察が、ですか? しかし、何だってまた?」

「あんたが密告《サシ》たんじゃねえのか?」

「密告《サシ》た? 冗談じゃないすよ、おれが何を密告したって言うんです? ヤクのことをですか?」

「いや、それだけじゃなさそうだな。刑事は一課の刑事だった。十二日の夜のアリバイを確かめに来やがったからな」

「十二日の夜っていうと……まさか、そんなこと……」

「警察に分かるはずがねえって言うのかよ。そう言いたいのは、おれのほうだよ。それが分かったってことは、こりゃ、どういうことかねえ。誰かが密告しねえかぎり、分かりっこねえんだ、いったいどういうことだ?」

「それはおれにだって分かりません」

「あんたは分からねえですむかもしれねえけどさ、こっちはヤバイんだからな」

「そんな……おれだって、同じですよ。直接殺《や》ったのは根岸さんでも、おれも共犯ですから」

「しかし、あんた以外に密告するやつはいねえんだから」

「そんな……そんなこと言われたって、知らないものは知らないんですから……。いや、もしかしたら、誰かが見ていたのかもしれませんよ」

「見ていた？　誰が？」

「分かりませんがね、さっきも妙な電話があったばかりなんです」

「さっきって、いつのことだ？」

「根岸さんの電話がかかるちょっと前です」

「誰からだい？」

「それが分からないんです。女であることは確かなんですが」

「女か。で、それがどう妙なんだい？」

「気味が悪いんですよね。幽霊みたいなことを言いやがって」

「何て言ったんだ？」

「それがですね、札幌の地下鉄で見たっていうんです」

「札幌の地下鉄？　そ、それじゃあの時見られた女ってのは、あんたの言ってた女とは違うんじゃないのか？」

「そんなはずはありませんよ。おれが見たのは間違いなくあの、駒村ひろ子って女だったんだから」

「だったらどうしてそんな電話がかかるんだよ」

「ですからね、ですから妙な電話だったって言うんですよね。もしかすると、あれは幽霊じゃねえかと……」

「いいかげんにしねえか。よくそう嘘がつけるもんだな」

「嘘じゃねえんですから」

「ふん、あんたの言ってることは信用できねえな。いまだってはっきり嘘だって分かること言ったじゃねえか」

「何を言いました？　嘘なんかついてませんよ」

「言ったじゃないか。その女から電話があったのは、おれの電話のちょっと前だって。ところがさ、おれが電話した時、あんた、いま戻ってきたところだって言ったんだぜ」

「あ……あれはですね、つまり……」

「いいよ、分かったよ。あんたは信用できねえってことがな」

ガチャリと電話が切れた。

坂本は受話器を持ったまま、ぼうぜんと突っ立っていた。

（根岸がこのおれを信用しないとなると、どうするつもりなのだろう？——根岸は密告者を坂本だと思ったにちがいない。ああいう連中が密告者に対してどういう措置を取るのか、おおよその想像はつく。麻薬取引の現場を見られたというだけのことで、容赦なくひろ子を消すような男だ。

坂本はひろ子を誘《おび》き出すのに手を貸したけれど、よもや根岸がいきなり、ひろ子を放り投げるとは思ってもいなかった。

考えてみると、地下鉄のプラットホームで根岸に麻薬を渡したところを、駒村ひろ子に目撃されたかどうかだって、はっきりしないのだ。

あの時、誰もいないと思っていた隣のホームの柱の陰から、突然、女が走りだして、しかもその女が駒村ひろ子だと分かって、坂本はすっかりうろたえてしまった。

「知ってる女なのか？」

根岸は恐ろしい目をして言った。

「ええ、おれのマンションの近くの女です。よく喫茶店で顔を合わせるんです」

「まずいじゃないか」

「はあ……」

「始末せにゃならんな」

その「始末」があああいう方法だとは、坂本は思わなかった。

坂本は麻薬の運び屋として、組織に雇われている。一見カタギふうの坂本は、警察のブラックリストにも載っていないし、刑事や麻薬Gメンにマークされることもない。運び屋としてうってつけの人材であった。はじめはごく少量の麻薬を持ち歩いたのだが、最近では、東京から九州や北海道の組織あてに百グラム単位の麻薬を運ぶよう、委託されるまでになった。

一回の運搬料はアゴアシつきで十万から三十万円。悪い稼ぎではない。コロシやカツアゲをやるわけじゃないし、犯罪を犯しているという意識もないほど楽な仕事だった。

しかし、こういう状態になると、話は違ってくる。

（根岸はおれを殺す気だ――）

坂本は疑いもなく、そう思った。ぐずぐずしてはいられない。何か善後策を講じなければ――。

根岸はいくら事情を説明しても弁解しても、通じるような相手ではない――と坂本は思った。下手に接触しようものなら、その時点で消される可能性のほうが強い。

（殺される――）

恐怖感がひしひしと迫ってきた。一刻の猶予もならないと思った。

坂本は部屋の天井裏をこじあけて、麻薬の包みを取り出した。そして、ガサ入れがあれば簡単に分かりそうな、サイドボードの引きだしに放り込んだ。

代々木警察署に匿名の電話があったのは、それから数分後のことである。

「ダイヤモンドマンション七〇四号室の坂本という人物は、麻薬の運び屋です」

電話はそれだけ言うと、切れた。

警察が坂本の部屋を急襲して、麻薬を発見、坂本を緊急逮捕した。

さらに坂本の自供に基づき、根岸を殺人容疑で手配したことはいうまでもない。

15

「おめでとう……と言っていいものかどうか分からないけど」

浅見は苦笑を浮かべながら、平野哲子とジュースの乾杯をした。

「やっぱりおめでたいいんじゃないんですか、犯人が捕まったのだし」

哲子はかえって浅見を慰めるように言った。

「そうですね、それにあなたの幽霊の物真似は名演技だったし」

「それは浅見さんですよ。あたし驚いちゃったんですよね。だって、浅見さん、札幌で麻薬を受け取った男——根岸っていいましたっけ？　その男のことなんか名前も知らなかったくせに、声色まで真似しちゃうんですものねえ」

「あははは、それだって、坂本があなたの幽霊に脅かされて、すっかりうろたえてしまったからですよ。でなきゃ、いくらなんでも、僕の声が根岸の声だと信じるはずがない。もっとも、坂本だって沢田氏の声を真似て、駒村ひろ子さんをだましているんだから、どっこいどっこいですけどね」

浅見は真顔になって言った。

「やはり、坂本は十二日の夜、根岸とともに札幌から戻るとすぐ、沢田氏の声を真似て駒村ひろ子を誘き出したそうです。いまマンションの駐車場にいるから、きてくれないか――と言って」

「それにひろ子は乗ったんですか?」

哲子は悲鳴を上げるような声を出した。

「そうらしいですね。こんな言い方はしたくないのですが、エレベーターで一緒になった目撃者の女性の話によると、駒村さんはイソイソという感じで駐車場に出て行ったということです」

「ばかねえ、あんなにインチキ野郎って言ってたくせに」

哲子は罵ったが、ひろ子の気持ちが分かるような気もした。沢田とのことは、ひろ子にとってはかけがえのない夢だったのだ。その沢田から会いたいという電話があった。

一縷《いちる》の望みを抱きながら、ひろ子はアパートからマンションまで、走り続けたことだろう。それは悲しい情景であった。

「警察の調べによると、坂本には駒村さんを殺害する意志はなかったのだそうです。そうでなければ、駒村さんを誘き出したりしなかったと言っているそうですよ」

浅見にしてみれば、それが唯一の慰めだと思っている。

「でも、結果的には殺しちゃうことになったんですもの、やっぱり許せませんよ」

哲子は強く言い切った。浅見はそれには反論しない。

「ところで、沢田さんはやはり会社を辞めたのですか?」

「ええ……」

とたんに哲子はしょげた表情を見せた。

「私、沢田さんに悪いことをしちゃったのかもしれないんですよね」

「どうしてですか?」

「だって、沢田さんを犯人みたいに言って責めて、それからあの人、おかしくなっちゃったんですもの。重役のお嬢さんとの結婚もパアになっちゃったし……」

「それは何もあなたのせいじゃないでしょう。天の配剤というものかもしれませんよ」

「だといいんですけどね……それより」

哲子は勢い込んで言った。

「今度の事件で浅見さん、大手柄だったんですもの、警視総監賞か何かもらえるんでしょう?」

「ははは、だめですよ、そんなの。第一、坂本は自分で自分を密告して、逮捕されたんですからね。僕が警察のためにやったことなんか、誰も知りません。あなたの折角の名演技も、闇から闇へ消えてしまう運命ですよ。まあ、そのほうが、あとの仕返しの心配をしないですむから、望ましい結果ではありますけどね」

「ほんと、そういえばそうですねえ。まさか浅見さん、そこまで計算したわけじゃないのでしょう?」

「さあ、どうかな……」

浅見は曖昧に微笑した。

「でも、私はひろ子の友人だからいいけど、浅見さんは赤の他人のために尽力して、おまけに札幌まで行ったりして、けっこう大変だったでしょう。何も報酬がないんじゃお気の毒だわ。警察だって、勲章ぐらいくれてもいいと思うんですよね」

「勲章なら、もうもらいましたよ」

「え？　ほんとですか？」

「ええ、僕の目の前に大きな勲章がある。それはあなたの美しい笑顔ですよ」

浅見にしては一世一代のキザな台詞に、哲子はほんとうに笑いだした。

浅見光彦と七人の探偵たち

2018年1月20日　初版第1刷印刷
2018年1月30日　初版第1刷発行

著　者　内田康夫 他
発行人　森下紀夫
発　行　論 創 社
〒101-0051 東京都千代田区神田神保町 2-23　北井ビル
TEL : 03-3264-5254　FAX : 03-3264-5232　振替口座　00160-1-155266
装幀／宗利淳一
印刷・製本／中央精版印刷
組版／フレックスアート
ISBN978-4-8460-1677-7